Le chemin du bonheur est parsemé de cailloux (et de crottes de chien)

Éditions Eyrolles
61, bd Saint-Germain
75240 Paris Cedex 05
www.editions-eyrolles.com

Collection « Romans de développement personnel »

Éditrice externe : Frédérique Le Romancer

Depuis 1925, les éditions Eyrolles s'engagent en proposant des livres pour comprendre le monde, transmettre les savoirs et cultiver ses passions !
Pour continuer à accompagner toutes les générations à venir, nous travaillons de manière responsable, dans le respect de l'environnement. Nos imprimeurs sont ainsi choisis avec la plus grande attention, afin que nos ouvrages soient imprimés sur du papier issu de forêts gérées durablement. Nous veillons également à limiter le transport en privilégiant des imprimeurs locaux. Ainsi, 89 % de nos impressions se font en Europe, dont plus de la moitié en France.

ISBN : 978-2-416-00935-8
Composé par Patrick Leleux PAO

Shelley Greiver

Le chemin du bonheur est parsemé de cailloux (et de crottes de chien)

Roman
EYROLLES

À Reem, Dan, Ron, Yonatan et Mia. En espérant parcourir avec vous, toujours allègrement et main dans la main, le chemin du bonheur.

Le séminaire « le chemin du bonheur » est fictif mais s'inspire librement des enseignements des auteurs ou coachs ci-dessous, tels qu'ils sont dispensés dans leurs livres, sur les réseaux sociaux, ou sous la forme de quests sur la plateforme Mindvalley.

Eckart Tolle, Steven Kottler, Vishen Lakhyani, Marisa Peer, Aline Frisch, Rony Shahar, Robin Sharma, Srikumar Rao, Dr Joel Wade, David D Burns, MD, Jon et Missy Butcher, Sadghuru, James Clear, Tal Ben Shahar.

De : Le Séminaire du Bonheur
À : Lisa Johnson
Objet : Votre inscription au séminaire « Le chemin du bonheur »

Chère Lisa,

Nous vous remercions pour votre inscription à notre séminaire « Le chemin du bonheur ».

Vous entamez aujourd'hui le plus merveilleux des voyages, celui qui vous mènera à la quiétude, à la félicité et à la réalisation de vos rêves les plus audacieux. Les enseignements de ce séminaire sont principalement dispensés par vidéos que vous recevrez régulièrement. Vous aurez également accès aux conseils de l'un de nos coachs, avec qui vous vous entretiendrez aussi souvent que nécessaire.

Bon voyage !

Des vidéos et un coach ? Mais c'est quoi cette histoire ?

Tout ce que je voulais c'était une séance d'hypnose à écouter avant de m'endormir pour retrouver mon entrain et ma joie de vivre en une semaine. Je crois même qu'ils avaient mentionné des bienfaits sur le physique, et justement comme je n'arrive pas à maigrir, ça tombait bien. J'ai dû cocher la mauvaise case. Je fais vraiment n'importe quoi en ce moment.

De : Le Séminaire du Bonheur
À : Lisa Johnson
Objet : Votre première leçon et votre cahier d'accompagnement

Chère Lisa,

Veuillez trouver en pièces jointes votre première leçon à visualiser ainsi que votre cahier d'accompagnement. Ce cahier est un outil essentiel pour mettre en lumière vos blocages, vos aspirations et vos progrès. Après l'avoir imprimé, et avant de commencer ce périple, nous vous invitons à vous poser la question suivante : qu'est-ce qui vous a poussée à vous inscrire à ce séminaire ?

Ce qui m'a poussée à m'inscrire à ce foutu séminaire ? Sa publicité incessante ! Ils ont fait du bon boulot, l'équipe marketing : impossible de visiter un site sans tomber sur une bannière :

Vous avez tout pour être heureuse… mais vous ne l'êtes pas ? Vous cherchez un sens à votre vie ? Vous souhaitez une excellente santé physique et mentale ? Vous êtes mère, épouse… mais qui êtes-vous vraiment ?

Qui je suis vraiment ? La seule personne suffisamment idiote pour payer 549 euros pour cet attrape-nigaud. Bon, j'imprime le cahier et je pars, sinon je vais arriver en retard à la maternelle.

1

— Madame, c'est votre enfant qui vient de renverser toutes les boîtes de céréales ? m'a interpellée le gérant du supermarché, bras croisés et regard désapprobateur.

Face à mon incompréhension feinte, il a précisé :

— Avec le tee-shirt rouge, là-bas !

— Euh, non, ai-je tenté d'un air innocent.

— Mais si, maman, c'est Lucas ! a fait remarquer Louis, son jumeau de cinq ans et demi.

Note mentale : arrêter de répéter aux enfants que « c'est pas beau de mentir ».

— Faites attention à votre enfant, madame, s'il vous plaît ! Il est en train de saccager tout le magasin, gronde l'homme qui s'agace.

— Saccager tout le magasin ? N'exagérez pas, je vous en prie. Il a dû vouloir attraper une boîte et faire tomber les autres par mégarde, ai-je riposté. Ça arrive à tout le monde. Il ne faut pas mettre les céréales à portée de main des enfants, non plus !

— Je suppose qu'il aime beaucoup le thon aussi. Allez voir la rangée juste à gauche, a rétorqué le gérant.

— Le thon, c'est bon !

Le thon, c'est bon ? N'importe quoi... Pourquoi je lui ai sorti cette phrase stupide ?

Au moins, elle a eu l'avantage de couper court à la conversation. Il a dû me prendre pour une folle. Je ne suis pas folle. Un chouia au bord de la crise de nerfs, peut-être, mais folle ? Non !

À bien y penser, c'est certainement pour ça que je me suis inscrite au Séminaire du Bonheur. J'ai l'impression de couler, de ne plus avoir de contrôle sur ma vie. Et j'ai de moins en moins de patience avec mes enfants. Cela n'a rien à voir avec l'amour que je leur porte. Je les aime, mais parfois je ne les supporte pas. Je dois avoir besoin de vacances, ou d'une nouvelle nounou : la dernière nous a quittés récemment et là franchement, je craque. Depuis, je cherche désespérément quelqu'un pour la remplacer.

Quatre jours après son départ, j'ai dû appeler ma mère à la rescousse. J'avais pris quelques jours de congé en pensant que ce serait l'occasion de m'occuper un peu de mes enfants et de ma maison le temps de faire passer des entretiens et trouver une remplaçante. Quatre jours, j'ai tenu quatre jours. Je n'ai pas supporté. J'ai fait le ménage, la cuisine, le linge, le repassage, le triage de chaussettes (d'ailleurs, quelqu'un peut-il m'expliquer comment ça se passe dans un couple de chaussettes ? C'est l'amour libre c'est ça ? Et à la fin, il y en a un qui s'en va ? Mais où ?). On est allés au parc, j'ai évité les chutes de toboggans, réglé les disputes avec les autres enfants, me suis pris du sable dans les yeux. La totale. Et j'ai détesté chaque instant. Bien sûr, je m'en veux. Je me sens coupable de ne pas aimer les puzzles, les Lego, les interminables parties de Monopoly. Ce que j'aime faire avec les enfants ? Toutes les activités que je peux effectuer assise, ou mieux encore allongée et en silence : lire une histoire le soir avant de s'endormir (une, pas deux, ni dix), dessiner (mais Lucas est incapable de rester assis sur une chaise plus d'une minute), aller au zoo et imiter les singes. Ça fait combien de temps qu'on n'est pas allés au zoo ? Le top, ce sont les parties de cache-cache où je me dissimule sous le lit pour piquer un roupillon le temps que les jumeaux me trouvent. Malheureusement ils ont percé à jour mon stratagème trop rapidement.

Donc j'ai demandé à ma mère de m'aider. J'ai hésité parce que je sais qu'elle réprouve mon mode de vie. Elle estime que je suis devenue snob depuis que j'ai épousé Jeremy, et elle m'en veut d'avoir changé mon prénom officiellement. D'ailleurs elle s'entête à continuer de m'appeler Elizabeth, ce qui me rend dingue. Pourtant je dois admettre qu'elle a été formidable. Elle a immédiatement accepté de remplacer la nounou.

Elle va chercher les jumeaux à la maternelle pratiquement tous les jours, joue avec eux, prépare le dîner, aide les grands à faire leurs devoirs. Quand je rentre le soir, les petits sont lavés, en pyjama, prêts à aller se coucher. La maison est propre, la cuisine rangée, les jouets à leur place. Je ne sais pas comment elle fait. Malheureusement aujourd'hui elle avait un rendez-vous chez le dentiste et elle m'a abandonnée aux mains de mes enfants.

Après les courses, ça m'a pris dix minutes pour démarrer la voiture, parce que Louis et Lucas se sont entêtés à vouloir boucler leurs ceintures eux-mêmes. C'est l'âge, paraît-il. Nous sommes arrivés en retard pour récupérer Charles après son cours d'échecs, ce qu'il n'a pas manqué de me reprocher. Même s'il est relativement sympa pour un enfant de son âge (douze ans), il a une certaine rigidité qui m'exaspère. L'heure, c'est l'heure. Une promesse, c'est une promesse, etc. Jeremy appelle cela de la droiture et affirme que c'est une qualité. Peut-être, mais pas quand je suis épuisée. Au moins, il n'avait pas cassé ses lunettes, pour une fois. Puis j'ai foncé chercher Maxime qui termine son entraînement de foot au même moment, ce qui fait que je dois être à deux endroits simultanément, en pleine heure de pointe. J'ai freiné à sa hauteur. Il m'attendait sur le trottoir, l'air énervé. Il a ouvert la porte du passager où son frère aîné était assis, s'est penché à l'intérieur de la voiture, et a asséné un charmant :

— Dégage ! C'est à mon tour de m'asseoir devant !

Pour l'amadouer, je lui ai tendu un pain au chocolat qu'il a refusé.

— L'entraîneur a dit qu'on devait arrêter de manger des sucreries, a-t-il lâché d'un ton dédaigneux.

J'ai maudit l'entraîneur en silence. Comment veut-il que je soudoie mon fils maintenant ?

— Va sur la banquette arrière ! ai-je crié, excédée.

— Mais, maman…

— J'ai dit : va sur la banquette arrière.

Il s'est résigné, sans oublier de donner un coup de poing sur le siège de son frère en entrant dans la voiture. Sur quoi, Charles s'est retourné et l'a menacé d'un « Je vais te casser la gueule », ce qui a beaucoup amusé Maxime, et moi aussi, car Charles, qui a douze ans, est plus frêle que son frère de dix ans. D'ailleurs ils sont à l'opposé l'un de l'autre. Charles est blond, avec une petite tête, de grands yeux bleus cachés derrière des lunettes qu'il s'obstine à vouloir choisir seul et il est trop bon élève pour être bien intégré socialement à l'école. Maxime est le seul brun de la famille, trait qu'il tire de son grand-père maternel, ainsi que ses yeux noirs un peu bridés. Heureusement, la ressemblance s'arrête là. Ses cheveux raides sont trop longs au goût de son père et ses prouesses sportives associées à son détachement pour les études font de lui le chouchou de la cour de récré.

En arrivant, j'ai déposé les enfants avec les paquets devant l'immeuble pour aller chercher une place de parking, partagée entre l'agacement de devoir me garer loin et le bonheur que m'ont procuré ces quelques minutes de silence. De retour à l'appartement, après avoir trébuché sur les sacs des courses abandonnés dans l'entrée, j'ai constaté que chaque enfant était à son poste habituel : devant la télé pour les petits, leurs ordinateurs pour les grands et ce, en dépit de mon interdiction formelle d'allumer les écrans avant d'avoir fini les devoirs. J'ai tout éteint malgré les jérémiades et supplications.

Avant de m'atteler à la préparation du dîner, je me suis accordé une pause-pipi, aussitôt interrompue par des cris déchirants. Une demi-seconde avant que l'inquiétude m'envahisse, une pensée a traversé mon esprit : *C'est pas possible, je peux même pas faire pipi tranquillement !* Et puis je me suis précipitée pour voir si les hurlements étaient justifiés, et ils l'étaient : Lucas avait fait un croche-pied à Louis (pas exprès bien entendu), Louis était tombé par terre et s'était cogné le nez.

Résultat : nez en sang, pleurs et décibels. J'ai serré Louis très fort dans mes bras dans l'espoir naïf que ça apaise sa douleur. Il s'est calmé, je l'ai soigné et puis j'ai grondé Lucas. L'incident étant clos, j'ai pu retourner à la cuisine préparer le dîner : poulet et pommes de terre, accompagnés d'une salade que, je sais d'avance, personne ne mangera. Une fois le poulet dans le four, j'ai informé les jumeaux qu'il était temps de se laver. Louis s'est dirigé vers la salle de bains, mais Lucas s'est exclamé : « Je veux pas aller au bain ! » et s'est mis à courir dans l'appartement, un avion dans la main.

— Lucas, reviens immédiatement ! Je compte jusqu'à trois, si à trois tu n'es pas là, je te mets dans la baignoire tout habillé, l'ai-je menacé. Un. Deux… *Mince, j'arrive à trois, qu'est-ce que je fais ?* Deux un-quart, deux et demi, deux sept-huitième… Trois ! Attention je viens te chercher.

J'ai improvisé : je l'ai soulevé et l'ai enfourné dans la baignoire. Je l'ai embaignoiré ! Je ne suis pas fière de moi, mais que pouvais-je faire d'autre ?

Sur ce, une odeur de brûlé m'a rappelé que le poulet était toujours dans le four. J'ai couru à la cuisine pour l'éteindre, mais c'était trop tard. En entendant la porte d'entrée s'ouvrir, je me suis dit *super, Jeremy est là, il va pouvoir m'aider.*

J'ai tenté de sauver le poulet en le noyant sous une marée de ketchup puis je suis allée surveiller la situation dans la salle de bains. Louis jouait tranquillement dans la baignoire, Lucas avait disparu. J'ai donc suivi les flaques d'eau qu'il avait laissées sur son passage. Il était dans sa chambre et portait encore ses vêtements mouillés. Je l'ai convaincu de les enlever puis je l'ai ramené dans la salle de bains.

— Maman ! a hurlé Maxime.

— Quoi ?! ai-je répondu sur le même ton, de la mousse plein la chemise.

— J'ai besoin d'aide avec mes maths.

— Mais tu peux pas demander à ton père ? Il est où d'ailleurs ? JEREMY !

Laissant Louis et Lucas dans le bain, je suis partie à la recherche de mon mari. Sans surprise, je l'ai trouvé dans son bureau, devant son ordinateur.

— Bonsoir, mon amour. Tu passes une bonne soirée, j'espère ? lui ai-je demandé d'un ton sarcastique.

Il avait ôté sa cravate et accroché soigneusement sa veste sur le dossier de la chaise. Il faisait partie de cette catégorie de personnes que tous s'accordent à décrire comme « bel homme » : grand, bien bâti, dentition parfaite, yeux bleus. Ses cheveux châtains, de la longueur que j'aime parce qu'on peut les ébouriffer, seraient très certainement coupés dans la semaine. Je n'avais pas été chez le coiffeur depuis huit mois. Ses rides frontales qui avaient fait leur apparition récemment lui conféraient un charme mature, alors que les mêmes sur mon visage m'avaient rajouté dix ans. Sa chemise blanche était impeccable ; du ketchup avait giclé sur mon chemisier. J'ai ressenti un fort désir d'essuyer mes mains encore pleines de mousse sur son pantalon.

— Lisa, ma chérie, tu veux pas m'apporter une bière s'il te plaît ?

Je me suis retenue de l'étrangler.

— Tu te fous de moi ? ai-je aboyé, à bout de nerfs. Tu ne vois pas que je suis débordée ? Et Maxime a besoin d'aide avec ses devoirs.

— Excuse-moi. Je ne pouvais pas savoir, m'a-t-il répondu, prenant l'air surpris de celui qu'on accuse injustement.

— Si, justement, tu pouvais savoir, en allant voir les enfants au lieu de t'enfermer dans ton bureau !

— Ça va, j'étais en train de travailler, pas de regarder une série sur Netflix, a-t-il rétorqué, levant les yeux au ciel. Tu sais que c'est une période tendue au boulot.

— Tu peux me dire quand ça n'est PAS « une période tendue au boulot » ?! ai-je grincé en sortant du bureau pour me rendre auprès de Maxime.

À dîner, personne n'a touché le poulet au ketchup (rebaptisé ketchup au poulet). Alors Jeremy a proposé aux enfants les fameuses céréales que j'avais été forcée d'acheter suite au saccage du supermarché. Or, je n'en achète jamais, car le sucre rend Lucas encore plus excité qu'en temps normal. Et en effet : il ne s'est endormi qu'à 23 h 50. À ce moment-là, j'ai sérieusement considéré l'idée de me sauver, mais ça m'a semblé requérir trop d'efforts, alors je suis sortie fumer une cigarette sur le trottoir. Personne ne sait que je me suis remise à fumer. D'ailleurs je ne me suis pas vraiment « remise à fumer ». J'ai juste acheté un paquet quand la nounou est partie. J'étais descendue à la recherche d'un petit remontant, et j'ai eu la présence d'esprit d'aller au bar-tabac plutôt qu'au supermarché prendre un gros pot de glace, comme initialement prévu. En résumé, j'ai préféré un potentiel cancer des poumons à un kilo supplémentaire assuré sur la balance le lendemain matin. Je sais, c'est pathétique. Une voiture s'est arrêtée à ma hauteur et le conducteur a baissé la vitre. J'ai vaguement espéré qu'il me demande mon tarif, mais non, il voulait juste son chemin.

Ça m'a déprimée. Je suis rentrée et comme je n'arrivais pas à m'endormir, j'ai sorti le cahier envoyé par le séminaire, que j'avais imprimé au bureau. En revanche, je n'avais pas visionné la leçon (43 minutes de vidéo ! Si j'avais 43 minutes de libres, je n'aurais pas besoin de faire ce séminaire !).

C'est grave, docteur ?
Votre évaluation de début de séminaire

Vous allez évaluer votre vie dans huit différents domaines en début et en fin de séminaire pour vous permettre de visualiser votre évolution dans chacun d'eux.

Dessinez un cercle, puis tracez-y 8 lignes passant par le milieu, comme on découperait une pizza en 8 parts. Chaque tranche représente un domaine de votre vie :

- Amour/Vie de couple
- Famille
- Amis/Relations sociales
- Vie professionnelle
- Forme/Santé physique
- Santé émotionnelle
- Engagement/Contribution au monde
- Argent

Attribuez-vous une note, de 0 à 10, dans chacune de ces sphères et expliquez-la.

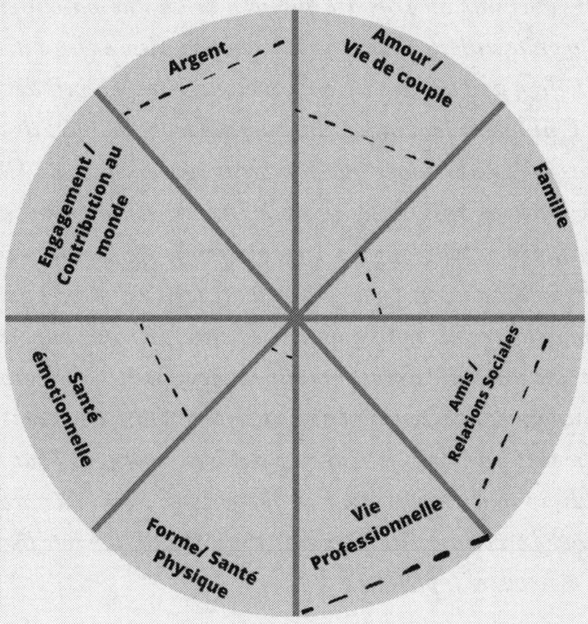

Amour/Vie de couple : *5*

Il y a quatorze ans, lorsque Jeremy et moi nous sommes mariés, j'aurais dit 10, j'aurais dit 100 ! Il y a sept ans, j'aurais dit 1. Aujourd'hui nous devons être à 5. On s'aime, mais on se dispute. Souvent. On s'agace mutuellement, mais pas tout le temps. Ce n'est plus la passion et on l'accepte comme une fatalité. Bof. Voilà la note que je donne à mon couple : bof. Un petit 5. Tout juste la moyenne pour pouvoir passer à l'année suivante.

Famille : *2*

J'y pense et les larmes me montent aux yeux. Notre famille est exactement telle que je l'avais rêvée : des parents mariés avec plusieurs enfants, à l'opposé de ce que j'ai connu en grandissant. Pourtant ça n'a pas garanti mon bonheur. Je suis tellement fatiguée en revenant du travail que je n'ai qu'une hâte, c'est que tout le monde aille se coucher pour que je puisse enfin retrouver mon lit. Je n'ai plus la patience d'écouter les jérémiades et les disputes, ni même les blagues interminables et dénuées de chutes de Lucas ou Louis, alors que je notais toutes celles de Charles et Maxime pour ensuite les relire à Jeremy. Elles provoquaient systématiquement un long fou rire. Parfois je me demande si nous avons bien fait d'avoir eu les jumeaux et le fait que cette question puisse m'effleurer me rend malade de honte. Lorsque ma mère me raconte une anecdote amusante sur un des enfants, je regrette de ne pas avoir été présente pour y assister. Mais les week-ends, quand je suis avec eux, je n'arrive pas à en profiter. Tout ce que j'entends, ce sont les cris, tout ce que je vois, c'est le désordre, et tout ce que je ressens, c'est de la culpabilité. Ouf. J'arrête là, sinon je vais me mettre à pleurer.

Amis/Relations sociales : *8*

J'ai autour de moi mes collègues de travail, quelques parents d'amis des enfants. Tout va bien. C'est un cercle social. Quant à mes vraies amies, nous communiquons principalement sur LinkedIn ou Facebook, pour nous complimenter d'une promotion ou nous extasier devant une jolie photo d'enfant. Chacune a sa vie, certaines sont à l'étranger. C'est dommage, mais c'est comme ça.

De toute façon, depuis la naissance des jumeaux nous ne sortons presque plus, alors ça n'a pas d'importance.

Vie professionnelle : *9*

J'adore mon travail.

Je suis directrice des ressources humaines, ce qui signifie que je passe mon temps à résoudre des problèmes humains et c'est génial. C'est comme si tout ce que je n'arrivais pas à accomplir chez moi (écouter les complaintes, résoudre les conflits, améliorer les conditions de vie), je le réussissais parfaitement au bureau. Peut-être que c'est l'inverse ? Peut-être est-ce justement parce que je passe ma journée à faire tout ça que je n'ai plus l'énergie de continuer chez moi ? Hum. Intéressant.

Ce que j'aime aussi, c'est mon boss. On entretient une relation de confiance et de respect mutuel qui me permet de m'épanouir et de m'enrichir. J'ai beaucoup appris grâce à lui. Jeremy dit qu'il est pour moi une « father figure ». Je l'ignore. Quoi qu'il en soit il a démissionné, malheureusement, et j'appréhende un peu de savoir qui va être nommé à sa place. C'est un secret, une décision qui a été prise dans les hautes sphères. Mais ça devrait aller. Je m'entends bien avec tout le monde, ou presque.

Forme/Santé physique : *1* ☹

Je dois vraiment répondre à ça ?

Franchement, que dire ? Je dors à peine, je conserve jalousement dix kilos excédentaires de ma dernière grossesse. Les déjeuners professionnels n'aident pas à maigrir, ni le stress, et je n'ai pas le temps de faire du sport.

Quelle note m'attribuer ? Un 0 pointé ? C'est déprimant. Ça me donne envie d'aller chercher un pot de glace et de le manger devant un épisode de Grey's Anatomy.

Santé émotionnelle : *ça va comme un 4.*

J'en ai juste marre. Marre d'être la gouvernante, la cuisinière, le docteur, le taxi, la secrétaire, la psychologue, l'organisatrice de fêtes, l'agent de voyages, et tout ça sans salaire ni même un merci.

Engagement/contribution au monde : *0*

Je n'ai pas compris la question.

Argent : *8*

Que dire ? Je ne viens pas d'une famille aisée comme Jeremy, mais je travaille depuis l'âge de quinze ans pour ne jamais, jamais dépendre de qui que ce soit. Mon compte en banque n'est pas assez fourni pour me dispenser de toute inquiétude financière, non, mais je peux être fière de ce que j'ai accompli.

Je me donne une bonne note, une très bonne note.

2

C'ÉTAIT un grand jour aujourd'hui chez Miniprice : l'identité du nouveau directeur général allait enfin être révélée. J'avoue avoir espéré que ce soit moi, même si en tant que femme venant des ressources humaines, mes chances étaient quasi-nulles. J'avais informé toute la famille que nous devions absolument partir à l'heure ce matin, mais cela n'a servi à rien, nous avons quitté la maison avec dix minutes de retard. Pour tenter de me détendre, j'ai lancé la première vidéo du séminaire, dont je me suis contentée d'écouter le son tout en conduisant. Tout le début était consacré à la respiration. Comme si, à presque quarante ans, j'avais besoin qu'on m'apprenne à respirer.

Je suis arrivée au bureau avec une petite dizaine de minutes de retard, qui serait passée inaperçue si Anthony ne l'avait pas soulignée.

— Lisa Johnson nous fait enfin l'honneur de sa présence, s'est-il exclamé lorsque je suis entrée. Nous pouvons commencer.

Tout le monde s'est assis. Je me suis sentie rougir. J'aurais voulu décocher une répartie à la fois cinglante et polie, mais malheureusement rien ne m'est venu.

Laroche, mon boss adoré, l'actuel DG, a pris la parole.

— Madame, messieurs, commençons. Comme vous le savez, c'est ma dernière réunion avec vous, et…

Il avait la fâcheuse tendance de s'éterniser lors de ses discours, c'est pour ça que je les écrivais à sa place. Mais il avait tenu à se charger personnellement de celui-ci.

Il a rappelé ses débuts au sein de Miniprice et la situation déplorable dans laquelle il avait trouvé l'entreprise. Il a enchaîné sur les transformations qu'il avait initiées ainsi que ses divers succès. Lorsqu'il s'est mis à énumérer la liste des villes dans lesquelles un nouveau magasin avait ouvert ses portes depuis son entrée en fonction, j'ai décroché. J'ai senti mes paupières devenir lourdes. La nuit avait été rude : un réveil cauchemar (Lucas), deux changements de draps (Louis), un coup de fil (Jeremy). Pour me maintenir éveillée, j'ai fait quelques exercices du périnée, parce que trois grossesses, ça cause pas mal de dégâts, puis mon esprit s'est mis à vagabonder. J'ai observé la magnifique vue de Paris qui s'offrait à nous depuis notre dix-huitième étage à la Défense. Ma peur de l'altitude m'empêchait d'approcher les baies vitrées, mais ce panorama me rappelait la chance que j'avais d'occuper un tel poste. Pourtant j'avais cessé de l'admirer tant il m'était devenu familier : la place de l'Étoile avec ses douze imposantes avenues qui se rejoignent autour de l'Arc de triomphe, la tour Eiffel, toujours impressionnante, le Sacré-Cœur d'une blancheur immaculée, l'insignifiante tour Montparnasse, déplacée au milieu de tant de beauté.

Pourquoi Anthony se lève-t-il ? Pourquoi serre-t-il la main de M. Laroche ? Oh une accolade, mais que se passe-t-il ?

— Monsieur Laroche, messieurs, madame, c'est un grand honneur qui m'est fait aujourd'hui de prendre la direction de Miniprice, fleuron des entreprises françaises…

C'est une blague. Une très mauvaise blague.

Après son discours, les directeurs se sont levés pour féliciter Anthony chacun à leur tour. J'ai dû m'exécuter. Je lui ai serré la main avec un sourire forcé et des félicitations inaudibles, puis j'ai quitté précipitamment la salle de réunion.

Je me suis enfermée dans mon bureau et j'ai essayé de respirer de la façon très bizarre préconisée dans la leçon du séminaire. Longue inspiration en serrant le fond de la gorge comme si je soufflais sur mes lunettes pour les nettoyer, 1, 2, 3, 4, 5 longue expiration, toujours la gorge serrée 1, 2, 3, 4, 5.

Soit j'ai mal compris les instructions, soit ça ne marche pas sur moi parce que ça ne m'a pas calmée. Au contraire, j'étais retournée. Mais comme je n'avais pas de tranquillisants dans mon sac, j'ai attrapé le cahier d'exercices, dans l'espoir qu'il me fasse le même effet.

La voix dans votre tête

Notre esprit n'est jamais silencieux, il est peuplé de pensées. Prenez conscience de ce qui s'y passe et notamment de votre voix intérieure. Que dit-elle ? Prévoit-elle l'avenir ? Se plaint-elle ? Tourne-t-elle dans votre tête comme un disque usé ?

Il est essentiel que vous compreniez que votre bonheur dépend uniquement de votre faculté à la contrôler.

De temps en temps, notez votre discours mental pour examiner si votre voix est bienveillante ou pas, si elle vous encourage ou vous rabaisse, si elle vous motive ou vous cause de l'anxiété, etc.

Alors, voici quelques morceaux choisis du bavardage incessant dans ma tête.

Je me sens trahie. Non, pas trahie. Stupide. Stupide d'avoir cru que Laroche éprouvait assez d'amitié envers moi pour me prévenir que mon ennemi juré allait devenir mon boss. Finalement, j'étais juste une employée. Et comme il était tenu de garder secrète la nomination d'Anthony, il n'a pas estimé devoir me traiter différemment des autres. Quelle idiote !
Quelles autres pensées polluent mon esprit ?
Cette jupe me fait un gros cul ? Je n'aurais jamais dû la mettre. En plus, mes collants vont filer et je n'en ai pas de rechange.
Merde, c'est ma mère qui m'appelle. Pitié, pourvu qu'elle ne me dise pas qu'elle a un empêchement, je ne tiendrai pas !

Voilà. Fascinant. La voix dans ma tête. Je ne comprends pas pourquoi il est écrit que mon bonheur dépend de ma faculté à la contrôler, mais ce qui est certain c'est que j'aimerais bien la faire taire.

À mon grand regret, l'exercice du séminaire ne m'a pas fait l'effet d'un calmant. Au contraire. Durant toute la journée, j'ai prêté attention à mes pensées et au bruit qui régnait dans mon esprit, notamment depuis la nomination d'Anthony. Ma secrétaire Noémie était ravie, elle. Je la comprends, elle ne le connaît que de loin, et de loin, il est charmant, Anthony.

L'arrivée d'un texto m'a interrompue :

> Chère Lisa, c'est Carla, votre coach du séminaire « Le chemin du bonheur ». J'ai hâte de faire votre connaissance. Appelez-moi pour fixer un RDV.
> À bientôt.

Carla ? Franchement, Carla ? Pourquoi pas Kendall tant qu'on y est. Elle aurait pas pu s'appeler Josiane, ou Jocelyne comme ma grand-mère ?

Je suis rentrée à la maison où m'attendaient les enfants attablés autour d'un plat de pâtes.

— Ah, ma chérie, je file sinon je vais arriver en retard à mon cours de bridge, m'a annoncé ma mère, son manteau sur le dos.

Elle était presque de ma taille, les cheveux courts gris sel, des rides tout autour de ses yeux pétillants, d'un bleu très clair. Elle s'était mise à la marche, une vingtaine d'années auparavant, ce qui lui avait permis de se modeler un corps musclé et de se débarrasser de la surcharge pondérale qui s'était installée après ma naissance, conséquence d'un mariage malheureux. Depuis qu'elle avait pris sa retraite, elle était active auprès d'associations caritatives et dans son club de bridge.

— Déjà ?

J'avais besoin de parler, d'exprimer mon inquiétude face à la nomination d'Anthony et Jeremy n'avait pas répondu à mon coup de fil. J'avais espéré pouvoir me confier à ma mère. Tant pis.

Après son départ, je me suis approchée de Charles. J'ai tenté de l'enlacer, mais il a dénoué mes bras avec un « Maman ! » dégoûté, typique d'adolescents. Maxime s'est laissé faire. Les jumeaux, jaloux, se sont immédiatement lancés sur nous, entraînant avec eux une assiette remplie de spaghettis. J'ai réprimé un soupir d'agacement. Ce n'est pas grave, juste quelques morceaux de porcelaine et un peu de sauce tomate à nettoyer. J'ai laissé Louis et Lucas se coller contre moi dans un câlin qui a mis des taches rouges sur ma jupe. Jeremy est rentré et ils se sont précipités vers la porte lorsqu'ils ont entendu le bruit de sa clef dans la serrure. Lui, ils l'accueillent comme le Messie. Mais moi…

Puis, quand ça a été l'heure d'aller au lit, Lucas a catégoriquement refusé de se coucher. Il a préféré courir dans l'appartement en poussant des cris de Sioux. Jeremy s'est fâché.

— Lucas, ça suffit ! a-t-il tonné. Va dormir immédiatement.

Je suis intervenue. Je connaissais le potentiel explosif d'une telle situation et je n'avais pas la force d'être le témoin d'une dispute entre Jeremy et Lucas. Leurs altercations me lessivaient. Je trouvais Jeremy trop dur avec notre fils, trop dur et surtout insensible à son « problème », « problème » que j'étais incapable de nommer, mais dont je ne doutais pas.

— Viens, Lucas, je vais rester avec toi dans ton lit.

— Jusqu'à ce que je m'endorme ? a négocié mon fils.

— Et moi aussi ? a demandé Louis.

Heureusement qu'ils dorment dans la même chambre. J'ai observé les tableaux que j'avais dessinés et accrochés au mur lorsque nous avions emménagé : des animaux, des paysages fantastiques, le Petit Prince, des personnages de Walt Disney. Il était temps d'en faire de nouveaux, plus adaptés à leurs goûts du moment : Superman, Spiderman, et autres superhéros qui se terminent en « man », ou pas, comme Bob l'éponge.

Je suis passée de l'un à l'autre. Louis s'est endormi facilement, mais pas Lucas. À chacune de mes tentatives d'extraction du lit il m'a retenue d'un : « Je dors pas encore, maman », à peine audible.

Lorsque j'ai finalement réussi à m'esquiver, je me suis dirigée vers la cuisine pour la ranger. Je plaçais le tout dernier verre dans le lave-vaisselle quand Jeremy a posé une question qui m'a mise hors de moi :

— Tu veux pas qu'on organise nos vacances au ski quand tu auras terminé de ranger la cuisine ?

Disséquons sa requête d'apparence anodine, pour comprendre la rage qu'elle a suscitée en moi.

1. « Qu'on organise ». Pourquoi ne pas dire la vérité ? Que « tu » organises. Parce que c'est toujours comme ça que ça se passe. Il prétend participer, mais en fin de compte, c'est moi qui me tape tout le boulot : les déclarations d'impôts, les inscriptions aux écoles et activités extrascolaires, les assurances, les rendez-vous chez le médecin, Noël chez ses parents aux États-Unis, et j'en passe.

2. « … nos vacances… ». Arrêtons-nous sur le mot « vacances ». Avec les enfants, ce ne seront pas des vacances. Jeremy sera peut-être en vacances, les enfants seront certainement en vacances, mais moi, non, je ne serai pas en vacances.

3. « … au ski… » : Jeremy skiera avec Charles et Maxime, pendant que moi je ferai les allers-retours à l'école de ski pour déposer et récupérer Louis et Lucas. Je ne skie pas. Ma mère n'avait pas les moyens de m'emmener en sports d'hiver lorsque j'étais jeune et avec ma peur de l'altitude ce n'était plus envisageable.

4. « … quand tu auras terminé… ». « Tu ». Pourquoi Jeremy ne terminerait-il pas de ranger la cuisine ? Lorsque je le lui demande, il le fait. Mais ne voit-il pas que je m'échine à tout gérer, en ce moment ? N'est-ce pas sa maison à lui aussi ? Ne veut-il pas qu'elle soit propre ?

Pourquoi suis-je par défaut celle qui doit tout prendre en charge et qui doit déléguer si elle n'y arrive pas ? Pourquoi dois-je lui demander de « m'aider » ? C'est absurde !

5. « … de ranger la cuisine. » Ranger la cuisine est la dernière chose que je vais faire aujourd'hui ! Après ça : douche, brossage de dents, ET AU LIT ! Sans passer par la case organisation de vacances ni la case sexe.

— Non, je ne veux pas qu'on organise des vacances au ski quand j'aurai terminé. Ce que j'aurais bien voulu, en revanche, c'est te parler de ma journée de merde, mais monsieur est trop occupé, alors bonne nuit ! ai-je lancé violemment.

Jeremy a tenté de s'excuser, mais je l'ai ignoré et je me suis enfermée dans la salle de bains. Lorsque j'en suis sortie, je l'ai retrouvé endormi habillé sur le lit.

J'ai noyé ma frustration dans les réseaux sociaux. David avait posté une story de lui dans un restaurant parisien à la mode, une magnifique femme à son bras. David est à Paris ?

David est à Paris ! David. Mon amour de jeunesse.

La légende du post m'a fait sourire : « Comme à vingt ans (enfin presque) ».

« Enfin presque »… David était aussi beau qu'à vingt ans. Les cheveux bruns bouclés, la peau mate, quelques taches de rousseur sur le nez, la barbe de trois jours, les yeux verts un peu tristes qui s'abaissent du côté externe, des bracelets en cuir noir autour du poignet et une chaîne avec un pendentif au cou. Un pendentif ? Non, mon pendentif, celui que je lui avais offert tant d'années auparavant et qui portait l'inscription « Love ». J'ai agrandi la photo pour être sûre. Aucun doute possible.

C'est quoi ce délire ? C'est la première fois qu'il porte mon pendentif sur une photo. Et pourtant, Dieu sait que je les examine attentivement, les photos qu'il poste sur Instagram.

J'ai passé quelques instants à imaginer quelle aurait été ma vie aujourd'hui si j'avais choisi David au lieu de Jeremy. Je sais que je n'aurais pas été heureuse : il ne voulait pas d'enfants et moi je ne pouvais pas envisager une vie sans. Il voulait voyager, vivre dans des pays exotiques, moi je voulais un foyer, un époux, une vie stable. Et effectivement, j'ai obtenu tout ce dont je rêvais. Suis-je heureuse pour autant ? Peut-être que cela m'aurait convenu finalement, une vie sans toutes ces inquiétudes et responsabilités qui m'accablent ? Ça ne doit pas être désagréable de vivre au bord de la mer et de ne prendre soin que de soi et de son couple. STOP ! Je ne peux pas me laisser embarquer dans ces suppositions.

Pour interrompre ce flot de pensées, j'ai visionné la leçon que j'avais reçue dans la soirée.

Allais-je y trouver le remède à mon coup de mou ? Car comment définir autrement la période que je traversais ? Un passage à vide ? Un down ?

La meilleure version de vous-même

« Dis-toi d'abord qui tu veux être, puis fais en conséquence ce que tu dois faire. » Épictète

Lorsque vous faites démarrer votre voiture pour vous rendre quelque part, vous connaissez l'adresse, sans forcément savoir quel chemin vous allez emprunter.

Il en va de même avec votre transformation personnelle : vous devez d'abord choisir votre destination, c'est-à-dire définir la personne que vous souhaitez devenir, puis agir en

conséquence. Imaginez la meilleure version de vous-même, votre version idéale. Comment est-elle mentalement, spirituellement, physiquement ? Décrivez-la précisément dans votre cahier. Quelles sont ses valeurs, son mode de fonctionnement, ses limites ? Laisse-t-elle ses peurs entraver son champ d'action ?
Lorsque vous avez une vision précise de cette personne, agissez le plus possible en adéquation avec elle. C'est la boussole qui vous aide à prendre les bonnes décisions.

La meilleure version de moi-même ? 10 kilos de moins, calme. Débordante de joie et de vie. Qui n'en a rien à faire de ce que les autres pensent d'elle. Qui n'est pas fatiguée tout le temps et qui profite des moments passés avec ses enfants au lieu de compter les heures qui restent avant qu'ils aillent se coucher. Qui ne s'inquiète pas en permanence et pour qui l'alimentation n'est pas un sujet d'angoisse.

Heureuse, tout simplement.

Au séminaire Le chemin du bonheur, nous affirmons que l'épanouissement personnel passe forcément par une alimentation saine, la pratique d'une activité sportive et la méditation. Pourquoi ? Parce que ces trois éléments sont essentiels à votre santé physique et mentale.
Commençons par les deux premiers éléments : comment faire pour adopter de nouvelles habitudes sportives et alimentaires ?

1. Faites le switch dans votre tête et changez votre dialogue interne. Fini les « je déteste le sport », ou « je suis accro au sucre ». Dorénavant, vous êtes une athlète qui raffole des salades.

LOL. Elle est bien bonne celle-là !

2. Rattachez votre nouvelle habitude à une ancienne. Par exemple : 50 squats (nouvelle habitude) après s'être lavé les dents (ancienne habitude). Ou remplacez une mauvaise habitude (biscuit en fin de repas) par une bonne (thé après le repas).
3. Inscrivez dans votre agenda les jours, l'heure et le lieu où vous allez pratiquer votre nouvelle activité.
4. Adaptez votre environnement, disposez des indices visuels qui rappellent votre nouvelle personnalité (remplissez votre réfrigérateur de légumes, laissez votre sac de sport dans l'entrée...).
5. Créez l'envie d'adopter cette nouvelle habitude. Par exemple, vous ne regardez votre série préférée que lorsque vous courez sur le tapis roulant, ou vous préparez de grandes salades, de toutes les couleurs et des assiettes saines bien présentées et appétissantes.
6. L'activité doit être facile, surtout au début lorsque l'habitude s'installe : une courte marche, boire deux litres d'eau dans la journée.
7. Entourez-vous de gens avec qui vous pouvez partager votre nouvelle passion.
8. Notez sur un carnet à chaque fois que vous avez accompli la nouvelle activité.
9. Récompensez-vous. Votre récompense doit être en accord avec votre nouvelle personnalité (si vous vous offrez une glace après avoir couru, c'est que vous n'êtes pas vraiment devenue une athlète).

Du sport, franchement, c'est ça la méthode secrète pour accéder au bonheur ? Mais attention, pas uniquement du musculaire, non madame, du cardio aussi (course, vélo, ou toute activité qui fait transpirer, sentir mauvais et ressembler à une tomate). Et pas que du sport. Non. Rajoutez « une alimentation saine » et vous aurez la formule du bonheur. Très bien, très bien. C'est pire que prévu. Il faut que je me désinscrive de ce séminaire. Ce n'est pas le bon moment, là. J'ai autre chose en tête, avec Anthony qui vient d'être nommé DG et David qui est de retour en France.

3

Ambiance tendue ce matin au bureau. Je n'avais pas été la seule choquée par la nomination d'Anthony. Certains directeurs qui s'étaient plaints par le passé de son attitude hautaine ou de son manque d'empathie envers ses équipes regrettaient leurs paroles, craignant qu'elles ne leur portent préjudice. Pourtant il fallait reconnaître que malgré tous ses travers, c'était grâce à Anthony et à sa stratégie digitale que Miniprice était devenu l'un des leaders dans son domaine, la grande distribution.

Il m'a convoquée, comme tous les autres directeurs avant moi. Il trônait fièrement derrière sa table en bois massif, le dos tourné aux immenses fenêtres et à la vue somptueuse de Paris dont il pouvait dorénavant jouir depuis son bureau.

— Lisa, ma petite Lisa, a-t-il commencé en se renversant sur son fauteuil de directeur général.

«Ma petite Lisa», il se fout de moi ?

— Nous n'avons pas toujours été d'accord, mais j'entends bien mettre nos différends de côté, a-t-il enchaîné, affichant un air magnanime. Je sais que tu continueras à effectuer ton travail de façon irréprochable. D'ailleurs pour te montrer ma confiance, je te charge d'une tâche d'une extrême importance. Je souhaite instaurer le flex office au siège social. Il s'agit de réorganiser l'espace de travail de sorte que personne n'ait de bureau attitré et que chacun s'asseye où la place est libre.

J'ai senti le piège. C'était un projet dont personne n'avait dû vouloir et qui allait provoquer une vague de mécontentement.

— Merci beaucoup, Anthony, mais je ne pense pas être la personne la plus à même de mener à bien ce projet, ai-je répondu avec un sourire de façade.

— J'ai confiance en toi, Lisa.

— Je suis déjà très occupée avec les nouveaux programmes contre le harcèlement moral.

— Ah oui, justement ! a-t-il lancé en se redressant, soudain attiré par l'écran de son ordinateur. Je voulais t'en parler. On a décidé d'arrêter ces programmes. On en a discuté avant que tu arrives ce matin. C'était super hein, bien sûr, très bons programmes, mais ce n'est plus la priorité aujourd'hui.

C'était typique. Ils prenaient des décisions dans mon dos, le matin avant que j'arrive. J'avais pourtant demandé de ne pas commencer de réunion avant 9 h 15 pour que j'aie le temps d'amener les enfants à l'école, mais rien n'y avait fait.

— Même ceux contre le harcèlement sexuel ? ai-je insisté, une sourde intuition au creux du ventre.

— Oui, tous ces programmes-là, a-t-il confirmé, sans me regarder.

J'ai quitté son bureau abasourdie. Pourtant, je n'aurais pas dû être surprise. Il s'était toujours vaillamment opposé à ces programmes.

Je suis sortie déjeuner seule, pour manger ma salade de thon tranquillement (j'avais décidé d'arrêter les burgers, on allait bien voir combien de temps durerait cette résolution). Mais à peine m'étais-je installée sur un banc qu'un numéro inconnu s'est affiché sur mon écran de téléphone. Intriguée, j'ai décroché.

— Lisa, c'est Carla, comment allez-vous ?

— Carla ?

— Votre coach. Vous ne m'avez pas contactée alors je vous appelle pour notre entretien.

Elle n'avait pas prononcé deux phrases que je l'avais déjà prise en grippe.

— Ça ne m'arrange pas maintenant, lui ai-je répondu d'un ton faussement désolé.

— Ce sera juste quelques instants. Je voulais m'assurer que vous avanciez dans la visualisation des vidéos et que vous faisiez bien les exercices indiqués dans le cahier.

— Oui, à ce sujet…

C'était l'occasion de lui demander quelle était leur politique de remboursement, mais Carla ne m'en a pas laissé le temps.

— Très bien, et donc pouvez-vous me dire quels comportements vous allez adopter pour être en bonne adéquation avec votre version idéale ? Notamment, quelle activité sportive allez-vous pratiquer ?

Mais elle m'agace celle-là.

— Je vais me mettre à la course à pied.

— Génial ! Quels jours ? a-t-elle insisté.

— Euh, le samedi.

— Samedi et…

— Et dimanche, ai-je répondu peu sûre de moi.

— Très bien. Où ?

Elle ne va pas me laisser tranquille ?

— Au bois de Boulogne.

— Quelles sont les raisons qui vous poussent à cela ?

Que tu me lâches les baskets.

— Je souhaite améliorer mon système cardio-vasculaire, ai-je plaisanté.

— Excellent. Quant à votre alimentation ?

Elle croit vraiment à mes réponses ? Je ne sais même pas ce qu'est un système cardio-vasculaire… Ce que je veux, c'est un corps de déesse évidemment.

— Je vais éliminer tous les sucres blancs et les mauvaises graisses.

— Mais c'est fantastique, Lisa, vous êtes sur le bon chemin.

— Le chemin du bonheur ?

Mon sarcasme lui est passé totalement à côté. Elle m'a répondu d'un ton enjoué et sincère :

— Oui, exactement.

J'ai raccroché, encore plus déprimée qu'avant la conversation et avec une grosse envie de pain au chocolat. Pour penser à autre chose, j'ai appelé l'agence de placement en charge de me trouver une nounou. Ma mère ne pouvait pas jouer ce rôle éternellement.

— Madame Johnson, je suis désolée, mais je n'ai trouvé personne pour vous. La condition d'une parfaite maîtrise de la langue anglaise ne facilite pas mes recherches, m'a répété la responsable, d'un ton navré.

C'était du Jeremy typique. Non seulement il ne m'aidait pas à la recherche de nounou, mais il me compliquait la tâche. Il avait imposé que l'employée parle parfaitement l'anglais parce qu'en tant qu'Américain, il était primordial que ses enfants soient bilingues. Il avait d'ailleurs engagé un prof particulier l'année dernière (sa seule contribution à la vie extrascolaire de la maison). Quand j'avais remarqué qu'il aurait été plus judicieux de s'adresser à nos enfants dans sa langue maternelle depuis leur naissance, il avait haussé les épaules.

Je me suis dirigée vers nos bureaux après avoir acheté un pain au chocolat, tout chaud et croustillant. Sur un banc, un couple s'embrassait passionnément.

Il devrait être interdit de s'embrasser dans la rue ou dans des lieux publics. Ces couples sont un affront aux gens comme moi, de bonnes gens qui sont en relation depuis des années et pour qui les marques d'affection sont confinées à l'intérieur des quatre murs d'une chambre à coucher, plus précisément sur le lit qui se trouve à l'intérieur des quatre murs d'une chambre à coucher. Marques d'affection qui, outre leur confinement géographique, sont soumises à une réglementation horaire aussi stricte que floue, et qui pourrait être ainsi définie : une fois que les enfants sont couchés, avant que l'un d'entre eux se réveille. D'autres restrictions et paramètres doivent être pris en compte pour que les susmentionnées marques d'affection puissent avoir lieu, telles que l'humeur des partenaires, leur niveau de fatigue et d'irritabilité, l'emploi du temps du lendemain, ainsi que les crises et disputes de la veille, sachant que cette liste non exhaustive est susceptible de s'accroître avec les années.

Bref, ces amoureux des bancs publics m'avaient renvoyé en pleine figure la pauvreté de ma propre vie sexuelle, raison ou conséquence de la distance qui s'était instaurée entre Jeremy et moi. Or l'adjectif « asexuée » ne faisait pas partie de ceux que j'avais utilisés pour décrire ma version idéale. Il fallait donc agir en conséquence.

Après le dîner, une fois les enfants au lit, j'ai rejoint Jeremy dans son bureau avec deux verres de vin. Il m'a remerciée sans me regarder et a fait une place pour que je pose le sien. Je suis retournée dans ma chambre, dépitée, mais pas vaincue. J'ai cherché dans mon tiroir de sous-vêtements sexy (que je n'avais pas ouvert depuis ma dernière grossesse) un body en dentelle qui pourrait mettre Jeremy dans « l'ambiance ». J'en ai finalement trouvé un qui m'allait presque. Pour l'enfiler, j'ai dû inspirer profondément, rentrer le ventre et arracher deux boutons, mais qu'importe, j'étais dedans !

Je suis revenue à l'attaque, mon corps boudiné dans de la lingerie en dentelle qui pique, caché par un peignoir (pour ne pas risquer de traumatiser un enfant qui se serait aventuré hors de sa chambre en pleine nuit).

J'ai même chaussé des escarpins noirs (oui, il faut ce qu'il faut).

Je me suis approchée de Jeremy et me suis assise sur son bureau. Au bout d'une bonne minute, il s'est rendu compte de ma présence.

— Chérie, je dois absolument terminer ça pour demain, m'a-t-il affirmé sans un regard, l'air un peu contrit tout de même.

Je ne me suis pas démontée, je me suis assise sur ses genoux, face à lui. Il m'a regardée et il a ri.

— Qu'est-ce que tu fais habillée comme ça ? Et si un enfant se réveille ?

Je me suis retenue de lui dire d'aller se faire voir. Au lieu de ça, j'ai persévéré dans mon rôle de femme fatale (une facette de ma version idéale ?). J'ai commencé par lui mordiller l'oreille, défaire les premiers boutons de sa chemise et diriger mes mains vers sa fermeture éclair. Il m'a repoussée.

— Ma chérie, s'il te plaît, pas maintenant, je dois vraiment terminer ce document, a-t-il répété en se dégageant de mon emprise. Tu sais à quel point cette mission est importante pour moi. Si tout se passe bien, je serai enfin promu associé.

— J'en ai marre à la fin ! me suis-je exclamée, furieuse, en me redressant. Ça fait dix ans que c'est la même histoire. D'abord, c'était consultant, après manager, c'est sans fin.

— Si justement, il y a une fin et cette fin, c'est associé.

Jeremy m'a alors attrapé le bras pour me retenir.

— Je fais vite, je te promets.

— Tu te fous de ma gueule !

Et je suis allée me coucher, dans mon habituel pyjama de grand-mère.

Quelques minutes plus tard, il m'a rejointe dans le lit et a entamé de vaines tentatives de conciliation, mais j'ai grogné, faisant semblant de dormir pour lui cacher ma tristesse. J'étais très blessée. Je me présentais à moitié nue devant lui, sur lui, et il ne voulait pas de moi ! Quelle claque.

4

— MAMAN, maman, j'ai fait pipi au lit !

La lumière du jour perçait déjà par les rideaux : il était trop tard pour que Louis réussisse à se rendormir, ce qui voulait dire, par extension, que moi non plus, je ne dormirais plus. Quelle poisse, il fallait que ça tombe un samedi. Je n'aurai donc jamais droit à une grasse matinée ? C'est un privilège auquel on renonce le jour de l'accouchement ? Mais c'est écrit où ? Personne n'aurait pu me prévenir ?

Il était encore trop tôt pour le préparer à son cours de judo.

D'habitude, j'aurais changé ses draps et je l'aurais installé devant la télévision, mais je me suis rebellée. C'était la troisième fois ce mois-ci et franchement, j'en ai eu ras le bol. *Enough is enough*. J'ai réveillé Jeremy.

— Il faut que tu changes les draps de Louis, moi je sors marcher, ai-je décrété.

Voilà ce qui m'a poussée à faire du sport ce matin. Pas le fait que je sois devenue sportive olympique pendant la nuit, ni même l'appel de Carla la veille. Juste la flemme de changer des draps imbibés d'urine et le besoin de quitter la maison pour qu'enfin Jeremy prenne le relais.

En marchant, j'ai écouté l'audio d'une autre leçon du séminaire.

« ... par conséquent vous n'accomplirez rien d'extraordinaire en restant dans votre zone de confort. La preuve, depuis que vous êtes installée dans votre présente routine (routine sportive, professionnelle, ou même conjugale), vous êtes-vous surpassée ? Avez-vous obtenu des résultats phénoménaux ? Pour améliorer une situation, il vous faudra forcément surmonter des obstacles. N'ayez pas peur d'eux. Ils sont là pour vous indiquer le chemin à suivre... »

Les obstacles sont là pour m'indiquer le chemin à suivre. Je ne comprends rien. Ils parlent en code.

En arrivant au bois de Boulogne, j'ai vu deux femmes et un homme qui faisaient des étirements autour d'un banc. Une des femmes, assez jeune, grande, athlétique, m'a fait des signes de la main, comme si elle me connaissait. Je me suis approchée, intriguée.

— Sandrine ? m'a-t-elle demandé.

— Non, Lisa. Désolée, ai-je ajouté en souriant devant son air déçu.

— Moi, c'est Julie. J'ai organisé un groupe de running, avec un coach et deux filles que j'ai rencontrées sur internet, mais cette Sandrine nous a plantés apparemment.

Sa moue dépitée a fait place à un large sourire :

— Tu ne voudrais pas te joindre à nous ? On a besoin de quelqu'un pour la remplacer. Le coach ne prend que des groupes de trois personnes minimum. Il est vraiment bon et pas cher. Il m'a été recommandé par une amie qui détestait le sport, n'avait jamais couru de sa vie et maintenant elle s'entraîne pour un marathon. Fais au moins ce cours avec nous et décide après si tu veux t'inscrire ou non.

Voyant qu'elle ne m'avait pas convaincue, elle a poursuivi, d'un ton encore plus enthousiaste.

— Tu devrais voir cette amie, elle est métamorphosée. Elle a perdu sept kilos, elle s'est musclée et elle a une pêche d'enfer.

Maintenant ça m'intéresse.

À partir de ce moment, cette Julie a reçu toute mon attention. Elle avait dû me jeter un sort, car malgré les cent vingt-huit raisons que j'avais de refuser, notamment le fait que je déteste courir, ou bien que je ne connaissais pas ces gens, et puis aussi le fait que JE DÉTESTE COURIR, j'ai accepté. Le coach s'est présenté. Il avait le crâne rasé, certainement pour cacher un début de calvitie, et un énorme sourire qui le rendait immédiatement sympathique. Sa barbe à la mode du moment, un peu trop longue et sauvage à mon goût, le vieillissait.

— Je suis enchanté de faire votre connaissance à toutes les trois. Je m'appelle Franck, j'ai vingt-six ans et il y a six ans, je pesais cent trente-cinq kilos, fumais deux paquets de cigarettes par jour, et j'étais physiquement incapable de monter un étage à pied. Aujourd'hui, bon... Je vous laisse admirer.

Il a fait un tour sur lui-même nous exposant ainsi son corps sculpté, mais en arborant un sourire farceur, comme pour bien montrer qu'il ne se prenait pas au sérieux. Alexandra, l'autre fille du groupe, qui devait avoir approximativement et grosso modo entre trente-cinq et cinquante-cinq ans, s'est mise à le siffler, ce qui l'a ravi. Après un baiser de la main en sa direction, Franck s'est adressé à moi :

— Si je comprends bien Lisa a remplacé Sandrine, comme ça au pied levé. Je te félicite pour ton courage et te remercie pour ta confiance. Je suis sûr que nous avons gagné au change et que tu ne regretteras pas ta décision.

J'ai hoché la tête.

— Alors maintenant, on cesse les bavardages et on y va.

Nous avons fait quelques étirements puis nous nous sommes mis à courir. Une minute. Une longue minute. Soixante interminables secondes. Ensuite nous sommes passés à la marche et nous avons ainsi alterné pendant près d'une heure. Julie appelle ça « courer ». Elle faisait partie de ceux que je considère comme « de vrais gentils ». Ces gens dont la bonté est visible de l'extérieur, aimables dans le sens premier du terme. Elle était belle sans effort, malgré un menton trop carré. Elle posait des questions à tout le monde, sincèrement attentive à la réponse et à la personne. Ni Alexandra ni moi n'étions capables de converser, tant nos efforts nous coupaient le souffle, mais les commentaires encourageants de Franck et Julie ainsi que leurs diverses anecdotes avaient permis que l'heure de running passe vite, et presque agréablement.

« Les obstacles sont là pour vous indiquer le chemin à suivre. » Courir était un obstacle, sans aucun doute. Cela signifiait-il que je devais persévérer ? Après l'entraînement, Julie m'a lancé en partant :

— J'ai été ravie de faire ta connaissance, j'espère vraiment te revoir la semaine prochaine.

— Moi aussi, s'est jointe à elle Alexandra.

Elles se sont éloignées et je suis restée avec Franck pour lui régler la leçon.

— Alors, comment c'était ?

— Dur, ai-je répondu avec un demi-sourire. Ça fait tellement longtemps que je n'ai pas fait de sport.

— Tu ne penses pas que tu le mérites ?

Je l'ai interrogé du regard. Il s'est expliqué.

— Tu ne penses pas que tu mérites de t'occuper de toi, de prendre soin de ton corps et de ton âme ?

— Les massages, c'est plus agréable, ai-je répliqué en riant.

— Et à quand remonte ton dernier massage ?

Je suis restée silencieuse, car je l'ignorais. Ce n'était pas une question existentielle et mon absence de réponse n'affecterait pas le déroulement de ma journée, mais cela m'avait déstabilisée, car la question sous-jacente était plus fondamentale : quand avais-je cessé d'accorder de l'importance à mon propre bien-être ?

Franck terminait de ranger ses affaires dans son sac. Il m'a souri.

— Tu n'es pas obligée de décider maintenant si tu veux t'inscrire ou non. Et ne t'inquiète pas, je trouverai un autre membre pour compléter le groupe.

Il avait lu dans mes pensées. Je ne voulais pas faire faux bond à Alexandra et Julie, comme la Sandrine que j'avais remplacée.

— Non, je veux m'inscrire.

— Je n'ai pas compris, c'est oui ou c'est non ? a-t-il repris, toujours en me souriant.

— C'est oui. Oui ! ai-je crié.

Nous avons ri, échangé nos numéros de téléphone, et nous nous sommes donné rendez-vous samedi prochain.

Quand je suis rentrée à la maison, les enfants étaient réveillés, mais pas du tout prêts à se rendre à leurs activités du samedi. Jeremy avait l'air énervé :

— Mais t'étais où ??? s'est-il écrié.

— Je t'ai dit que je sortais faire du sport, ai-je répliqué sur la défensive.

— Mais ça fait au moins deux heures que tu es partie !

— J'ai rejoint un groupe de running, lui ai-je répondu, les poings sur les hanches et les sourcils froncés.

Jeremy m'a regardée, incrédule.

— Jeremy, j'admets que je n'ai pas grimpé l'Everest, mais je suis sortie tôt ce matin dans le froid, pour bouger et améliorer ma santé alors le minimum que j'attends de toi, c'est un petit mot d'encouragement.

Mon ton ainsi que mon attitude oscillaient entre colère, désespoir et besoin de reconnaissance. Je me méprisais de ressentir ce besoin, tout en regrettant qu'il ne soit pas assouvi.

— Tu as raison, je suis fier de toi, a finalement lâché mon mari.

Il m'a prise dans ses bras et j'ai soufflé.

La journée du samedi s'est déroulée dans un calme relatif. Ma mère a proposé d'emmener les jumeaux au jardin du Ranelagh et j'ai accepté avec empressement. J'ai invité Jeremy à boire un café en terrasse et il a consenti, dans sa grande miséricorde. Il m'a réexpliqué pourquoi il devait passer tellement de temps au bureau, l'importance de devenir associé, but ultime de tout consultant, les problèmes auxquels il devait faire face sur cette mission, notamment un client particulièrement pointilleux et des collaborateurs absents. J'ai fait semblant d'écouter, le menton relevé, visage en direction du soleil pour absorber les bienveillants rayons d'automne. Pendant deux heures, je me suis sentie bien. Le fameux effet bénéfique du sport peut-être ?

Effet de courte durée néanmoins. De retour à la maison, les cris et les pleurs (protestations contre le bain, l'eau qui était trop chaude, l'eau qui était trop froide, trop mouillante, contre le brossage de dents, le pyjama de la mauvaise couleur, pour une histoire, encore une histoire et encore une histoire…) ont eu raison de ma bonne humeur.

Une fois les enfants couchés, Jeremy s'est installé devant la télé. Pendant que je sortais la glace cookies and cream du congélateur, j'ai reçu un texto de Carla :

Salut, Lisa, comment s'est passée ta séance de sport ?

J'ai failli lui rétorquer :

On se tutoie maintenant ?

À la place, j'ai juste répondu :

Super !

J'ai regardé le pot de glace qui m'a regardée en retour.

— Prends-moi, je sais que tu en as envie, m'a-t-il susurré.

Je l'ai immédiatement reposé dans le congélateur et j'ai refermé la porte contre laquelle je me suis adossée le temps de réfléchir à l'épineux dilemme qui se présentait à moi.

Qu'est-ce que je fais ? J'ai très envie de cette glace, les enfants sont au lit, le silence règne enfin dans l'appartement si ce n'est pour la série que regarde Jeremy. Je me vois déjà en train de la savourer, d'ailleurs je la sens dans ma bouche, froide et sucrée, avec ses morceaux croquants de cookies.

STOP ! Tu as couru ce matin, tu es une athlète.

Ah, ah, ah. Je suis une athlète. N'importe quoi. Faut arrêter les vidéos du séminaire.

Au contraire. C'est grâce à elles que tu t'es inscrite au groupe de running et que tu commences enfin à prendre soin de toi. Et puis, tu as vraiment envie de perdre du poids, pour te sentir attirante et sexy, à tes yeux et aux yeux de ton mari, non ?

Je me suis éloignée de la cuisine, portée par un grand sentiment de fierté. Je me suis installée sur mon lit, le cahier d'accompagnement ouvert à la bonne page, en bonne élève, et j'ai visualisé la dernière vidéo du séminaire.

Les lunettes qui déforment notre vision du monde

Nos modèles de pensée sont des prismes à travers lesquels nous interprétons le monde qui nous entoure, telles des lunettes qui déforment notre vision. Ils ont pu nous être transmis par nos parents, la communauté dans laquelle nous évoluons, ou par nos expériences passées. Par exemple, « Tous les YYYY sont des XXXX », « On ne peut faire confiance à personne », « Il faut souffrir pour être belle ».

Nos « croyances », ces idées que l'on prend pour des vérités, en sont un autre exemple. Elles peuvent nous être bénéfiques, comme « Je suis capable de réussir cet examen... » ou au contraire nous causer de réels dommages, comme « Je n'ai pas fait de grandes études, par conséquent je n'arriverai jamais à trouver un emploi stable et satisfaisant... ». Dans ce cas, il s'agit de croyances limitantes.

Il est essentiel de comprendre que ce ne sont pas des vérités absolues et que vous pouvez les modifier ou vous en débarrasser.

Faites la liste des événements marquants de votre vie, pensez aux phrases assénées dans votre enfance, à l'exemple donné par vos parents. Puis réfléchissez sur la façon dont cela a impacté votre façon de penser.

Le divorce de mes parents quand j'avais six ans.

Je me suis toujours dit que je ne divorcerais jamais, que je ferais tout pour rendre mon mari heureux et qu'il ne veuille jamais me quitter. Pas sûre d'être sur la bonne voie…

Le fait que j'aie grandi dans un milieu modeste m'a poussée à faire d'excellentes études pour obtenir un emploi très rémunérateur. Modèle de pensée ? La vie est plus facile lorsqu'on est riche ? Ce n'est pas un modèle de pensée, c'est une vérité, non ?

Quoi d'autre ? Échouer ou renoncer est une marque de faiblesse, mais là, pareil : vérité.

Ah, je refuse (ou j'estime que je n'ai pas le droit ?) de dépendre financièrement de mon mari.

Je relis la leçon : il est essentiel de comprendre que ce ne sont pas des vérités absolues et que vous pouvez les modifier ou vous en débarrasser. Intéressant. Mais ces modèles de pensée ne me portent pas préjudice, au contraire.

Quoi d'autre ?

J'ai été très affectée par la naissance de Maxime, grand prématuré. Pendant des mois, je me suis réveillée en sursaut, avec l'angoisse qu'il soit mort pendant mon sommeil. Cette angoisse a perduré après sa sortie du service de néonatologie. Le modèle de pensée : ton enfant, tes enfants (car finalement je crains pour la vie de chacun de mes enfants) peuvent mourir à n'importe quel instant. Mais c'est logique, ils sont mortels comme tout le monde.

Je note mes pensées dans ce cahier et en même temps je réfléchis.

Qu'est-ce qui diffère entre mon modèle de pensée « mes enfants peuvent mourir à n'importe quel moment » et la Vérité « mes enfants sont mortels » ? J'accepte la mortalité de tout être comme une fatalité, une donnée scientifique sur laquelle je ne m'épanche pas souvent. En revanche, le fait que mes enfants puissent mourir à n'importe quel moment est une source d'angoisse permanente qui me fait envisager régulièrement des accidents, des maladies rares, ou autre tragédie. OK. À méditer.

5

DIMANCHE. Jour de repos. Ça me fait bien rire.

Les jumeaux qui se lèvent aux aurores alors qu'en semaine il faut les traîner hors du lit, la sortie avec les enfants pour éviter qu'ils ne passent toute la journée devant leurs écrans tandis qu'eux-mêmes ne rêvent que d'une chose… passer toute la journée devant leurs écrans. Il faut faire les devoirs pour rattraper ce qui n'a pas été terminé en semaine, les lessives (il faut vraiment que je trouve une nounou), ranger le désordre des enfants qui croît de façon exponentielle toutes les heures. Rien que d'y penser ça me fatigue. En plus, aujourd'hui, c'est le déjeuner mensuel obligatoire chez mon père !

Jeremy m'avait déjà prévenue qu'il ne pourrait pas se joindre à nous, car il devait encore travailler. Il avait même cru bon de rajouter : « Désolé. » « *Désolé ?* » J'allais protester à son « Désolé » par un « Putain tu fais chier » qui me semblait résumer de façon concise et précise ma frustration et ma colère face à son manque de participation à la vie familiale, mais les cris perçants de Louis m'en avaient empêchée.

Charles et Maxime, constatant l'absence de leur père sur le pas de la porte, se sont rebellés.

— Maman, je ne veux pas aller chez papi et Liliane. On se fait toujours chier là-bas, a lancé Maxime.

— Maxime, parle correctement, s'il te plaît, me suis-je exclamée, outrée.

— Mais tu es d'accord avec moi, on s'emmerde royalement chez eux, a-t-il cru bon de renchérir.

— Ton langage ! ai-je hurlé à bout de nerfs. C'est ma famille et c'est une tradition : nous déjeunons ensemble chaque premier dimanche du mois.

— Pourquoi il ne vient pas, papa ? a interrogé Charles.

— Papa a du travail. Ça suffit maintenant. On y va. Et après, si vous vous êtes bien comportés, on ira au jardin d'acclimatation.

— Yeah ! se sont-ils tous exclamés.

J'avais gagné la bataille, mais perdu la guerre. Avais-je été manipulée ? Étais-je tombée dans leur piège ? Si c'était le cas, j'étais secrètement très fière d'eux.

Nous sommes arrivés devant le coquet pavillon de la banlieue parisienne où vivent mon père et ma belle-mère. Avant d'entrer, j'ai pris une longue inspiration 1, 2, 3, 4, 5 longue expiration 1, 2, 3, 4, 5.

— On y va ! me suis-je ensuite exclamée, avec un entrain factice.

La grille noire en fer forgé a émis un grincement strident qui caractérisait parfaitement l'heure qui allait s'écouler. Nous avons pénétré dans le jardin laissé à l'abandon. La pelouse n'y poussait que par endroits et une chaise en plastique blanc, tombée sur le flanc, constituait l'unique décor. Ni potagers, ni bosquets, ni fleurs n'agrémentaient l'entrée de la propriété. Nous avons grimpé les quelques marches qui menaient à la porte et avons frappé. Ma belle-mère Liliane nous a ouvert, vêtue d'une salopette en soie bariolée, certainement Versace ou Lacroix, achetée sur un site troisième main sous la fausse appellation « vintage ». Je me suis sentie agressée par tant de couleurs, d'autant que son maquillage était en adéquation avec sa tenue. Mais sa gentillesse compensait largement son manque de goût. C'était pour elle que je faisais l'effort de venir. J'éprouvais un mélange de peine et d'affection à son égard.

Je ne comprenais pas pourquoi elle restait mariée à mon père. La peur de la solitude peut-être, l'habitude, l'incapacité de subvenir seule à ses besoins certainement. Je la soupçonnais de boire plus que nécessaire, mais je ne savais pas comment aborder ce sujet avec elle. Avais-je même le droit de l'aborder ?

— Ma chérie, tu vas bien ? Les enfants, comme vous avez grandi ! Entrez, j'ai préparé un bœuf bourguignon dont vous me donnerez des nouvelles !

Nous avons salué mon père et mon demi-frère, Christophe, tous deux affalés sur le canapé en velours vert du salon devant la télé. Ils ont à peine tourné la tête vers nous.

Charles et Maxime ont allumé leur téléphone. Louis s'est mis à colorier, et Lucas est sorti jouer dans le jardin avec sa voiture téléguidée. J'ai rejoint Liliane dans la cuisine. Elle s'était donné du mal pour nous recevoir.

— Alors, quoi de neuf? m'a-t-elle demandé, sincèrement intéressée.

— Un nouveau boss que je déteste, toujours pas de nounou, mais ma mère nous aide. Et toi, raconte ? Christophe est venu, tu dois être contente ! ai-je essayé d'amener la conversation sur un sujet qui, je le savais, la préoccupait, mais dont elle ne se plaignait jamais.

— Ta mère t'aide, c'est super !

C'était ainsi avec elle. Elle ne s'ouvrait pas et ne répondait jamais à mes tentatives, ce qui condamnait notre relation à rester superficielle.

Une fois le repas prêt, nous nous sommes attablés, et avons écouté mon père nous narrer ses derniers exploits. Tout ce qu'il fait est extraordinaire. Tout ce que font les autres est médiocre, au mieux. Jeremy est persuadé qu'il a un vrai problème mental. Dès leur première rencontre il m'avait lancé un « Il est narcissique, ton père » que j'avais pris pour un jugement, pas pour un diagnostic, et je n'y avais plus repensé.

— J'ai une grande nouvelle à vous annoncer, s'est exclamé Christophe au moment du dessert.

— Tu vas te marier ? s'est écriée Liliane dont la joie ne pouvait être contenue.

— Jamais de la vie. J'ouvre une pizzeria.

— Bravo, fiston ! l'a immédiatement complimenté mon père.

— Avec quel argent ? ai-je demandé, suspicieuse.

— C'est dingue comme tout tourne autour de l'argent avec toi, a fait Christophe évitant ainsi de répondre.

— Disons que c'est un élément essentiel dans n'importe quel business, non ?

— J'ai le local et un associé. On obtiendra facilement un emprunt de la banque. J'ai juste besoin d'un garant. Papa ? a-t-il demandé en regardant mon père.

— L'un d'entre vous a de l'expérience dans la restauration ? ai-je poursuivi. Ton associé est cuistot ? Pizzaïolo ?

— Lisa, arrête de harceler ton frère. Il sait ce qu'il fait. Bien sûr que je me porte garant ! Je suis fier de toi.

— Fier ? me suis-je exclamée. Il a trouvé un local vide et un pote assez con pour s'associer, et tu es fier de lui ?

— J'apporte le fromage, s'est interposée Liliane.

— Lisa, c'est moche la jalousie, a réprimandé mon père.

— Con. Maman, t'as dit con, a répété Louis, mi-gêné mi-ravi.

Je suis allée me réfugier dans la cuisine, heureuse de laver la vaisselle pour une fois.

Après le repas, malgré ma fatigue, j'ai amené les enfants au jardin d'acclimatation, comme promis. Après de nombreuses attractions qui requéraient ma présence et toute mon attention (« Maman, regarde, je vole »), j'ai pu enfin me poser sur un banc pour naviguer en paix sur les réseaux sociaux. Julie m'avait taguée sur Facebook. Elle avait posté une photo d'elle, en compagnie de Franck, Alexandra et moi, avec pour légende « Qui se joint à nous samedi prochain à 8 heures ? ». J'ai senti naître en moi une pulsion meurtrière. Ne savait-elle pas qu'on ne tague pas les gens sans leur consentement ? Surtout lorsque lesdites gens sont à leur désavantage sur la photo, le visage rouge et dégoulinant de sueur, le corps boudiné dans des vêtements de sport trop petits, ce qui a pour effet de propulser hors de la ceinture du pantalon leur ventre mou et gras, fruit de trois grossesses et aussi, peut-être, d'un léger excès de chocolat ? J'ai inspiré profondément, 1, 2, 3, 4, 5, expiré profondément 1, 2, 3, 4, 5.

En fin de journée, le temps s'est couvert et j'ai dit aux enfants que nous devions rentrer.

— Maman, non, on ne peut pas encore partir. Je n'ai pas fait la tyrolienne, s'est plaint Maxime.

— Ça fait deux heures qu'on est là, il va bientôt pleuvoir, on doit y aller, ai-je rétorqué en remettant à Lucas son blouson.

— Tu m'avais promis !

— Il fallait le faire avant. On s'en va.

J'ai attrapé les mains de Louis et Lucas et me suis mise à marcher.

— Non. Je ne veux pas, a protesté Maxime.

— Tu ne t'es pas amusé jusqu'à maintenant ? lui ai-je demandé, me retournant dans sa direction.

— Non. C'était nul, a-t-il répondu les larmes aux yeux.

— Tant pis pour toi. Maintenant tu viens, lui ai-je ordonné en m'éloignant d'un pas prétendument assuré, le laissant derrière moi.

Qu'est-ce que je fais s'il ne me suit pas ?

— Allez, viens, l'a convaincu Charles, à mon grand soulagement.

Je m'en voulais d'avoir crié et réagi de la sorte. Mais j'étais crevée, je rêvais de rentrer à la maison et d'enlever mes chaussures qui me serraient, de m'affaler sur le sofa, les pieds sur la table basse devant un épisode de quoi que ce soit, ou même dans le silence. *Mauvaise mère !* J'avais espéré que m'inscrire au séminaire améliorerait ma relation avec mes enfants, mais pour l'instant, à part avoir appris à respirer (chose que j'ignorais ne pas savoir faire), il ne m'avait aidée en rien. *À quoi ça m'avance d'avoir décrit ma version idéale ? Je me sens encore plus nulle parce que je sais très bien comment elle aurait agi ma version idéale : elle aurait constaté que la seule attraction que Maxime voulait faire, c'était la tyrolienne et que nous avions fait toutes les activités que ses frères avaient choisies, mais pas la seule qui lui aurait fait vraiment plaisir. Ma version idéale aurait été à l'écoute au lieu de déprimer à cause d'une photo peu avantageuse d'elle postée sur*

Facebook. Elle aurait pris en compte les envies de chacun et, bien sûr, elle n'aurait pas crié. Les jumeaux se sont endormis dans la voiture sur le chemin du retour, ce qui promettait un coucher difficile, Maxime est resté silencieux pour bien exprimer son mécontentement, et Charles a mis ses écouteurs. J'en ai profité pour enclencher une nouvelle leçon.

Merci

Le sentiment de gratitude que l'on ressent même envers les plus infimes détails de notre vie est un des moteurs qui nous font avancer sur le chemin du bonheur. De nombreuses études ont démontré que ressentir et exprimer de la gratitude permettait d'améliorer notre bien-être global. Vous allez donc quotidiennement dresser la liste de cinq choses pour lesquelles vous êtes reconnaissante.
Certains jours, la liste comprendra des événements majeurs tels qu'une promotion, une naissance, un mariage. D'autres jours, il s'agira de votre bonne santé, de votre conjoint aimant, du toit au-dessus de votre tête, de vos amis, votre emploi, etc.
Pratiquer la gratitude vous amène à focaliser votre attention sur les aspects agréables de la vie plutôt que sur les désagréments inévitables.

Dans la voiture, alors que mon esprit était encore embourbé dans la honte d'avoir crié sur mon fils et la tristesse (jalousie ?) provoquée par la fierté de mon père envers Christophe, je ne trouvais rien de positif envers quoi être reconnaissante. Mais arrivée chez moi, je me suis forcée à noter dans mon cahier ma liste de gratitude.

Mes quatre enfants sont en bonne santé.
Je vis dans un magnifique appartement.
J'ai de beaux cheveux.
~~David est en France~~.
Voilà.

6

La journée a débuté avec les larmes de Lucas et s'est terminée avec les miennes.

Lorsque je l'ai réveillé, il m'a affirmé catégoriquement qu'il refusait d'aller à l'école. Au début, j'ai trouvé mignonne cette naïveté de croire qu'il pouvait décider du déroulement de sa journée. Il s'est enfoui sous sa couette Spiderman et il a murmuré :

— Maman, je suis trop fatigué. Je ne vais pas à l'école aujourd'hui.

— Enfin, mon chéri, tout le monde va à l'école. Les parents vont travailler, et les enfants vont à l'école, c'est comme ça, lui ai-je expliqué pour la trois cent quatre-vingtième fois.

— Non. Je vais pas à l'école, s'est-il exclamé en sortant sa tête de dessous la couette.

— Tu iras te coucher plus tôt ce soir. Lève-toi, ai-je répliqué irritée en soulevant la couverture.

— Non. Je veux pas aller à l'école.

J'ai prié pour qu'il ne pique pas de colère.

— Je veux pas aller à l'école ! Je veux pas aller à l'école ! Je veux pas aller à l'école ! a-t-il scandé.

Pour une fois, j'étais heureuse que Jeremy soit parti tôt au bureau. Il imputait les crises de nerfs de Lucas à mon manque de fermeté et si j'avais cru par le passé qu'il avait raison, ce n'était plus le cas aujourd'hui. Je savais que le problème était plus profond. Pourtant, j'en avais parlé au pédiatre qui n'avait pas pris au sérieux mes inquiétudes. Pas la peine d'en parler à Jeremy, je connaissais son opinion, alors que faire ?

— Je veux pas aller à l'école ! Je veux pas aller à l'école ! Je veux pas aller à l'école ! continuait Lucas.

J'inspire, 1, 2, 3, 4, 5, j'expire 1, 2, 3, 4, 5.

— Je veux pas aller à l'école !

J'inspire, 1, 2, 3, 4, 5, j'expire 1, 2, 3, 4, 5.

— Je veux pas aller à l'école !

— MAIS TU VAS ARRÊTER DE CRIER OUI ? ai-je hurlé.

Je m'en suis immédiatement voulu, mais j'étais démunie.

J'ai tenté de négocier, plaider, le soudoyer avec la promesse d'un chewing-gum, qui était formellement interdit à la maison, mais rien n'y a fait. Je n'avais plus le temps, je risquais d'arriver en retard. Je l'ai habillé de force, puis j'ai saisi mes affaires, son petit sac à dos de Spiderman, celui de Bob l'éponge de Louis, qui avait observé la scène du coin de la chambre, le visage embourbé de larmes silencieuses, et nous sommes sortis de l'appartement.

T'es nulle. Même pas capable de convaincre ton enfant d'aller à la maternelle. Qu'est-ce que ce sera au collège quand il sera plus costaud que toi ?

Nous sommes montés dans l'ascenseur, il criait toujours. J'avançais dans la rue, mortifiée, les yeux au sol. *Ignore le regard des passants. Pense à autre chose. Chante une chanson.* J'ai fredonné *La Vie en rose* dans ma tête et, après avoir bataillé avec Lucas qui se débattait, nous sommes tous entrés dans la voiture.

— Je veux pas aller à l'école !

Il est entré dans mon cœur, Une part de bonheur, dont je connais la cause.

— Je ! Veux ! Pas ! Aller ! À l'école !

C'est lui pour moi, moi pour lui dans la vie, Il me l'a dit, l'a juré pour la vie.

Je me retenais de le gifler, je fantasmais de les plaquer là et de m'enfuir.

Je me suis garée et j'ai sorti de force Lucas de son siège auto.

— Je veux pas aller à l'école !

Les parents d'élèves qui avaient déjà déposé leurs enfants et marchaient vers leurs véhicules ont ralenti pour nous observer. J'entendais leurs réflexions silencieuses : « Tiens, voyons comment elle va gérer ça. » Louis s'est dirigé vers sa classe, sans avoir prononcé un mot depuis que nous étions sortis. Ils avaient été séparés cette année, et je me demandais si cela pouvait être la cause de la détresse de Lucas. Pourtant, c'était la première fois depuis le début de l'année qu'il refusait ainsi d'aller à l'école. J'étais perdue.

J'ai tiré Lucas par la main, puis une fois arrivés, je l'ai poussé vers sa maîtresse et me suis enfuie en courant, les larmes aux yeux, la honte au ventre, et la tristesse dans toutes les cellules de mon être. J'ai foncé au bureau.

En constatant que la porte de la salle de réunion était fermée j'ai compris qu'ils avaient commencé sans moi.

— Lisa, tu tombes à point. Nous avons besoin d'une femme pour servir le champagne.

Quoi ? C'est une blague ? Anthony avait l'air très sérieux, il me montrait d'ailleurs le plateau avec les coupes et la bouteille dessus.

— Que célèbre-t-on ? ai-je demandé pour gagner du temps.

— Notre site web est le site le plus visité en France.

— Génial. Et les ventes ?

— On y arrive. Alors, tu nous le sers, ce champagne ?

Trouve quelque chose à dire, trouve quelque chose de drôle, de méprisant, ou de hautain.

J'étais implacable sur la législation en matière de discrimination ou de harcèlement, j'avais été personnellement témoin de dizaines de réflexions déplacées ou sanctions injustifiées, mais la violence de la claque que je venais de recevoir m'avait muselée. Je ne savais pas quoi dire, comment réagir. Comme un robot, j'ai pris le plateau et j'ai servi les autres directeurs, tous des hommes.

Moi. Directrice des ressources humaines. Major de ma promotion à HEC. Moi, dont les programmes de prévention et répression du harcèlement au sein de l'entreprise étaient cités en exemple chez nos concurrents. Je faisais la serveuse. *Il n'y a pas de honte à servir.* Mais non, bien entendu il ne s'agissait pas de cela. C'était du sexisme dans toute sa laideur, et je n'avais pas su me défendre. J'avais joué le jeu. Je me détestais pour ça.

Plus tard, quelques collègues femmes qui avaient eu vent du comportement d'Anthony m'avaient confié leur colère ou désarroi. Mais Noémie trouvait ça plutôt rigolo. Juste retour des choses, devait-elle penser : elle m'apportait mon café tous les matins, j'avais servi le champagne.

Je me sentais tellement humiliée que je voulais éviter de devoir revivre mentalement cette scène, alors dès que quelqu'un a abordé le sujet, j'ai fait bifurquer la conversation sur le dossier du flex office.

Dans l'après-midi, j'ai fait passer des entretiens d'embauche à plusieurs candidats pour un poste à haute responsabilité au service commercial, mais je n'étais pas concentrée. J'avais mal au ventre. Les cris de Lucas me revenaient en mémoire par flashs, ainsi que l'incisif: « Lisa, tu tombes à point. Nous avons besoin d'une femme pour servir le champagne. »

Après le travail, comme ma mère était avec les enfants, j'en ai profité pour faire les courses. Carla m'a téléphoné alors que j'étais au rayon crème glacée (elle a un don ou quoi ?). Elle était ponctuelle et moi j'avais oublié notre rendez-vous, ce qui ne l'avait pas démontée, et elle avait insisté pour que je la rappelle dès que je rentrerais dans la voiture. Je me suis exécutée à contrecœur. Puis, un appel a mis fin à notre conversation.

— Madame Johnson, votre mari est bien allé chercher Maxime et Samuel à la piscine, aujourd'hui ? m'a demandé aussitôt la mère de son camarade de natation, la voix tendue.

— Quoi ?! Il n'a pas déposé votre fils chez vous ? Je l'appelle immédiatement pour vérifier. Il doit être en chemin, me suis-je écriée, priant pour que ce soit le cas.

— Mon Dieu, il est 19 heures, j'espère qu'il ne leur est rien arrivé !

Elle avait débité sa phrase d'une traite, la terminant sur une octave plus aiguë qu'au début.

J'ai composé fébrilement le numéro de Jeremy.

— Jeremy, dis-moi que tu es en route pour la piscine, ai-je supplié.

— Hein ? La piscine ? On est mercredi aujourd'hui ?! a-t-il répondu, la voix blanche.

Après un rapide calcul mental pour déterminer lequel des deux arriverait le plus vite à la piscine, j'ai crié :

— Tu vas immédiatement les chercher !

— Ça va, calme-toi, j'y vais, a-t-il pris le temps de me dire avant de raccrocher.

J'ai foncé chez moi, les battements de mon cœur perceptibles et anormalement rapprochés, la sueur qui dégoulinait dans le dos en cette fin d'automne. J'ai rappelé Jeremy, mais il était déjà en ligne. Je voulais qu'il m'informe dès qu'il avait récupéré les garçons. *Et s'ils n'étaient pas devant la piscine, et s'ils avaient décidé de prendre le métro pour rentrer et qu'ils s'étaient perdus, s'ils s'étaient fait racketter, voler, kidnapper. Mon Dieu, c'est sûr qu'il y a des pédophiles à la piscine, c'est certainement leur lieu de prédilection. Un pédophile a dû les repérer et voir qu'ils étaient seuls dehors et il leur a proposé de les ramener. Impossible. Maxime sait très bien qu'il est interdit de monter dans la voiture d'un inconnu. Mais il fait froid, ils sont mouillés, fatigués, le type leur a promis de les conduire chez eux. Il leur a offert des bonbons. Maxime ne mange plus de bonbons. Mais Samuel n'est pas dans l'équipe de foot, il mange forcément des bonbons. Pourquoi mange-t-il des bonbons ? Ses parents ne lui ont-ils pas dit que c'était mauvais pour les dents ?*

J'ai rappelé Jeremy, toujours en vain. *Il est en ligne avec la police. Il n'a pas trouvé les garçons devant la piscine et il a contacté les flics. Je devrais peut-être faire un tour dans le quartier.*

Jeremy a enfin répondu.

— T'es où ? ai-je hurlé.

— Mais calme-toi, je suis en chemin vers la maison.

— Tu as récupéré les garçons ? ai-je haleté.

— J'ai raccompagné Samuel chez lui, et Maxime est dans la voiture avec moi.

— Comment vont-ils ?

— Comment veux-tu qu'ils aillent ? Ils sont fatigués et ils ont faim, a répliqué Jeremy, exaspéré.

— Ils ont dû attraper une pneumonie en restant dehors les cheveux mouillés.

— Bon, Lisa, j'ai un autre appel, je dois raccrocher.

À la maison, je me suis précipitée vers Maxime qui était justement dans l'entrée, et je l'ai couvert de baisers, puis je me suis tournée vers mon mari.

— Tu ne te rends pas compte ?! ai-je lâché entre mes dents serrées, furieuse. Ils auraient pu se faire agresser, racketter, enlever, même !

— Enfin, Lisa, on est à Paris, pas à São Paulo, a-t-il répliqué en dénouant sa cravate.

— C'est tellement toi ça, de dénigrer mes sentiments et diminuer la gravité de tes actions ! ai-je répondu en me dirigeant vers la cuisine.

— Et c'est tellement toi ça, de faire une montagne de rien et de me rendre coupable de tous les maux de la terre ! s'est-il exclamé en me suivant, prêt à la bataille.

— Une montagne de rien ? La mère de Samuel m'a laissé un message cinglant m'informant qu'elle ne souhaitait plus qu'on se partage les trajets à la piscine, ce qui signifie que tu vas devoir accompagner et ramener Maxime tous les mercredis.

— Lisa, je ne suis pas taxi, s'est insurgé Jeremy. Je te rappelle que je travaille, également les mercredis.

Les enfants étaient attablés dans la cuisine, où ma mère leur servait de la soupe. *Comment arrive-t-elle à leur faire manger de la soupe. Elle doit mettre du sucre dedans*. J'ai examiné les bols : des croûtons flottaient sur toute la surface.

— Jeremy, Lisa, je peux tout à fait accompagner Maxime à la piscine les mercredis avant d'aller chercher les jumeaux au centre de loisirs.

— C'est vrai, vous feriez ça, Françoise ? s'est exclamé Jeremy en embrassant ma mère sur la joue.

C'est trop facile. J'ai regardé ma mère l'air affligé.

— Bien entendu, avec plaisir, a-t-elle répondu. Faites-moi un mémo des activités des enfants, et si on peut y aller en métro, je m'en occupe.

Le soir, au milieu du gigantesque lit de 2 m sur 2 m que nous avions acheté après avoir compris qu'au moins l'un de nos enfants viendrait se joindre à nous au milieu de la nuit, j'ai déroulé mentalement l'échange que j'avais eu avec Carla juste avant que la mère de Samuel m'appelle.

Après m'avoir félicitée pour mon inscription au groupe de running, elle avait lancé :

— On va faire un exercice tout simple qui fait souvent émerger des causes ignorées d'un mal-être. Dis-moi ce qui te dérange en ce moment.

J'avais réfléchi longuement, tellement de choses allaient mal en ce moment, je ne savais pas quoi choisir.

— Je ne supporte plus que Jeremy passe tout son temps au bureau et qu'il privilégie ses préoccupations professionnelles à ses obligations familiales, avais-je finalement lâché.

— Pourquoi ?

— Parce que ça me rend dingue, avais-je répondu excédée.

— Pourquoi ?

Mais ça commence à bien faire, avais-je pensé, prête à raccrocher.

Carla avait enchaîné :

— Allez, vas-y, joue le jeu. Pourquoi ça te rend dingue que ton mari rentre tard le soir ?

— Parce qu'il devrait passer plus de temps avec nous qu'au bureau.

— Pourquoi ?

Cet échange devenait désagréable. Je ne savais pas où elle voulait en venir et combien de fois elle me poserait la même question.

— Parce que nous sommes sa famille et que je ne sais pas ce qu'il fait, ni avec qui lorsqu'il n'est pas avec moi, avais-je finalement répondu impatiemment. C'est bon, on peut passer à autre chose ?

— Pourquoi ?

Devant mon silence Carla avait insisté :

— On est en train de faire l'exercice des cinq pourquoi. Alors, pourquoi ne sais-tu pas où se trouve ton mari lorsqu'il n'est pas avec toi ?

— Parce que je le soupçonne de me tromper.

— Pourquoi ?

— Parce qu'il l'a déjà fait et que je n'ai plus confiance en moi. En lui, je veux dire. Je n'ai plus confiance en lui.

— Et en toi, tu as confiance ? m'avait murmuré Carla d'un ton si bienveillant que j'en avais eu les larmes aux yeux.

L'appel inquiet à propos de Samuel et Maxime tombait presque à point. Au moins, il avait diverti mon esprit de cette pensée qui me hantait. Jeremy m'était-il infidèle, à nouveau ? Cela expliquerait son manque d'intérêt envers moi, ses horaires tardifs, sa distraction.

Non, je ne vais pas revivre ça. NON!

Pendant le laps de temps où j'avais soupçonné l'infidélité de Jeremy, je me suis vue devenir dingue. Dès les premiers signaux, j'avais été en état d'alerte. Ça avait commencé par des regards fuyants, puis des messages qu'il consultait après s'être éloigné, des journées au travail qui s'éternisaient, des week-ends passés au bureau. Je lui demandais plus ou moins sérieusement : « Mais tu me trompes ou quoi ? » Il me répondait systématiquement : « Mais non, enfin ! ». Cette réponse me calmait un jour ou deux, puis à l'apparition de l'indice suivant, mes doutes refaisaient surface : *il me trompe, c'est sûr !* Cette pensée m'obsédait. Je fauchais subrepticement son téléphone et j'essayais tous les mots de passe possibles jusqu'à ce qu'il bloque. Je lisais ses e-mails, examinais ses poches, respirais ses cols de chemises. Un soir, alors qu'il était censé être au bureau, j'y suis allée. J'avais laissé Charles, alors âgé de cinq ans, et Maxime âgé de trois, seuls, endormis à la maison. Je ne me suis jamais pardonné cet acte totalement irresponsable. Il n'y avait personne. Je l'avais appelé pour lui demander où il était, et lorsqu'il m'avait répondu qu'il était encore au travail, j'avais ressenti une énorme colère, de la tristesse, mais aussi une sorte de réconfort. Mon calvaire allait cesser. Quand il est rentré ce soir-là, j'ai exigé des explications. Il a avoué : il avait succombé aux charmes d'une stagiaire de vingt-cinq ans prénommée Jennifer. Il avait été flatté par son intérêt pour lui proche de l'admiration, d'autant qu'elle était très belle (information que je n'aurais pas dû lui soutirer). Elle l'avait ouvertement dragué pendant des mois, selon lui, et après avoir d'abord résisté, il avait cédé une première fois lors d'un voyage d'affaires, après une soirée alcoolisée. Je l'avais cru. Je savais qu'il avait énormément de succès. Il me racontait quand des femmes lui faisaient des avances, et nous en riions, mais il n'avait jamais mentionné cette Jennifer. Peut-être avait-il su dès le départ que ce serait différent avec elle. Leur histoire avait duré presque deux mois, et soi-disant, il allait y mettre fin. Il se sentait minable et s'en voulait terriblement de s'être laissé guider par ses pulsions. J'avais apprécié qu'il ne me fasse aucun reproche. Un autre homme m'aurait peut-être balancé, à juste titre, que notre vie sexuelle était aussi excitante qu'une course d'escargots (comme en ce moment), mais Jeremy avait assumé l'entière responsabilité de ses actes. Il s'était comporté en « vrai connard », tels avaient été ses propos, et je n'avais pu qu'approuver.

Je lui avais demandé de quitter notre appartement, j'avais besoin de temps pour encaisser. J'avais passé deux semaines à pleurer, à faire le deuil de mon héros. Mais il me manquait terriblement. Il était la personne dont j'avais le plus besoin, et c'était précisément celle à laquelle je ne pouvais pas faire appel. Sa mère m'avait enjointe de donner à son fils une seconde chance. Elle m'avait confessé que son mari l'avait trompée également, au début de leur mariage, mais qu'elle lui avait pardonné et qu'ils avaient réussi à surmonter cette épreuve. Grâce à cette décision, leurs enfants avaient grandi dans un foyer heureux et soudé. Amy, ma belle-sœur, avait débarqué en France et avait beaucoup aidé à notre réconciliation. Malgré sa colère envers son frère, elle m'avait convaincue de le voir, pour comprendre à quel point il était malheureux sans moi et les enfants. Lorsque je l'avais revu, nous avions pleuré dans les bras l'un de l'autre et nous nous étions juré fidélité et honnêteté.

Non, je ne voulais pas revivre ça. Je me suis endormie seule, des larmes silencieuses coulant sur ma joue.

7

Le samedi est arrivé plus vite que prévu et avec lui le souvenir que je détestais courir. Mais je me suis raisonnée : c'était pour mon bien, en remplacement de massages que je n'allais pas m'offrir. C'était pour m'accorder une pause mentale, et avoir une raison d'être fière de moi.

En arrivant au point de rendez-vous, j'ai retrouvé Julie et Alexandra, qui m'ont accueillie avec enthousiasme, et présentée à un homme qui se tenait dos à moi.

— Lisa, voilà David. David, voici Lisa.

David ? Mon David ! Enfin, non, pas « mon » David. David, quoi. Mon Ex avec un E majuscule… Mon ventre s'est noué. Sa présence m'a bouleversée, d'autant que je ne m'étais pas préparée psychologiquement à le voir. Ni physiquement. Je n'étais pas maquillée, je n'avais pas investi dans une nouvelle garde-robe de sport, car je ne savais pas si j'allais m'y tenir ou si c'était une passade, et par conséquent je portais des vêtements qui prouvaient que j'étais une novice en matière de running, et qui, bien plus grave, me boudinaient.

David portait mon pendentif, comme sur la photo postée sur Instagram.

— Lisa ? Je n'en reviens pas, mais qu'est-ce que tu fais là ? s'est-il exclamé, un grand sourire sur le visage.

— Qu'est-ce que TU fais là ? Je ne savais pas que tu étais à Paris, ai-je menti.

On a hésité entre se faire la bise ou se serrer dans les bras l'un de l'autre. Finalement on a fait les deux. J'ai reconnu son odeur et senti sa joue mal rasée se frotter à la mienne. Nous nous sommes éloignés pour mieux nous observer.

Avions-nous beaucoup changé en quinze ans ? Il avait pris quelques rides au coin des yeux et sur le front, mais il arborait toujours le même sourire charmeur, ironique. Ma tignasse blonde avait diminué de moitié en même temps que mes fesses avaient doublé de volume. Je n'avais pas eu recours aux injections d'acide, Botox et autre sérum miracle et cela se voyait. *Ne pas oublier de demander à Alexandra les coordonnées de son chirurgien plastique.*

— Vous vous connaissez ? s'est étonnée Julie. Mais c'est génial !

Un couple nous a rejoints et Franck a fait les présentations.

— Alexandra, Julie et Lisa, voici David, Paul et Sophie. Je vous demande de leur faire un accueil chaleureux au sein du groupe. Maintenant que les présentations sont faites, on va y aller. On fait comme la semaine dernière, sauf qu'on va réduire les temps de récupération à 45 secondes au lieu d'une minute. C'est parti.

Lorsque nous avons commencé à courir, David s'est mis à ma hauteur :

— Tu n'as pas changé, m'a-t-il lancé.

— N'importe quoi ! ai-je répondu.

— Non, je t'assure, t'es même plus belle qu'à vingt ans, parce que tu as mûri et ça te donne du caractère.

— Peux pas parler, ai-je émis, en faisant des signes pour lui signifier mon manque de souffle.

De toute façon que pouvais-je rajouter ? J'ai vieilli, j'ai grossi, et toi tu es toujours aussi sexy ?

J'ai tout de même réussi à caser, entre deux respirations :

— Tu portes toujours le pendentif que je t'ai offert.

— Bien sûr, a-t-il répondu. Il ne m'a jamais quitté.

Nous sommes restés silencieux quelques instants, le temps que je retrouve mon calme après le tourbillon d'interrogations qui m'avait assaillie suite à sa réponse et surtout à cause de sa présence, et juste lorsque je pensais que je pourrais demander d'un ton détaché « Mais pourquoi ? » il s'est remis à parler. Il m'a raconté ses voyages, ses affaires comme promoteur immobilier auprès de son père à Singapour. Il m'a fait rêver avec ses descriptions de plages de sable blanc et rire avec ses imitations d'hommes d'affaires chinois ou de vendeurs à la sauvette sur le marché flottant de Bangkok. Il s'était récemment installé à Paris pour « flairer » le marché immobilier.

À la fin de la course, avant de rejoindre le reste du groupe qui s'était réuni pour les exercices et étirements, David m'a susurré à l'oreille :

— Tu me fais toujours le même effet.

— Mais arrête tes bêtises, ai-je répliqué mi-flattée, mi-outrée.

Je savais pertinemment qu'il me faisait marcher, qu'il côtoyait des femmes dix ans plus jeunes que moi et dix fois plus belles. Je l'avais vu au bras de nombreux mannequins depuis que je le suivais sur Instagram. Des femmes qui n'avaient pas été éventrées pour donner la vie, dont les seins n'avaient pas été asséchés. Des femmes qui, la nuit, dormaient, pour permettre à leurs crèmes à la poudre de diamant de régénérer les cellules de leur peau. Je savais tout ça, mais cela n'enlevait rien au plaisir que j'avais ressenti à ses propos. « Tu me fais toujours le même effet. »

Sans compter son regard. Son odeur. Son visage. Son corps athlétique.

— J'aimerais déjeuner avec toi un de ces jours, m'a-t-il lancé alors que le groupe se dispersait.

— OK, ai-je lâché, l'air indifférent.

Intérieurement, je jubilais.

— Je suis la seule à me diriger vers l'avenue Henri-Martin ? a demandé Julie à la ronde.

— Non, j'habite là-bas, ai-je répondu. Toi aussi ?

— Oui, m'a-t-elle appris, en se mettant à marcher à mes côtés.

Nous nous sommes éloignées du groupe.

— C'est marrant que tu connaisses David, s'est-elle immédiatement exclamée. Il a l'air sympa. Paul et Sophie aussi. Je suis contente qu'on ait réussi à former un groupe.

Elle était pétillante, et mon silence ne la dérangeait pas. Je l'écoutais d'une demi-oreille, encore chamboulée d'avoir revu David.

— Il faut que tu viennes courir avec Alex et moi. On se retrouve les mardis ou mercredis matin, m'a-t-elle lancé alors que nous nous séparions en bas de chez moi.

— OK, ai-je acquiescé. Bye !

C'est Carla qui va être contente !

Le soir au dîner, alors que nous étions en famille avec ma mère à la pizzeria du coin, j'ai raconté mes exploits sportifs et j'en ai profité pour caser avec détachement le fait que David faisait dorénavant partie du groupe de running. Jeremy a eu l'air surpris.

— Ah bon, il est en France maintenant ?

Si j'avais espéré que l'annonce de cette nouvelle éveille en mon mari un sursaut de jalousie, le réveil d'un instinct territorial, ou d'un sentiment de propriété à mon égard, j'aurais été bien déçue.

— Passe-lui le bonjour de ma part, a-t-il lancé avec indifférence, avant de reprendre de la pizza.

Passe-lui le bonjour de ma part ? Passe-lui le bonjour de ma part ? C'est tout ce qu'il trouve à dire ? Et en plus, il s'enfile quatre parts de pizza en toute impunité. Qu'est-ce qu'il m'énerve en ce moment.

Ma mère a interrompu mon inaudible colère, pour laisser place à la sienne.

— Qu'est-ce qu'il fait en France celui-là ? a-t-elle grincé. Qu'il retourne en Thaïlande !

Elle ne l'avait jamais aimé, ce qui avait donné lieu à de nombreuses disputes entre nous jusqu'à ce que je quitte notre appartement pour m'installer dans un minuscule studio dans le Marais.

— C'est qui David ? s'est immédiatement enquis Louis.

— C'était un ami, quand j'étais jeune, ai-je répondu, gênée.

— C'était ton amoureux ? a-t-il poursuivi.

Les autres enfants ont pouffé, mais cela n'a pas mis fin à sa curiosité. Il m'interrogeait du regard.

— Oui, c'était mon amoureux avant que je rencontre papa. Tu vas finir ta pizza ou je peux la terminer ? l'ai-je provoqué, afin de le faire taire.

Le soir, avant de m'endormir, j'ai revécu en boucle mes retrouvailles avec David, mais en modifiant la scène : j'étais mince, le corps ferme, les cheveux brillants et volumineux.

Je courais avec grâce et aisance. David me regardait, ébloui par tant d'élégance. Je terminais la course fraîche, le teint impeccable, les aisselles sèches et inodores. Je lui demandais pourquoi il portait mon pendentif et il m'avouait qu'il n'avait jamais cessé de m'aimer.

8

— Lisa, tu vas bien ?

C'était Carla qui m'appelait comme convenu pour notre séance sur « le domaine professionnel ». Elle m'en avait parlé, lorsque nous avions fixé ce rendez-vous, comme d'un événement majeur qui s'apprêtait à avoir lieu.

— Ça va, ai-je dit sans entrain. Je suis désolée, je n'ai pas beaucoup de temps, j'arrive au bureau dans quelques minutes.

— Pas de problème, alors réponds rapidement, sans réfléchir. Quelle est ton ambition professionnelle ?

Son enthousiasme était perceptible à sa voix.

— Garder mon emploi, ai-je répondu sans une pointe d'humour.

— Sois sérieuse s'il te plaît, m'a-t-elle réprimandée gentiment.

— Carla, je n'ai pas la tête à ça. On peut repousser notre appel ?

— Ça ne prendra que quelques instants. Décris-moi ton job de rêve, a-t-elle insisté.

— Je ne sais pas. Ne travailler qu'avec des gens que j'aime, être libre de mes horaires, que mon travail profite à d'autres, en leur rendant la vie plus facile, ou plus belle. Créer, dessiner, produire du beau, ai-je énuméré, avec une pointe d'agacement.

— C'est super ça. Quoi d'autre ? m'a encouragée Carla alors que je n'avais plus rien à ajouter.

— Non, Carla, c'est pas super. C'est rien du tout ! Ce ne sont même pas des idées correctement articulées, ai-je répliqué.

Pourquoi étais-je si désagréable avec elle ? La journée avait à peine commencé et j'étais déjà d'humeur exécrable.

— Ne sois pas si dure avec toi-même, a poursuivi Carla calmement. Tu n'es pas habituée à écouter tes envies ni tes besoins, alors forcément, c'est flou pour l'instant.

Je voulais lui répondre que ce dont j'avais besoin c'était de quelques heures de sommeil, une nounou, un nouveau boss et un mari plus attentif, mais je me suis tue. Elle souhaitait sincèrement m'aider, elle ne méritait pas d'encaisser ma frustration.

D'ailleurs, je ne comprenais même pas cette frustration. J'aurais dû être d'humeur joyeuse : j'allais voir David aujourd'hui. Il m'avait invitée à déjeuner, à côté de mon bureau, sur le parvis de la Défense.

J'ai mis fin à notre entretien en promettant à Carla de sérieusement réfléchir à mes ambitions professionnelles, et nous nous sommes quittées après avoir fixé un prochain rendez-vous. J'ai passé le reste de la matinée à attendre l'heure du déjeuner. Je suis arrivée au restaurant la première et j'ai pu observer David entrer et se diriger vers notre table, son fameux sourire moqueur au coin des lèvres. Son look n'avait pas changé : mi-cool, mi-chic. Les Westons aux pieds et la chemise boutonnée, pour le côté chic. Le jean déchiré avec la grosse ceinture noire en cuir, dotée d'un fermoir massif, d'une marque certainement à la mode dans les milieux branchés, pour le côté cool. Il s'est approché de moi, je me suis levée et j'ai réprimé le geste instinctif de remettre à sa place la boucle rebelle qui tombait sur son front.

— Tu n'as pas changé. Tu arrives toujours en retard à nos rendez-vous.

— C'est toi qui es en avance. Comme d'habitude, a-t-il répondu.

Son commentaire m'a amusée. Je passais ma vie à courir d'un endroit à l'autre dans l'espoir d'être à l'heure, sans succès.

Nous nous sommes serrés dans les bras un peu plus longtemps que nécessaire.

— Je n'en reviens toujours pas qu'on se soit rencontrés au Bois samedi, ai-je remarqué. Quelle coïncidence, c'est fou !

— C'est une merveilleuse coïncidence. Parle-moi de toi, je veux savoir absolument tout ce que tu as fait ces quinze dernières années, m'a-t-il encouragée, son regard dans le mien.

— Euh, tu sais, rien de spécial, ai-je répondu, gênée par la banalité de ma vie. J'ai quatre enfants, quatre garçons adorables. Je suis toujours mariée à Jeremy. Et je suis directrice des ressources humaines chez Miniprice.

— Mais c'est impressionnant ! a déclaré David, une moue admirative sur le visage.

— Quoi ? Le poste de DRH ou le fait d'être toujours mariée au même homme ? ai-je plaisanté.

— Tout ce que tu es devenue m'impressionne. Tu as réussi sur tous les plans, amoureux, personnel et professionnel, m'a-t-il répondu, sérieux. Moi par exemple, j'ai très bien réussi dans les affaires, mais je suis seul. Je n'ai personne avec qui profiter de la vie, ou à qui me confier, pas d'enfant à qui transmettre mon patrimoine. Personne ne me regrettera quand je serai mort.

Il a baissé la tête pour cacher son désarroi.

— Ne dis pas ça. Je suis sûre que tu as plein d'amis, pleins de gens qui t'aiment, ai-je tenté de le réconforter.

— La mort de mon père récemment m'a vraiment secoué, a-t-il repris, en passant sa main dans ses cheveux. J'ai peur de terminer comme lui, riche et seul.

J'ai attrapé sa main au-dessus de la table.

— Tu n'es pas seul et tu n'es pas ton père, ai-je osé.

— Merci, ça me fait du bien de parler avec toi. D'ailleurs, tu es l'unique personne avec qui je peux être sincère.

Nous avons évoqué notre passé.

David avait été mon premier amour. Je l'avais rencontré en Terminale et nous étions restés ensemble pendant cinq ans. Après le bac, son père s'était installé à Singapour et lui avait loué un appartement à côté de la Sorbonne (sa mère les avait abandonnés tous les deux lorsque David avait 8 ans). Moi, j'étais sérieuse dans les études, je voulais intégrer une grande école de commerce, mais lui... Il ne pensait qu'à s'amuser et à profiter de sa liberté d'étudiant sans parents ni obligations. Il faisait la fête non-stop, prenait toutes sortes de drogues. Nos relations s'étaient envenimées et il avait quitté la France pour voyager en Asie. Nous avions longtemps gardé contact. J'étais très amoureuse de lui, mais mon avenir professionnel restait ma préoccupation majeure. Je ne pouvais pas me permettre d'être insouciante. Contrairement à lui, mon père n'était pas un magnat de l'immobilier qui attendait que j'en finisse avec les voyages, les festivals, les carnavals et que je daigne me mettre à travailler. Nous avions finalement rompu après un voyage au Népal, mais lorsqu'il avait appris que j'allais me marier, un an plus tard, il était revenu en France pour me faire changer d'avis. Il m'avait suppliée de lui redonner une chance, mais ma décision était prise. J'avais commandé ma robe blanche, les invitations avaient été envoyées, les billets d'avion réservés (la réception devait avoir lieu aux États-Unis). Jeremy et moi étions amoureux. Nous allions former un foyer, stable, heureux comme celui dont j'avais été privée dans ma jeunesse. J'en rêvais. « Ils se marièrent et eurent beaucoup d'enfants. » J'avais eu raison sur tout. Et pourtant…

Au moment du dessert, il m'a montré les photos de sa maison à Bali, de son yacht, du dernier immeuble qu'il avait construit à Manille.

— Il faut que tu viennes en Indonésie avec moi, tu vas adorer, s'est-il exclamé comme un enfant qui parle de Disneyland.

J'ai ri. *J'aimerais bien.*

Il a réglé l'addition et nous avons quitté le restaurant. Au moment de se séparer, il a pris ma main et m'a regardée dans les yeux, son sourire avait perdu toute trace de moquerie.

— Tu me promets qu'on se revoit bientôt ? a-t-il demandé, plein d'espoir.

— On va se voir tous les samedis au bois de Boulogne, lui ai-je rappelé, pour cacher mon trouble.

— J'espère qu'on pourra se revoir en tête à tête, a-t-il murmuré en me faisant la bise.

Le soir, Jeremy n'était toujours pas rentré à 20 heures. Je lui ai téléphoné pour savoir où il était, mais sans succès. Il est arrivé deux heures plus tard, alors que je pliais du linge, sur la table basse du salon.

— Désolée, chérie, je n'ai pas vu le temps passer. J'aurais dû te prévenir que je rentrerais tard.

Jeremy m'a embrassée et s'est affalé sur le sofa.

— T'étais où ? me suis-je enquise brusquement.

— J'étais au bureau, où veux-tu que je sois ? a-t-il rétorqué en attrapant la télécommande.

— Je ne sais pas. J'ai appelé et tu n'as pas répondu.

Il a éteint la télévision qu'il venait pourtant juste d'allumer et s'est tourné vers moi.

— Je comprends que tu sois énervée, et je suis désolé d'être rentré tard, a-t-il articulé, le visage sérieux.

— Ne me parle pas sur ce ton condescendant ! me suis-je révoltée.

Il m'a regardée tristement. Puis il a ouvert la bouche, mais rien n'est sorti. Les mots devaient se battre dans sa tête, certains en anglais d'autres en français, ainsi que des expressions que l'heure tardive avait effacées de sa mémoire. Ou peut-être ma colère le maintenait-elle silencieux.

— Qu'est-ce que tu voudrais que je te dise ? a-t-il fini par me demander.

— Je voudrais que tu me promettes de m'épauler plus à la maison, je voudrais que tu rentres plus tôt et qu'on fasse des activités fun avec les enfants. Qu'on prenne du plaisir à être tous ensemble.

— Dès que je termine cette mission, m'a-t-il assuré.

— Mais ça fait longtemps que tu me répètes la même chose, ai-je répondu, la tête baissée, abattue.

— Tu sais très bien que je dois en faire trois fois plus que les autres pour prouver que je suis un atout dans cette boîte, a-t-il repris, gesticulant. Je ne viens pas avec un carnet d'adresses fourni. Mon père ne joue pas au golf avec les pontes de l'industrie française. Ç'aurait été une autre histoire si j'avais fait carrière aux États-Unis.

Je me suis redressée, renversant les vêtements qui attendaient d'être pliés.

— C'est dégueulasse de dire ça. Je ne t'ai pas demandé de rester en France pour moi. C'est toi qui as choisi de le faire. Tu n'as pas le droit de m'en vouloir.

— Mais dès que je te suggère de considérer, de… de… d'envisager… de réfléchir à la possibilité qu'on s'installe aux États-Unis, tu me rembarres immédiatement sans même accepter d'y penser !

Il s'était levé lui aussi, et nous nous affrontions du regard.

— Tu ne vas pas remettre ça sur le tapis ? ai-je crié, à bout de nerfs. J'ai quand même le droit de ne pas vouloir quitter Paris, où les enfants sont nés, où nous vivons, où je travaille. Et là n'est pas la question. On ne fait plus rien ensemble, on n'a pas pris de vacances en amoureux depuis les jumeaux, tu bosses même les week-ends. J'en ai marre de devoir me charger de tout et que tu sois un invité à la maison. Quand t'es-tu assis avec Maxime pour l'aider avec ses maths ? Quand as-tu lu une histoire aux petits ? Quand as-tu joué aux échecs avec Charles pour la dernière fois ? Et moi ? Nous sommes des colocataires, tout au plus.

Je n'étais plus fâchée, j'étais triste. Jeremy me regardait, silencieux. Je voulais me blottir dans ses bras, qu'il me rassure, me dise qu'il m'aimait, que nous étions forts, que nous deux, c'était pour la vie et qu'il s'était agi d'une phase qui prenait fin à cet instant. Il s'est assis sur le canapé, la tête dans les mains, le cou replié.

— Lisa, rien de ce que je fais n'est assez bien pour toi. Lorsque je reviens avec les courses, tu me reproches d'en avoir oublié la moitié. Tu critiques ma façon d'élever les enfants, devant eux, notamment dès qu'il s'agit de Lucas. Tu te plains que je rentre tard, mais c'est parce que j'étais au bureau, pas à une partie de poker avec des potes.

— Vraiment ?

— Quoi, vraiment ? Bien sûr, vraiment ! s'est-il insurgé.

Il a tourné la tête vers moi, le regard fatigué. Ni lui ni moi ne souhaitions rouvrir la plaie. Il s'est levé et m'a prise dans ses bras. Je me suis débattue, mais il a resserré son étreinte. Malgré son geste, une voix insidieuse s'est fait entendre : *Il ne t'aime plus. Il faut dire que tu es odieuse, ces derniers temps.*

Ce soir-là nous avons fait l'amour et je me suis endormie dans ses bras.

Tout va bien. Tout va bien. Tout va bien.

9

Debout les grosses, c'est l'heure d'aller courer.

La notification du texto de Julie m'a réveillée. Nous avions convenu d'aller courir et je savais qu'il fallait que je me lève, mais je n'en avais vraiment pas envie. J'ai attrapé le téléphone. La réponse d'Alexandra est arrivée :

Réveillée ! Je me prépare 😊

Où est Lisa ? a enchaîné Julie.

Mince. Faisons semblant de dormir.

Lisa, je vois que tu as lu nos messages. Alors debout, c'est pour ton bien.

Et pour ton 🍑, a renchéri Alexandra.

C'est bon, je me lève, ai-je répondu.

Je serais bien restée sous la couette, mais l'enthousiasme de mes nouvelles amies m'avait motivée. J'ai revêtu mes habits de sport tout neufs (je m'étais finalement décidée à investir dans deux leggings de running et trois tee-shirts qui soi-disant éliminaient la transpiration. J'étais une athlète dorénavant, il me fallait la tenue appropriée, d'autant que David me verrait la porter) et je suis sortie discrètement de la maison.

Le soleil n'était pas encore levé, les gens normaux non plus, et nous n'étions pas nombreux au bois de Boulogne, ce mardi matin, ce qui décuplait ma fierté.

J'ai rejoint Julie et Alexandra et, après quelques étirements, nous nous sommes mises à courir. Julie avait pris le rôle du coach. C'est elle qui décidait des enchaînements marche-course, sérieuse et précise, alors qu'Alexandra avait plus envie de parler que de faire du sport, ce qui n'était pas tout à fait compatible.

— Mon fils Benjamin est ambulancier. Je suis tellement heureuse qu'il ait trouvé sa voie, ce n'était pas gagné d'avance. Il était très mauvais à l'école. Enfin, c'est ma faute, a-t-elle affirmé tristement.

Julie et moi l'avons regardée, surprises. Il s'agissait d'un niveau de culpabilité maternelle que même moi je n'avais pas atteint.

— En quoi c'est ta faute ? a demandé Julie.

— J'aurais dû comprendre plus tôt qu'il avait un trouble de l'attention et que c'était pour cela qu'il rencontrait des difficultés d'apprentissage. Et pas à cause de son « je-m'en-foutisme » comme avait décrété mon mari.

— Comment t'en es-tu rendu compte ? suis-je intervenue, curieuse.

— On voyait bien qu'il était très agité, incapable de rester assis longtemps. Il se faisait systématiquement engueuler par ses profs, d'ailleurs. Et puis, il piquait souvent des crises de nerfs, parfois violentes. J'avais pris l'habitude de m'éloigner et de laisser mon mari gérer, mais une fois j'ai vu du désespoir dans les yeux de mon fils. Comme s'il voulait agir différemment sans y parvenir, comme s'il était pris au piège, dans un tourbillon duquel il n'arrivait pas à sortir.

Alexandra s'est tue pour reprendre son souffle et le contrôle de ses émotions. Nous sommes passées à la marche, jusqu'à ce qu'elle poursuive.

— Finalement, je l'ai conduit chez un psy qui l'a diagnostiqué hyperactif et qui lui a prescrit des médicaments. Malheureusement, le dommage sur son estime de soi, causé par toutes ces années à croire et à entendre qu'il était idiot ou paresseux, a été catastrophique. Il a quitté le système scolaire avant de passer le bac. Heureusement que mon frère est ambulancier. Il l'a emmené lors d'une journée de travail et Benjamin est revenu enchanté. Il avait adoré la conduite, le stress, l'urgence, les soins aux malades.

Nous avions terminé l'entraînement et nous faisions quelques exercices d'abdos.

— Je me demande si Lucas est atteint d'un trouble de déficit de l'attention, ai-je prononcé à haute voix, sans m'en rendre compte.

— Quel âge a-t-il ? a immédiatement demandé Alexandra.

— Cinq ans et demi. C'est certainement trop tôt pour faire un diagnostic, non ? ai-je interrogé.

— N'attends pas, a-t-elle conseillé avec force. De toute façon, ça prend du temps d'obtenir des rendez-vous auprès des spécialistes, alors entame la procédure dès maintenant. Vraiment. Si tu veux, je t'accompagnerai dans tes démarches.

Alexandra m'avait touchée. Elle souhaitait sincèrement m'éviter les erreurs qu'elle avait commises avec son fils, et tenait à m'aider alors que je n'étais même pas sûre d'avoir besoin d'aide.

De retour chez moi, j'ai retrouvé la maison silencieuse. Jeremy était assis dans la cuisine, son café et son journal sur la table. Au lieu de hurler « Jeremy, t'as vu l'heure ? Les enfants vont arriver en retard à l'école. Tu n'aurais pas pu les réveiller ? », je suis restée calme.

— Jeremy, il faut préparer les enfants pour l'école sinon ils vont arriver en retard, et nous aussi, lui ai-je dit poliment.

Bravo, Lisa ! Sois zen.

Je respire. Maxime ne trouve pas ses chaussures de football, inspiration, Louis a mal au ventre, expiration, Lucas ne veut pas mettre de pantalon, inspiration, j'ai trouvé les chaussures de foot, expiration…

Sur le pas de la porte, Jeremy a lancé :

— Tu veux pas qu'on sorte ce soir ? Ton italien préféré, ça marche ?

J'ai acquiescé d'un grand sourire.

Tu vois qu'il t'aime, ton mari. C'est toi qui compliques tout.

Dans la voiture, j'ai écouté une leçon.

La méditation et la pleine conscience

La *mindfulness* ou pleine conscience est le fait de porter son attention sur le moment présent, sur ce qui se passe à l'intérieur de nous (dans notre tête et dans notre corps) et à l'extérieur, avec bienveillance et sans jugement. Nous vous invitons à faire des pauses conscientes dans la journée, lors desquelles vous focalisez votre attention sur l'expérience que vous êtes en train de vivre. À quoi êtes-vous en train de penser ? Que perçoivent vos sens ? Où êtes-vous ? Que ressentez-vous ?

Soyez consciente de cet instant présent qui est le seul qui existe vraiment, car le passé et le futur n'ont lieu que dans votre esprit.

La méditation, quant à elle, est un exercice qui renforce notre capacité à canaliser nos pensées et favorise de ce fait notre bien-être mental.
Pour commencer, essayez cette technique : assise en tailleur sur un coussin, ou le dos droit sur une chaise, les yeux fermés, inspirez et expirez par le nez, en concentrant votre attention sur votre respiration, soit au niveau des narines, soit au niveau du thorax, soit au niveau du ventre. Voilà. C'est tout. Cela vous semble facile ? Ennuyeux ? Ce n'est ni l'un ni l'autre, car en réalité vous serez très active : vous allez observer ce qui se passe. Des pensées vont surgir dans votre tête, c'est normal, vous savez maintenant que notre esprit est perpétuellement en mouvement. Constatez que votre concentration a dévié de votre sujet de méditation puis recentrez votre attention sur votre respiration, sans jugement, sans impatience, sans frustration. Surtout, gardez un esprit ouvert et curieux, tel un enfant qui s'essaie à un nouveau jeu.

Au travail, après m'être assurée que je n'avais aucun rendez-vous ni problème urgent à régler, je me suis enfermée dans mon bureau pour tenter l'exercice de méditation qui avait été préconisé dans la leçon.

Oh mon Dieu, qu'est-ce que je suis ridicule ! Heureusement que j'ai fermé à clef. J'espère que personne ne va venir frapper à ma porte. Noémie est encore en retard, ça m'arrange pour une fois. Qu'est-ce que je suis censée faire déjà ? Ah oui, respirer. L'air qui entre dans mes narines et sort de mes narines. Ça va, je m'en sors pas trop mal. Qu'est-ce qu'il est beau David quand même. Moi qui pensais qu'il trafiquait ses photos sur Instagram. Pas du tout en fait. Zut, ma respiration.

J'espère que Jeremy va penser à demander à ma mère de rester plus tard ce soir. Ah non, elle a bridge. J'inspire par le nez, il faudra que je demande à la baby-sitter de venir ? Pourquoi c'est moi qui devrais me charger de la baby-sitter ? C'est Jeremy qui a proposé ce dîner.

J'ai arrêté de méditer et j'ai envoyé un message à Jeremy :

Il faut que tu contactes la baby-sitter pour ce soir.
Et n'oublie pas de réserver le resto.

J'ai refermé les yeux.

L'air entre par les narines…

La notification du message qui venait d'arriver m'a ramenée à mon téléphone.

Tu ne peux pas le faire toi plutôt ?

J'ai commencé à taper « putain tu fais ch » puis j'ai effacé, pour écrire « OK » à la place.

C'est pas le moment de faire des histoires. Il a proposé de sortir dîner, c'est déjà bien. Tu ne vas pas pinailler pour savoir qui appelle la baby-sitter, ça n'a pas d'importance tout ça.

En fin de journée j'ai reçu un message de David :

> Malheureusement je ne pourrai pas venir samedi à l'entraînement. Tu ne voudrais pas qu'on coure ensemble sur les quais ce soir ?

J'ai hésité.

> Ce soir pas possible, mais demain avec plaisir.

Qu'est-ce qui m'a pris d'accepter ? L'amour du sport ? Non, c'est trop gros comme pipeau. Même moi, je n'arrive pas à y croire. Si j'ai accepté, c'est parce que j'ai envie de revoir David. Voilà, c'est dit. Je ne fais rien de mal. Il traverse un moment difficile à cause du décès de son père. De toute façon, le connaissant, je suis sûre qu'il va repartir bientôt. Si ça se trouve, il veut juste me voir pour me dire au revoir.

Jeremy m'attendait déjà à notre table lorsque je suis arrivée. Il était venu directement du bureau. J'avais pris le temps de passer par la maison, de me doucher, d'enfiler une jolie robe noire, simple, mais très décolletée, ainsi que des escarpins trop serrés. Je m'étais maquillée comme si j'allais à la cérémonie des César. J'avais même fait un brushing ! À peine étais-je installée qu'il s'est tout de suite mis à me parler de son travail.

— Jeremy, s'il te plaît, on peut ne pas parler de ton boulot pour une fois ? ai-je supplié en attrapant la carte des vins.

— Désolé, a-t-il fait, l'air vexé.

Après avoir commandé, il a relancé la conversation.

— Tu es allée courir ce matin ? C'était bien ?

— Oui, vraiment génial. D'ailleurs Alexandra nous a parlé de son fils Benjamin qui a un trouble de l'attention et j'aimerais bien qu'on fasse passer des tests à Lucas.

Jeremy a levé les yeux au ciel dans un grand soupir.

— Fais ce que tu veux, a-t-il lâché sans cacher son exaspération.

Sa réaction m'a irritée.

— Et s'il te plaît, les matins où je sors courir, ai-je enchaîné, il faudrait que tu prépares les enfants pour l'école parce que je rentrerai trop tard. C'est-à-dire que tu dois : les habiller, les nourrir, s'assurer que leurs dents sont brossées, en particulier pour ceux qui ne savent pas ou ne veulent pas le faire tout seuls, vérifier que les cartables contiennent les devoirs, cahiers et livres nécessaires pour la journée, ne pas oublier les sacs d'échecs, de natation ou de football pour les enfants concernés, les jours concernés, et bien entendu les goûters.

Cette fois, ni soupir ni yeux levés au ciel. Jeremy s'est contenté de fixer un point derrière moi, comme assommé par ce que je venais d'énumérer.

Nos plats sont arrivés : antipasti pour moi, spaghettis carbonara pour lui. Comment faisait-il pour ne pas grossir ? Malgré mon choix diététique, je constaterais certainement un kilo supplémentaire sur la balance demain à cause de l'heure tardive du dîner, alors que lui ferait le même poids qu'au jour de notre mariage.

Je me suis versé du vin et j'ai continué. J'avais son attention, pas d'enfants pour nous interrompre, il fallait que j'en profite.

— J'ai besoin que tu sois plus impliqué. Je ne peux pas être celle sur qui tout le fonctionnement de la maison repose. Ce n'est pas suffisant que tu vides le lave-vaisselle lorsque je te demande de le faire. J'ai besoin que tu voies que le lave-vaisselle doit être vidé et que tu prennes l'initiative de t'en charger. Pareil pour les courses : au lieu de me demander de rédiger la liste des choses à acheter, tu peux ouvrir le réfrigérateur et les placards pour voir ce qu'il manque.

Je sentais qu'il voulait intervenir, mais je ne lui en ai pas laissé l'opportunité.

— Moi aussi, je travaille. Je suis crevée, physiquement et mentalement. J'ai trop de choses dans la tête, elle va exploser. Je passe mon temps à dresser des listes, non seulement pour le boulot, mais aussi pour l'entretien de la maison et les enfants, ai-je expliqué sans reprendre ma respiration. Avec Anthony ça se passe très mal, et je n'arrive même pas à t'en parler. Parfois j'ai juste besoin de te raconter mes petits malheurs et soit tu n'es pas disponible, soit tu t'empresses de trouver une solution alors que ce que je veux c'est une oreille compatissante. Et je ne te parle même pas de l'angoisse incessante, ce nœud au ventre dès qu'un enfant rentre tard, ou tousse. Je sais que tu estimes que je m'inquiète pour rien, mais je ne peux pas m'en empêcher, tu comprends ? D'autant plus que si l'un d'eux tombe malade, ce sera à moi de m'occuper de tout !

Je le suppliais du regard. *Dis-moi que tu comprends.*

Il a acquiescé silencieusement et j'ai continué :

— L'autre jour par exemple, tu m'as dit : « Je pense que Maxime entend mal, il parle très fort. » C'était comme si tu m'avais lancé une patate chaude et m'avais dit : « Tiens, attrape et débrouille-toi. » Immédiatement j'ai pensé : quelle mère indigne, ton fils est sourd et tu ne t'en es même pas rendu compte.

— Enfin, Lisa, tu exagères ! s'est-il écrié, l'air outré. J'ai simplement dit que j'avais l'impression qu'il entendait mal.

— Mais justement, ai-je rétorqué. Pourquoi n'as-tu pas pris rendez-vous chez l'ORL ?

Jeremy a soupiré. Je le voyais réfléchir, hésiter à parler. J'entendais ses pensées : il vaut mieux que je me taise aujourd'hui, que je réponde « Tu as raison » à tout.

Enfin, ça, mais en anglais.

— Je te promets de faire des efforts, a-t-il finalement répondu, d'être plus présent, de rentrer plus tôt. C'est vrai que j'ai été très pris par le boulot récemment, mais ça va changer.

Il a attrapé ma main par-dessus la table et nous nous sommes souri. Je me sentais soulagée, enfin entendue. Pleine d'espoir. Nous sommes rentrés avec sa voiture, car j'étais venue en taxi. Heureusement, parce que j'avais trop bu et ma tête commençait à tourner. En arrivant à la maison, son téléphone a sonné et, avant de décrocher, il m'a jeté un regard désolé.

— Pardon, je dois répondre, mais ce ne sera pas long.

J'ai juste enlevé mes escarpins et je me suis allongée sur le lit pour m'y endormir aussitôt.

10

Ce matin, Louis s'est réveillé avec de la fièvre et une forte douleur à la gorge.

— Qu'est-ce qu'on fait ? ai-je demandé à Jeremy, sans illusion concernant sa réponse. Il faut l'emmener chez le pédiatre.

— Tu ne peux pas demander à ta mère ? Je suis toute la journée à Vitry, chez mon client, s'est-il dédouané, assis sur le lit, un mocassin au pied, l'autre dans la main.

— Non, on ne peut pas demander à ma mère. Elle vient déjà tous les après-midi. Il faut absolument qu'on trouve une nounou.

— Lisa, Maxime rentre tout seul de l'école maintenant, et les jumeaux ne sont plus des bébés. Tu as juste besoin de quelqu'un qui aille les chercher à la maternelle et s'occupe d'eux le temps que tu rentres. Une jeune Américaine ou une Anglaise qui passe un semestre à Paris pour apprendre le français, ça ne devrait pas être si compliqué à trouver.

Jeremy, debout, chaussé, ajustait son nœud de cravate devant le miroir en pied de la chambre à coucher. Je me suis vue l'étrangler, serrer fort ce nœud de cravate qu'il venait d'arranger et brailler : « Pas si compliqué à trouver, pas si compliqué à trouver ! »

— Mais tu me charries ? C'est toi qui la trouves, alors ! lui ai-je aboyé. Et tu trouves une femme de ménage aussi. Une qui ne va pas me faire faux bond une fois sur deux.

Lucas a fait irruption dans notre chambre.

— Pourquoi il va pas à l'école Louis ? Si Louis va pas à l'école, moi non plus je vais pas à l'école !

Je me suis agenouillée auprès de lui et lui ai dit, assez fort pour que Jeremy entende :

— Mon Lucas, tu as beaucoup de chance aujourd'hui, c'est papa qui t'accompagne à la maternelle, tout seul, sans Louis, sans Maxime, sans Charles. Que papa et toi. Et il va mettre « Baby Shark » pendant tout le trajet et il va même chanter avec toi et faire les mouvements avec la main sur la tête comme tu aimes.

— Yeayyyy ! Baby Shaaaaark ! a entonné Lucas.

— C'est malin, m'a lancé Jeremy, avec un petit hochement de tête.

Anthony m'a appelée pour exprimer « ses regrets » face à mon absence inopportune. Il avait justement prévu de rendre visite à mon équipe aujourd'hui et il était navré que je ne puisse être présente.

— Mais, Anthony, tu ne m'as pas prévenue. Si j'avais su, je me serais organisée autrement. Je vais trouver une solution tout de suite, ai-je négocié précipitamment.

— C'est dommage que tu n'y aies pas pensé avant. Maintenant c'est trop tard, tu n'auras pas le temps d'arriver, a-t-il riposté avant de raccrocher.

Comme si les deux altercations que j'avais eues ce matin, l'une avec Jeremy, l'autre avec Anthony, ne m'avaient pas assez contrariée, Louis a été ronchon toute la journée.

Je suis une vraie mère indigne, je me plains de mon enfant malade ! Non, ce qui m'enrage, c'est que m'occuper de lui porte préjudice à ma carrière. J'aurais dû faire quoi ? Ignorer sa douleur et l'envoyer de force à la maternelle ? Je ne considère pas que prendre soin de Louis est une corvée, non… Mais c'est non-stop ! À n'importe quel moment de la journée ou de la nuit, il y a toujours un enfant qui a besoin de moi. Ça va du pipi au lit à la quinte de toux, du « j'ai peur » au « j'ai perdu doudou », du « j'ai froid » au « j'ai chaud », du « j'ai mal » au « j'ai faim ». Je dois sans cesse m'occuper de quelqu'un et ce quelqu'un n'est jamais moi.

En fin de journée, ma mère est rentrée avec Lucas et ils ont commencé à faire des crêpes. Je détestais cuisiner avec les enfants. Ça prenait trois fois plus de temps que lorsque j'étais seule, et il y avait trois fois plus de bordel à ranger après. J'aimais les activités créatives. Quand Charles et Maxime étaient petits, nous passions des après-midi entiers à dessiner, peindre, modeler, découper. Mais avec Lucas, c'était devenu impossible. Il ne tenait pas en place.

De la porte de la cuisine, j'ai observé mon fils casser des œufs en dehors du bol, renverser de la farine, allumer le gaz. Ma mère le guidait patiemment et nettoyait avec lui les dégâts. Elle avait l'air d'y prendre du plaisir et d'être complètement impliquée. Pratiquait-elle la méditation de pleine conscience ?

Mon esprit, en revanche, vagabondait. J'étais en Jamaïque lors de ma lune de miel avec mon mari, allongée en bikini sur une plage de sable fin, le vent caressait mon visage, Jeremy m'amenait un cocktail. J'étais au restaurant de la Défense face à David, ma main replaçait sa boucle rebelle sur le haut de sa tête tandis qu'il me dévisageait.

— Ma chérie, j'ai libéré tous mes après-midi pour venir chez toi. Tu n'as pas besoin de nounou, a annoncé ma mère, me ramenant sur terre, à l'instant présent.

— Vraiment ? me suis-je exclamée. Je ne veux pas t'imposer ce boulot.

— Mais tu plaisantes, c'est un plaisir ! Et puis tu sais, depuis que je suis à la retraite, je m'ennuie, a-t-elle confié, ses deux mains sur celles de Lucas alors que la crêpe effectuait gracieusement son saut périlleux arrière.

Décidément, ma mère faisait tout mieux que moi.

— Maman, je t'adore, lui ai-je proclamé, en lui envoyant un baiser. Ah, mais s'il te plaît, ne dis rien à Jeremy. Je voudrais lui annoncer la nouvelle moi-même, il sera ravi.

J'ai écrit un message à Jeremy :

> Tu as commencé tes recherches de baby-sitter ?
> Parce que ça urge. Ma mère va faire du bénévolat
> dans une maison de retraite la semaine prochaine.

Puis j'ai ouvert le message que David m'avait envoyé :

> J'ai hâte de te voir ce soir. T'es trop sexy dans
> tes vêtements de sport.

J'ai rougi de plaisir et immédiatement effacé son message. Il était incorrigible.

Tu dis n'importe quoi, ai-je répondu, en m'éloignant de la cuisine pour rejoindre le bureau d'où nous pourrions correspondre tranquillement.

Je n'avais jamais menti à Jeremy, même par omission, je n'avais jamais eu de raison de le faire.

En effaçant le message de David, j'avais franchi une limite. J'aurais dû dire que je ne pouvais pas continuer cet échange s'il persévérait sur ce ton et que j'étais obligée d'annuler notre rendez-vous, mais je ne l'ai pas fait, car je ne me sentais pas coupable. Il s'agissait d'un jeu sans conséquence entre de vieux amants. David ne s'intéressait pas à moi, il me taquinait. C'était sa façon de communiquer. Il avait toujours été charmeur et j'avais envie d'être charmée, le temps d'une soirée.

Dès que Jeremy est rentré de la piscine avec Maxime, je l'ai laissé avec les enfants et je suis sortie. En marchant vers mon rendez-vous, j'ai écouté une nouvelle leçon du séminaire.

« … vous est-il déjà arrivé d'être tellement immergé dans une activité, physique ou créative, que vous en avez perdu la notion du temps ? Que vous avez cessé de ressentir votre corps ? Que vous avez eu l'impression d'être en apesanteur ? Si oui, il est possible que vous ayez été en état de flow ou d'expérience optimale. C'est Mihaly Csikszentmihalyi qui, le premier… ».

Ça m'a fait réfléchir. Cet état de « flow », je l'avais ressenti toute mon enfance, grâce au dessin. Je m'enfermais dans ma chambre pour ne pas entendre mes parents se disputer, je disposais tous mes crayons de couleur sur mon bureau, dans un ordre précis, et je dessinais. Je n'entendais pas ma mère m'appeler pour le dîner et lorsqu'elle ouvrait la porte, quelques heures plus tard, je sursautais, comme si elle m'avait réveillée. J'aurais adoré faire des études d'art plastique, mais mon père m'avait dit : « Dessiner, c'est pas un métier. Tu dois faire des études qui t'ouvrent les portes du milieu des affaires : droit ou commerce. »

J'avais choisi les deux. Et j'avais arrêté de dessiner. Ma mère m'avait encouragée à persévérer et à tenter une inscription dans une école de beaux-arts, mais son avis ne m'intéressait pas. Je cherchais à impressionner mon père. J'avais tellement besoin qu'il me complimente, qu'il me voie, qu'il m'aime.

J'ai rejoint David sur les rives de la Seine au niveau de la tour Eiffel.

J'avais mis du maquillage waterproof pour l'occasion et un legging de sport si serré à la taille qu'il m'empêchait de respirer. Mais il gommait très efficacement mon ventre, ce qui justifiait tout à fait le risque d'étouffement.

— Lisa, je suis heureux de te voir.

David m'a enlacée. Il était beaucoup plus grand que moi, ce qui m'avait toujours donné l'illusion d'être en sécurité dans ses bras.

— Tu sens bon, a-t-il murmuré à mon oreille, tout en me caressant les cheveux.

Je me suis défaite de son étreinte, troublée.

— David, sois raisonnable, l'ai-je repoussé. Allez, on y va ?

C'était une expérience envoûtante, même pour moi qui déteste le sport ! La place de la Concorde, le musée d'Orsay, le Louvre, tous ces édifices grandioses qui émergeaient de l'obscurité pour s'offrir à nous dans toute leur splendeur. Et bien entendu, la tour Eiffel scintillante. Un rush de bonheur a parcouru mon corps : j'étais en train de courir, aux côtés de David, dans ce cadre somptueux. Je me suis sentie invincible l'espace de quelques instants.

— C'est ton mari qui garde les enfants ce soir ? s'est-il enquis en continuant ses grandes foulées.

— Oui. Pour une fois, il est rentré à une heure raisonnable, ai-je répondu, en repassant à la marche.

— Pour une fois ? a repris David. Moi, je n'aurais qu'une hâte, c'est de rentrer te retrouver.

— Pas au bout de quinze ans, ai-je plaisanté en repassant à la course.

— Pourquoi pas ? Je suis sérieux. D'ailleurs, ça ne l'embête pas, Jeremy, que tu me revoies ? m'a questionnée David, sans montrer le moindre signe de fatigue alors que je peinais à respirer.

— Ça suffit de parler ! ai-je plaidé.

Après une demi-heure d'alternance course, marche, David m'a raccompagnée chez moi.

— J'ai hâte de te revoir, a-t-il chuchoté en m'étreignant.

11

— Bonjour, Lisa, tu vas bien ? Tu ne préfères pas qu'on fasse une visioconférence ?

Je n'avais aucune envie de voir Carla. Rien qu'à sa voix, j'étais sûre qu'elle était magnifique, avec un teint parfait, même sans maquillage. Je savais qu'elle avait 26 ans, et j'avais envisagé d'appeler la direction du séminaire pour qu'ils m'attribuent une autre coach, avant de finalement renoncer.

— OK, ai-je consenti.

Elle est apparue sur mon écran d'ordinateur et j'ai réprimé un soupir d'exaspération. Qu'est-ce qu'une jeune femme comme elle pouvait comprendre aux problèmes de femmes comme moi ? Elle avait de grands yeux noirs, la peau mate, les lèvres roses pulpeuses. Ses cheveux lisses, noirs, impeccables, sans frisottis ni racine blanche, encadraient son visage fin.

— Lisa ! Ça me fait plaisir de te voir, a-t-elle salué mon image avec un sincère enthousiasme (et un sourire Colgate). Alors, dis-moi, depuis notre dernier appel, t'es-tu rapprochée de ta version idéale ?

— Absolument ! ai-je menti, grinçante. Grâce à la course, j'ai désormais un corps de déesse, la pêche et je suis toujours de bonne humeur !

— Fantastique ! m'a-t-elle félicitée joyeusement.

— N'est-ce pas ? Et puis, maintenant, je suis une maman attentionnée et patiente. J'arrive à jongler entre mes obligations de mère, de directrice, d'épouse, ai-je persiflé. Je chante même en faisant le ménage !

Je me moquais, mais Carla m'écoutait avec intérêt.

— Très bien. Et est-ce que cette nouvelle personne que tu essaies de devenir est plus heureuse ? m'a-t-elle demandé, soudain sérieuse, comprenant que je la menais en bateau.

Je me suis reprise. Carla cherchait à m'aider et moi je cherchais le bonheur. Il fallait donc que je me lance sincèrement dans ce processus, d'autant que je constatais les premiers effets positifs du sport ou des profondes inspirations que j'effectuais dans la journée.

— Je ne sais pas. Je ne suis pas vraiment elle, ai-je répondu en soulevant les épaules d'un signe d'ignorance.

Carla m'a souri, en hochant la tête.

— Comporte-toi comme elle et tu deviendras « elle ».

— Mais moi je suis toujours énervée, je crie sur mes enfants, mon boulot me déprime. Je déteste laver la vaisselle, je ne vais pas faire semblant d'aimer, enfin ! ai-je sèchement rétorqué, agacée.

Je voulais bien faire des efforts, mais il fallait que Carla cesse de me répéter des phrases toutes faites.

— D'abord tu peux écouter de la musique en lavant la vaisselle, ensuite grâce au sport et à la méditation tu vas mieux gérer ton stress, arrêter de ruminer, tu seras plus indulgente envers toi-même. C'est un processus. Pour l'instant, tu peux juste adopter six pratiques de ta version idéale, a-t-elle suggéré.

— Pardon ? Tu peux m'expliquer ?

— Par exemple, si cette version idéale prend le temps de jouer avec ses enfants, consacre une demi-heure par jour à un de tes enfants, ou à un jeu familial. Ensuite, pour obtenir un corps musclé, note dans ton agenda des rendez-vous récurrents pour le sport, tu vois ça fait deux pratiques simples à mettre en place.

— OK, je vais le faire tout de suite, ai-je obtempéré pour montrer ma bonne volonté. Je fais quoi pour le ménage ?

— Essaie en chantant.

Nous avons ri et j'ai poursuivi.

— J'aimerais me débarrasser de mon patron, de façon propre et légale. Comment je fais ?

— C'est très facile, démissionne !

— Très drôle. Non, sérieusement ? L'ambiance est pénible depuis la nomination de mon nouveau boss, Anthony. Il cherche à m'évincer, il m'humilie publiquement et je ne sais pas quoi faire, lui expliquai-je.

— Je répète, c'est très facile, démissionne ! De quoi as-tu peur ?

— Je n'ai pas peur. Je ne vais pas quitter un boulot que j'aime à cause d'un connard ! me suis-je indignée.

— Lisa, tu ne pourras pas le changer. Le tuer est illégal et organiser un putsch ne serait pas propre, alors que faire ? Cette situation pourrie au bureau pourrait te mener vers une nouvelle carrière, une nouvelle vie ! s'est emportée Carla. Il ne dépend que de toi que la nomination de cet Anthony soit la meilleure chose qui te soit arrivée dans la vie, après m'avoir rencontrée, bien sûr.

Sa phrase m'a fait réfléchir. « Il ne dépend que de moi... » Carla a poursuivi.

— Dresse la liste de tout ce qui t'intéresse et cherche un point commun entre toutes ces choses. Tu vas voir, ça va venir. Ensuite, tu te renseignes. Est-ce que tu dois faire des études, obtenir un permis, apprendre un programme informatique ? a-t-elle énuméré, pleine d'enthousiasme. Et puis tu décides si tu veux vraiment te lancer dans ce projet et te consacrer à cette activité.

— C'est très abstrait, ai-je remarqué.

— Oui, on en reparlera quand tu y auras réfléchi. Il faut juste que tu fasses confiance à nos enseignements et que tu te lances, pour de bon. Pourquoi es-tu si réticente, moqueuse même ? m'a-t-elle interpellée en me fixant dans les yeux.

Elle a laissé le silence s'installer devant mon absence de réponse, et puis j'ai avoué :

— J'y crois pas. Voilà, c'est dit. Ça me fait bien rire : « Comporte-toi comme la personne que tu souhaiterais être » ! Je n'y arrive pas ! J'ai l'impression de tout foirer. Le sport, qui devait m'être hyper bénéfique, a ramené mon ex dans ma vie. Depuis je me sens comme sur une pente glissante. J'essaie de me sevrer de chocolat, mais je n'arrive pas. Je suis tiraillée entre ce que je devrais faire et ce que j'ai envie de faire. Mon boss s'acharne sur moi, mes enfants n'arrêtent pas de se disputer, ça me rend dingue. Mon mari n'est jamais à la maison. Je suis crevée tout le temps, inquiète, et je sais que je devrais être reconnaissante au bon Dieu. J'ai TOUT. Mais je n'ai envie de rien.

Je me suis tue. Qu'est-ce qui m'avait pris de tout lui déballer comme ça ? Après un long moment, Carla a repris la parole.

— J'entends ta détresse. Je te demande uniquement de faire les exercices, écouter les leçons, continuer avec la pratique du sport, de la méditation, de la pleine présence. Remplis tes listes de gratitude tous les jours. Fais attention à ton discours intérieur et à tes croyances. Découvre quelles activités te propulsent dans un état de flow et essaie de les pratiquer souvent.

— Je vois, c'est « tout » ? ai-je fait, ironiquement.

— J'ai suivi des personnes dans ton cas, victimes de burn-out professionnel ou maternel, qui étaient tombées en dépression et qui aujourd'hui vivent leur meilleure vie, de façon passionnée, avec conviction, enthousiasme, énergie, joie et paix intérieure ! Et je ne parle pas de victimes d'attentats ou de maltraitance. Il ne s'agit pas de comparer la souffrance ou le chemin accompli. Tu peux être heureuse et croquer la vie, prendre ton pied en relevant des défis, te sentir utile, aimer passer du temps avec tes enfants et ton mari, cultiver ta vie sociale, t'épanouir dans une autre voie professionnelle ! Tout est ouvert devant toi.

Ses yeux brillaient et elle gesticulait, portée par l'enthousiasme que lui procurait l'évocation de « ma meilleure vie ». J'ai voulu la croire.

J'y ai même rêvé toute la journée, mais le soir, seule dans mon lit, lorsque j'ai visionné la vidéo suivante, le sarcasme et le négativisme ont repris le dessus. Les tracas de la journée m'empêchaient d'être positive. Le midi, Anthony avait invité deux de mes collaborateurs à déjeuner et je les soupçonnais de comploter derrière mon dos. En fin de journée, une dispute entre Charles et Maxime s'était envenimée et ils en étaient venus aux mains. La maîtresse de Lucas m'avait téléphoné pour me raconter qu'il avait bousculé plusieurs enfants dans la queue menant à la cour de récréation. Je n'avais pas de nouvelles de David depuis plusieurs jours, alors qu'un tout petit texto aurait suffi à me faire sourire. J'étais fatiguée, j'avais faim, je fantasmais sur les derniers Petits écoliers que Louis et Lucas avaient laissés dans le paquet. Quatre pour être précise.

Nos petites victoires

Il est important de savoir se complimenter et d'être fier de ce que nous accomplissons tout au long du chemin et pas uniquement lorsque nous avons atteint notre but. C'est pour cela que lorsque nous nous fixons un objectif, il faut le décomposer en plusieurs étapes et se récompenser à chaque fois qu'une de ces étapes a été franchie.
N'attendez pas d'avoir atteint le sommet pour vous dire « bravo ». Notez tous les jours cinq petites victoires accomplies dans la journée.

1. Je n'ai tué aucun de mes enfants. Donc en fait cela fait 4 victoires.

5. Je n'ai pas non plus tué Jeremy. Voilà, 5 victoires pour aujourd'hui.

Ça suffit le sarcasme. Tu vas le faire sérieusement cet exercice, oui ou non ? OK, je recommence.

Mes victoires de la journée.

1. Je n'ai pas touché aux Petits écoliers des enfants.

2. Je n'ai pas appelé David alors que je rêvais de le faire.

3. Je n'ai pas été désagréable avec la maîtresse de Lucas bien que je trouve qu'elle manque de pédagogie avec lui. D'ailleurs il faudrait que je prenne rendez-vous avec elle et la directrice.

4. Je ne me suis pas disputée avec Jeremy aujourd'hui. Il faut dire qu'on ne s'est pas parlé, ça aide.

5. J'ai fait cet exercice sérieusement.

12

J'ai dû rester tard au bureau. Réunion surprise avec mon équipe à 18 heures... Demandée par Anthony, bien évidemment. Il avait décidé de passer à la loupe toutes les activités de mon département pour savoir qui faisait quoi, pourquoi et en combien de temps. Jamais dans les annales des entreprises françaises de commerce et distribution, un DG n'avait passé autant de temps avec le département des ressources humaines. Puis, alors que mes collaborateurs étaient sortis du bureau et que je croyais la réunion terminée, il m'a retenue.

— Lisa, reste, je voudrais discuter du flex office. Tu en es où ? m'a-t-il demandé en me faisant signe de me rasseoir.

— Nous finalisons les plans avec l'architecte et j'attends les devis pour le chantier. Il faudra abattre quelques cloisons, en édifier d'autres, rien de très sérieux, ai-je répondu rapidement, impatiente de mettre fin à cette conversation.

Il avait fermé la porte et s'était assis devant moi, sur son bureau. Il louchait sur ma poitrine, alors que ma chemise était pratiquement boutonnée jusqu'au cou. Il me faisait revivre la même situation que lorsqu'il m'avait embauchée en tant que stagiaire chez Miniprice, plus d'une décennie auparavant. Il m'avait alors harcelée pendant des mois jusqu'à ce que j'obtienne de changer de département. Mais la situation était différente aujourd'hui. J'étais mariée, j'étais mère, j'étais DRH, je n'allais pas me laisser faire.

Je me suis levée, décidée.

— Anthony, si on a fini, je vais y aller, j'ai quatre enfants et un mari qui m'attendent pour dîner, ai-je menti.

Jeremy était certainement encore au travail et ma mère avait probablement fait manger les enfants. Les voix de mes collaborateurs n'étaient plus qu'un vague murmure provenant du couloir. Des papiers avaient été oubliés sur la table du bureau.

— Quatre enfants déjà ! Quand je t'ai embauchée, tu étais célibataire. Libre comme l'air, séduisante, séductrice. Tu te souviens ?

Il souriait, ses yeux se promenant maintenant sur mes jambes.

— Bonne soirée, Anthony, ai-je asséné d'un ton empreint d'une assurance que je ne possédais pas du tout.

J'ai ramassé mes affaires et me suis éloignée aussi vite que je pouvais le faire sans trahir mon effroi.

Une fois dans ma voiture je me suis mise à trembler.

Mais reprends-toi enfin.

Longue inspiration 1, 2, 3, 4, 5, longue expiration 1, 2, 3, 4, 5.

Au bout de quelques minutes, j'ai pu démarrer la voiture.

À la maison, ma mère lisait une histoire, allongée à côté de Louis sur son lit. Louis, qui enlaçait son ourson de ses petits bras frêles, écoutait attentivement. Lucas, dans la salle de bains, jouait dans la baignoire alors que Maxime et Charles faisaient leurs devoirs dans leurs chambres. Mon appartement n'avait jamais été aussi silencieux que durant les dix secondes qu'il avait fallu aux enfants pour se rendre compte que j'étais rentrée.

— Maman ! Viens voir ma potion magique !
— Maman, je comprends rien à mon exercice de maths.
— Maman, j'ai faim.
— Maman, viens me lire une histoire.

Je dois émettre des ondes qui éteignent l'option « calme » dans leurs systèmes nerveux.

J'ai remercié ma mère de s'être occupée de mes fils.

— Ma chérie, tu bosses trop. Et Jeremy aussi. Si tu veux, je m'installe ici quelques jours et vous partez en week-end en amoureux, m'a-t-elle proposé en mettant son manteau.

Je l'ai serrée fort contre moi, réprimant des sanglots.

— Que se passe-t-il, ma chérie ? s'est-elle inquiétée aussitôt.
— Rien, tout va bien, ai-je menti.
— Tu veux que je reste ?
— Non, c'est bon.

Elle en faisait déjà assez pour nous, je ne voulais pas qu'en plus, elle se fasse du souci pour moi.

Elle m'a longuement regardée dans les yeux puis, constatant que je ne lui dirais rien de plus, a poussé un soupir avant de s'en aller.

Deux heures plus tard, lorsque les enfants étaient enfin couchés, j'ai pu dîner. Ma mère avait cuisiné des spaghettis à la bolognaise et je n'ai pas eu la force de me préparer une option moins calorique. Je me suis versé un verre de vin rouge et j'ai appelé Jeremy. Je voulais juste entendre sa voix. Il m'a renvoyé un message présauvegardé :

> Je ne peux pas répondre actuellement.
> Veuillez rappeler plus tard.

Cela m'a attristée. J'avais besoin d'un soutien. J'ai envoyé un message à David.

Tu vas bien ? Tu es où ?

Sa réponse immédiate m'a apporté un peu de réconfort :

Je suis à Berlin. J'irais mieux si tu étais à mes côtés.

Après une courte hésitation, j'ai éteint mon téléphone pour ne pas être tentée de lui répondre et je me suis dirigée vers le tiroir de la cuisine, celui du chocolat. Une conversation houleuse s'est déroulée dans ma tête.

— *Non. Pas de chocolat.*

— *Ça fait longtemps que je n'en ai pas mangé. J'en ai très envie. Pas envie, besoin ! Juste un carré pour me calmer.*

— *Respire pour te calmer. Ça va passer. Respire. Respire.*

— *Ça ne marche pas. Toujours envie.*

— *NON ! Attends dix minutes. Tu es juste déçue que ton mari ne soit pas présent lorsque tu as besoin de lui et inquiète de ce qui pourrait se passer si tu répondais au message de David. Inquiète, curieuse, émoustillée.*

— *N'importe quoi. Je ne suis pas émoustillée. Je veux juste manger du chocolat, maintenant. Je l'ai bien mérité.*

— *« Mérité ». Le chocolat n'est pas une récompense. Tu as mérité un bon bain avec bougies aromatisées et sel moussant, ou bien un massage, ou dix minutes de silence, ou une bonne nuit de sommeil ininterrompue.*

— *Je veux du chocolat !*

— *NON ! Ce que tu veux, c'est te sentir bien dans ta peau. Tu veux avoir plaisir à te regarder dans le miroir tous les matins et à t'acheter des vêtements. Tu veux courir plus vite, plus longtemps, plus facilement. Tu veux te promener en bikini sur la plage.*

— N'importe quoi ! Je n'ai plus l'âge de porter un bikini.

— Qui a dit qu'il y avait un âge limite pour porter des bikinis ? Éloigne-toi de la cuisine et appelle une copine. Tiens, Julie par exemple.

— Non, il est trop tard. Elle doit être avec son mari. Il ne rentre pas à 22 heures, lui.

— Elle t'apprécie. Appelle-la, tu as besoin d'une oreille attentive, elle comprendra.

Mais la vérité c'est que j'avais peur de rallumer le téléphone et d'y trouver un message explicite de David. Ou de ne pas y trouver de message explicite de David. J'étais tiraillée. Égoïstement, je souhaitais que son intérêt pour moi soit sincère. Ses compliments me réjouissaient, ils embellissaient ma journée, ils me fournissaient une pensée sur laquelle revenir lorsque je cherchais à m'évader. Mais je craignais de ne pas pouvoir lui résister s'il était sérieux et qu'il avait vraiment des sentiments envers moi.

Ne sois pas ridicule. Pourquoi David serait-il intéressé par une mère de famille, pleine de cellulite, au ventre mou et aux cuisses épaisses ? Tu vois bien les photos des filles avec qui il sort. Tu n'as aucune inquiétude à avoir.

Je suis retournée vers le tiroir de la cuisine, celui du chocolat, en trombe cette fois-ci. J'ai coupé les trois premiers carrés de la tablette, l'ai remise à sa place et refermé le tiroir.

J'ai rempli mon verre de vin qui s'était vidé et me suis assise sur le canapé en daim blanc du salon, celui que les enfants n'ont même pas le droit de regarder pour éviter qu'ils ne le tachent.

Les pieds sur la table basse, j'ai allumé la télé, zappé jusqu'à m'arrêter sur une émission de télé-réalité. Deux minutes plus tard, les trois carrés de chocolat avaient disparu. Je suis donc retournée vers ce même tiroir, celui du chocolat. J'ai coupé les trois carrés suivants et me suis réinstallée sur le canapé. Finalement je suis allée chercher la tablette. Inutile de se mentir, elle allait y passer.

Lorsque j'ai entendu la clef de Jeremy dans la serrure de la porte, il ne restait plus que trois carrés. J'ai dû rapidement prendre une décision :

1. Terminer la tablette et effacer toute preuve de son existence.

2. La remettre dans le tiroir, telle quelle.

3. La laisser nonchalamment posée sur la table basse.

— Bonsoir, ma chérie, tu es encore réveillée. Ah, du chocolat !

Ça valait bien la peine de l'attendre. Non seulement il ne m'avait pas demandé comment j'allais, mais en plus sa main se dirigeait dangereusement vers le chocolat. Je ne sais pas ce qui m'a le plus contrariée.

Il a englouti les trois derniers carrés.

13

Ce matin, je suis allée courir avec Alexandra et Julie. La perspective de les voir me donnait désormais l'impulsion nécessaire pour sortir du lit, et courir en leur compagnie était devenu presque agréable. Alexandra nous a raconté ses déboires sur les différentes applications de rencontre.

— Bien sûr que je mens sur mon âge, nous a-t-elle confié. Autrement, seuls les sexagénaires me contactent, et franchement, je n'ai pas subi un lifting pour me taper des sexagénaires. Merci bien. Sans parler de mes seins et de mon cul qui m'ont coûté une blinde. J'attends un retour sur investissement !

Puis, subitement, elle a relevé son tee-shirt et sa brassière de sport pour nous révéler une paire de seins parfaits, en forme de pomme, qui défiaient la pesanteur et les années. Julie et moi nous sommes esclaffées, regardant autour de nous pour nous assurer que personne d'autre n'avait été témoin de la scène.

— Elle est dingue, m'a expliqué Julie, en entourant Alexandra de ses bras.

— Dingue, mais bien conservée, ai-je ajouté avec un clin d'œil. C'est ce qui compte, non ?

— Absolument, a renchéri Alexandra. Le physique et le sexe. Et quand on a l'un, on a l'autre. D'ailleurs je ne me suis jamais autant éclatée que depuis que j'ai divorcé. Je sors tous les soirs avec mes copines célibataires. Je n'ai qu'une angoisse, c'est de coucher avec un des amis de ma fille sans le savoir.

Nous avons pouffé.

— Elle a quel âge ta fille ? ai-je demandé.

— Vingt-trois ans.

Nous pouvions enfin papoter et courir en même temps, et nous courions dorénavant cinq minutes d'affilée. Ces matins sportifs me donnaient la pêche pour toute la journée.

Sur le chemin du bureau, l'entraîneur de foot de Maxime m'a appelée. J'ai décroché, persuadée qu'il allait me parler du stage de la Toussaint.

— Madame Johnson ?

— Oui, c'est moi. Toutes mes excuses, je sais que je suis en retard pour inscrire Maxime à la prochaine formation, mais je m'en occupe ce soir !

— En fait, il ne s'agit pas de ça, j'aimerais que nous prenions rendez-vous avec vous et votre mari pour discuter de l'avenir de Maxime.

— L'avenir de Maxime ? Qu'entendez-vous par là ? ai-je demandé, déconcertée.

— Je préfère en discuter de vive voix, a-t-il esquivé.

— Monsieur Dupuy, vous m'en voyez sincèrement désolée, mais ce sera très difficile de se réunir tous les trois. Si vous pouviez me dire de quoi il retourne, nous gagnerions tous du temps, me suis-je obstinée.

— Bon. Comme vous le savez, Maxime est extrêmement doué pour le foot. Je lui prédis un très bel avenir, mais à condition de suivre la voie scolaire adéquate, ce qui signifie une inscription en 6e dans un collège qui offre une filière sportive, de sorte qu'il puisse intégrer un centre de préformation en 4e.

— …

— Madame Johnson, vous êtes là ?

— Oui. De quoi me parlez-vous, Monsieur Dupuy ? me suis-je exclamée, confuse.

— De l'avenir de Maxime. Vous savez qu'il veut être footballeur professionnel, n'est-ce pas ?

J'ai pouffé, sous le choc.

— Oui, ainsi que des millions d'autres petits Français, ai-je rétorqué légèrement. Mais il faut vraiment être un génie du foot pour réussir dans cette voie.

— Votre fils *est* un génie du foot, Madame Johnson, c'est ce que j'essaie de vous dire, a articulé l'entraîneur. C'est un enfant prodige. Je ne vous aurais pas appelée si je n'avais pas pensé qu'il avait de réelles chances de parvenir au top. Je suis plutôt du genre à décourager les enfants, et leurs parents d'ailleurs, à envisager une carrière sportive.

— Je ne sais pas quoi vous dire, ai-je répondu, cette fois vraiment stupéfaite.

— Parlez donc à Maxime, m'a-t-il conseillé. Et fixons un rendez-vous.

— Euh… oui, oui, d'accord. À bientôt.

Immédiatement après avoir raccroché, j'ai appelé d'autres mamans pour leur demander si elles avaient également été contactées par l'entraîneur, le soupçonnant d'un accès d'optimisme délirant à propos de ses joueurs. Elles m'ont affirmé n'avoir reçu aucun appel, mais que c'était logique pour Maxime, puisqu'il était si doué. Apparemment tout le monde savait que notre fils était un prodige du foot, sauf nous. Comment étions-nous passés à côté de cela ? Certes, contrairement aux autres parents, nous n'assistions pas religieusement à tous les matchs et ni Jeremy ni moi ne comprenions quelque chose au foot, mais tout de même, c'était un peu la honte !

Je n'arrivais pas à me concentrer sur la route, tant mes pensées tourbillonnaient. Comment faire ralentir ce lave-linge mental ? La réponse m'est venue instinctivement : une fois garée, j'ai sorti mon cahier et j'ai commencé à écrire, sans réfléchir.

Je suis consciente que Maxime adore ce sport et qu'il n'est pas mauvais, mais de là à imaginer qu'il pourrait en faire son métier.
À mon avis, son attachement à son club de foot compense un manque dû au fait que je ne m'occupe pas assez de lui. Il est le deuxième garçon d'une fratrie de quatre. C'est l'enfant qui demande le moins d'attention et qui, par conséquent, en reçoit le moins.
Mais enfin, ça suffit de ramener tout à toi et à tes soi-disant insuffisances. Ton fils adore le foot, il a trouvé un club qui met en avant ses talents, ça n'a rien à voir avec toi !
Peut-être, mais « foot », ce n'est pas une carrière. Comme avait dit papa : « Dessiner, c'est pas un métier. »
Mais ton père avait tort, tu t'en es rendu compte, et tu ne peux pas prendre exemple sur lui pour élever tes enfants.
En quoi serais-je différente de mon père si j'interdis à mon fils de poursuivre sa passion ?

Ma plume ne glissait plus sur la page. Il fallait que je réfléchisse.

J'agis par amour, par peur que mon fils échoue alors que mon père agissait par ignorance, et certainement parce qu'il estimait que ma réussite était avant tout la sienne.

J'ai rangé mon cahier.

Le soir, Maxime et moi avons eu une longue conversation.

— Mon chéri, j'ai parlé avec ton entraîneur ce matin. Il m'a dit que nous devions décider si tu continuais en 6e à Janson avec tous tes copains, ou si nous t'inscrivions dans un autre collège, je ne sais où, qui offre une section sportive.

— François-Villon, je connais, j'ai mon meilleur pote là-bas, s'est-il immédiatement écrié.

— C'est qui, François-Villon ? ai-je demandé pour plaisanter.

Il s'est esclaffé bruyamment, et même s'il se moquait de moi, j'étais heureuse de l'entendre rire.

— C'est un collège maman. Le collège François-Villon, là où ils ont une option foot, m'a-t-il expliqué comme à un enfant.

— Ah, c'est un collège, ai-je répondu en me frappant la main sur le front.

Nous avons rigolé tous les deux.

— Maman, il faut absolument que tu m'y inscrives ! C'est sur dossier, mais M. Dupuy dit qu'ils me prendraient certainement.

Il gesticulait et parlait avec passion, les yeux brillants.

— Mon pote Kevin, mon meilleur ami du foot, il est en 6e là-bas, il fait exactement le même programme que les autres, sauf qu'il a trois heures en plus de foot. Il dit que c'est génial, qu'il a plein de copains. Les entraîneurs sont super et tout le monde prend le sport au sérieux parce que c'est une discipline scolaire, comme les maths ! Tu imagines ?!

Je suis restée silencieuse longtemps, mais intérieurement, mes préjugés et mes inquiétudes jacassaient sans discontinuer.

Une discipline scolaire comme les maths, elle est bien bonne celle-là ! S'il se lance dans cette voie, c'est foutu, il ne pourra plus faire marche arrière. Et s'il se blesse ? S'il arrête d'aimer le foot ? S'il n'est pas assez bon ?

— Il est où, ce collège François-Villon ? lui ai-je enfin demandé.

— Dans le 14e. En métro c'est super facile.

En métro. En métro, dans Paris. Mon bébé, en métro, dans Paris.

J'ai soupiré et hoché la tête de droite à gauche, sans même me rendre compte que mon langage corporel contredisait ce que j'allais lui dire.

— Je vais en parler à ton père et on va y réfléchir.

Maxime s'est précipité sur moi et m'a enlacée.

— Merci, maman, je t'adore.

— Maxime, je n'ai pas dit oui ! me suis-je écriée, inquiète.

— Mais tu n'as pas dit non, a-t-il répliqué.

Une fois les enfants couchés et Jeremy enfin rentré, lui et moi nous sommes installés dans le salon avec un verre de vin. Il s'apprêtait à allumer la télé, mais je l'en ai empêché.

— Jeremy, il faut qu'on parle.

Il m'a interrogée du regard. « Encore ?! » semblait-il penser.

— L'entraîneur de Maxime pense qu'il peut faire carrière dans le foot, lui ai-je annoncé gravement. Mais ça doit se décider maintenant. Il faut qu'il choisisse une section sportive au collège.

— Il a dix ans, c'est un peu tôt pour décider de sa carrière, non ?

— Oui, je suis d'accord avec toi, ai-je acquiescé.

Jeremy s'est penché vers la table pour attraper la télécommande de la télé.

— Jeremy, on n'a pas fini de parler, l'ai-je coupé dans son élan à nouveau.

Il m'a réinterrogée du regard. « Ah non ? »

— Lisa, c'est tout vu. Maxime va aller à Janson comme Charles, a-t-il décrété fermement. C'est un excellent lycée, à deux pas de la maison. Le moment venu, il choisira une section littéraire parce que, soyons réalistes, vu son niveau actuel en maths, il ne pourra pas faire scientifique. Et puis après le bac, je ne sais pas, mais il trouvera bien quelque chose. S'il aime toujours le foot, on en reparlera à ce moment-là.

— Mais ça ne se passe pas comme ça, ici. S'il veut faire carrière dans le sport, il doit se diriger dans cette voie dès maintenant, ai-je essayé de lui faire comprendre. Et il en a très envie, il me l'a dit.

— Vous en avez parlé avant même que toi et moi ayons cette discussion ? T'abuses.

Jeremy avait croisé les bras, posé les pieds sur la table basse et s'était enfoncé dans le canapé.

Je n'avais pas envie de me disputer avec lui, encore une fois.

— Je suis désolée, je n'aurais pas dû, mais j'étais impatiente de connaître son avis, lui ai-je expliqué. Nous ne sommes pas obligés de décider maintenant. Dans un premier temps, nous devrions discuter avec l'entraîneur et essayer d'obtenir plus d'informations.

— Jouer au « soccer », ce n'est pas un métier, a alors décrété Jeremy, buté. Je ne suis même pas sûr que ce soit un sport. Nous n'allons pas encourager Maxime dans cette voie, c'est de la folie ! Il peut continuer les entraînements autant qu'il veut, mais il est hors de question de prendre une décision qui peut compromettre tout son avenir, alors qu'il est si jeune. Nous l'inscrirons à Janson dans le cursus général.

— NOUS n'avons rien décidé pour l'instant, me suis-je exclamée, furieuse, en quittant la pièce.

Assise en tailleur sur mon lit, j'ai essayé de méditer. Impossible. La conversation que je venais d'avoir avec Jeremy me trottait dans la tête. Ni mon avis, ni même celui de Maxime ne semblaient avoir d'importance à ses yeux et ça me rendait folle. J'ai cherché une leçon qui pourrait m'apaiser et je suis tombée sur une vidéo susceptible de m'aider.

Cessez de ruminer

En pratiquant la méditation et la pleine conscience, vous vous entraînez à constater votre activité mentale (ce qui se passe dans votre tête : vos pensées, images, voix, chansons, « films »...) et à vous en distancier. Parfois, certaines pensées reviennent et vous harcèlent. Comment les faire taire, ou au moins diminuer leur portée ?

1. Notez les pensées qui vous obsèdent, pour comprendre d'où elles viennent. Par exemple, lorsque nous sommes fâchés, souvent la véritable cause provient de nous-mêmes (manque de confiance, crainte, espoir déçu, etc.) et non de l'autre. En écrivant, vous dénouez le fil de la causalité et mettez au jour le vrai problème.
2. Agissez : parlez à la personne qui vous a blessée, demandez pardon, trouvez une solution. Cela vous permet de reprendre le contrôle.
3. Distrayez-vous. Marchez dans la nature, sortez avec des amis, écoutez de la musique, etc.

4. Regardez le problème sous un autre angle, du point de vue d'une autre personne. Que diriez-vous à votre meilleure amie si c'était elle dans cette situation ?

Je me suis mise à écrire.

Ça m'exaspère que Jeremy soit le « décideur » de la famille. Ça a toujours été comme ça. Pourquoi ça m'énerve maintenant ? Et surtout, pourquoi l'ai-je laissé faire ? Peut-être que je le trouve plus intelligent que moi. Peut-être que j'ai peur de me planter alors je préfère le laisser décider à ma place. Peut-être que je n'ai pas confiance en mon jugement. Pas confiance en moi…

Que faire maintenant ? Ah, agir.
Je vais commencer par réunir un maximum d'informations sur la section sportive et le lycée François-Villon.

14

J'AI rejoint David sur les quais. Cela faisait deux mois que nous nous y retrouvions pour courir certains soirs lorsqu'il était en France (il voyageait souvent en Allemagne où il avait installé un bureau). J'aimais ces rendez-vous qui n'en étaient pas vraiment. Ils me donnaient l'occasion de le voir. Je me pomponnais, choisissais avec soin mes vêtements. J'avais perdu quatre kilos et je me sentais plus à l'aise dans mon corps. Je pouvais dorénavant courir 5 km d'affilée sans trop m'essouffler et tenir une conversation. David était toujours très attentif avec moi, me complimentant sur mon aspect physique ou mon endurance sportive, mais si j'avais cru un instant (espéré ?) que je l'attirais, nos échanges purement amicaux m'avaient ôté tout doute à ce sujet, ce qui rendait ma vie plus facile, mais beaucoup moins excitante. D'autre part, les photos qu'il postait de son projet à Berlin le montraient souvent en compagnie d'une très belle femme, asiatique, aux cheveux longs, noirs, lisses, des yeux bridés foncés, et une silhouette élancée. La dernière fois que je l'avais vue, elle portait une combinaison-pantalon en cuir noir, très décolletée sur la poitrine, genre Catwoman.

David s'était mis en tête de m'aider à trouver une nouvelle carrière.

— Lisa, tu es brillante, il n'y a aucune raison que tu ne sois pas épanouie au travail. Tout est à ta portée, tu n'as qu'à choisir.

— Merci, ça me fait tellement de bien d'entendre ça. Je pense que j'ai peur de ne pas retrouver un autre job. Celui-là n'est pas parfait, mais il paie bien, lui ai-je avoué.

— Je ne comprends pas que Jeremy ne te pousse pas à démissionner. Comment peut-il te laisser pourrir dans cette boîte ? Ne voit-il donc pas que tu es malheureuse ?

Il me dévisageait, visiblement secoué.

— Désolé, s'est-il repris précipitamment. Je m'étais promis de me taire, ce ne sont pas mes affaires. Oublie ce que je viens de dire.

— Je ne suis pas malheureuse, me suis-je justifiée. Et Jeremy ne m'empêcherait jamais de démissionner si j'en exprimais le souhait.

— Bien entendu. Je suis sûr qu'il veut te voir heureuse, au moins autant que moi, m'a-t-il assuré, enlaçant ma taille de son bras gauche. Alors, dis-moi, aimes-tu toujours dessiner ?

— Je ne dessine plus, mais j'adorerais m'y mettre, ai-je répondu, soulagée de changer de sujet.

— Voilà une piste à explorer. Tu pourrais apprendre à utiliser des logiciels de dessin, comme Photoshop par exemple.

— Oui, ça serait un début, mais pour faire quoi ?

— Tu pourrais faire des tee-shirts sympas et les vendre sur internet, a-t-il suggéré.

— Ouais, ou des posters, des tableaux.

Je réfléchissais à haute voix, dans l'espoir qu'une idée de génie jaillisse de mon cerveau.

— Tu vas trouver, m'a rassurée David, tu mérites d'être heureuse.

— Pourquoi tu dis ça ? Je suis très heureuse, ai-je affirmé avec plus d'aplomb que je n'en ressentais vraiment.

— Non. Tu as l'air triste même lorsque tu parles de ton mari ou de tes enfants.

Il s'était arrêté de courir et me regardait sérieusement. J'en ai profité pour reprendre mon souffle et presser des deux mains sur la douleur qui était apparue du côté droit en bas de mon ventre. Puis j'ai repris la course.

— Je me plains souvent de mes enfants, mais c'est pour rire. Je les adore, c'est de l'humour de parents, lui ai-je expliqué.

— Il ne s'agit pas de ça. Tu as changé, tu as perdu ta joie de vivre. Quand je t'ai connue, tu étais spontanée, aventureuse, tu n'avais peur de rien, tu voulais tout essayer. Tu te souviens des raves qui duraient trois jours, des road trips, des baignades à poil dans la mer gelée à Deauville ? Et quand on faisait l'amour, n'importe où, n'importe quand. On s'était fait choper dans le hall d'un immeuble de l'avenue des Champs-Élysées ! Tu te souviens du Népal ? Et...

— Le Népal, oui, l'ai-je interrompu. Je me souviens que tu m'as abandonnée en pleine crise de panique sur un pont suspendu à 300 m d'altitude.

— Abandonnée ? Mais au contraire, je t'ai poussée à te surpasser, à sortir de ta zone de confort, à te faire confiance ! Regarde-toi aujourd'hui, coincée dans un boulot que tu détestes parce que tu as peur de ne pas trouver mieux, a-t-il persiflé en accélérant sa course.

Ses mots m'avaient blessée, même si je savais qu'il les avait prononcés pour me faire sortir de ma léthargie. Je me suis mise à courir plus vite, pour le rejoindre. Mon point de côté avait empiré et j'étais essoufflée.

— Évidemment que j'ai changé, lui ai-je lancé agressivement. Tu ne sais pas ce que ça implique d'être parent. Tu ne connais pas l'angoisse, les nuits blanches, la fatigue, le doute, la responsabilité sur tes épaules. Évidemment que j'ai changé ! Je ne suis pas libre de mes actions, tout ce que je fais peut avoir une répercussion sur la vie de mes enfants, ou de mon mari. Non, je ne peux pas quitter mon boulot sur un coup de tête, je suis obligée d'être raisonnée.

— Je ne voulais pas te blesser, s'est-il excusé en ralentissant le pas. Ça m'attriste, c'est tout.

La tour Eiffel s'est mise à scintiller. 22 heures. Nous l'avons admirée, comme deux enfants devant un spectacle de magie. Puis, lorsque les illuminations ont cessé, je me suis sentie comme Cendrillon qui devait retourner chez elle après le bal. David se tenait à mes côtés. Il s'est tourné vers moi, a pris ma main et m'a regardée. J'ai cru qu'il allait m'embrasser, je le souhaitais, j'attendais fébrilement. Mais il a dit :

— Viens, je suis garé tout près, je te raccompagne.

Quelle idiote, tu pensais vraiment qu'il allait t'embrasser ? Pourquoi l'aurait-il fait ? Tu n'es plus la fille belle, jeune, mince et spontanée qu'il a aimée.

En bas de chez moi, un flot de larmes se dirigeait dangereusement vers mes yeux.

— Que se passe-t-il ? m'a demandé David en saisissant doucement mon menton pour capter mon regard.

J'ai ignoré sa question et l'ai serré dans mes bras. Les larmes se sont mises à couler doucement.

— Qu'est-ce qu'il y a ? a-t-il répété. Je n'aime pas te voir triste.

Il m'a caressé les cheveux, a rapproché son visage du mien et m'a embrassée. Notre baiser s'est éternisé, comme lorsque nous avions vingt ans et que nous passions tout notre temps à nous embrasser. Puis je me suis ressaisie. Nous étions juste en bas de chez moi, n'importe qui pouvait nous voir ! Je me suis enfuie.

J'ai pris l'escalier pour avoir le temps de réfléchir à ce qu'il venait de se passer. *Qu'est-ce que j'ai fait ? Dois-je en parler à Jeremy ? Qu'est-ce que je veux ?* Mon cœur battait fort et ce n'était pas à cause des marches.

À la maison, je me suis réjouie de retrouver la baby-sitter et non pas Jeremy. Je l'ai remerciée, payée et suis allée me doucher. J'ai fait vite. Je savais que mon mari n'allait plus tarder à rentrer et je voulais m'endormir avant son retour pour ne pas devoir croiser son regard. J'avais peur que mes yeux me trahissent.

15

La matinée à la maison s'était déroulée sans incident. J'avais réussi à agir de façon aussi naturelle que possible malgré mon poignant sentiment de culpabilité. J'avais envoyé un message à David, que j'avais évidemment immédiatement effacé pour ne pas laisser de traces, et qui disait « Il ne s'est rien passé ». J'espérais qu'à force de me le répéter, j'allais le croire.

Dans la voiture, la leçon du jour semblait avoir été choisie dans le but de me narguer. Non, dans le but de me punir ; elle portait sur les liens familiaux.

La Sagrada Familia

Une vie épanouie repose en grande partie sur une bonne entente familiale, qui se manifeste par des moments de bonheur partagé et un soutien mutuel indéfectible. Parfois, ce lien spécial est tissé avec des personnes que vous adoptez officieusement. Mais en général, il s'agit de vos parents, votre conjoint, vos enfants, vos frères et sœurs. Ce sont ces quelques personnes qui vous soutiendront lors d'une terrible épreuve et que vous souhaiteriez voir réunies autour de votre lit de mort.
Qui sont ces personnes pour vous ? Quelles émotions

ressentez-vous lorsque vous les évoquez mentalement ? Quelle situation aimeriez-vous vivre avec elles ? Notez votre vision dans votre cahier. Vous vous y référerez tout au long des prochains mois. Elle pourra évoluer, mais laissez-la vous guider.

Comme j'étais dans la voiture, j'ai juste laissé mes pensées vagabonder. C'était un excellent exercice pour me rappeler la vie merveilleuse que nous avions construite Jeremy et moi. Et je n'allais pas tout ruiner à cause d'une passade d'adolescente.

J'ai imaginé Jeremy, les enfants et moi en train de nous rouler sur une grande étendue de pelouse, les petits poussant des cris de joie, Jeremy et moi enlacés, amoureux. Je me suis vue dans un jean blanc moulant, les fesses fermes et le ventre plat. Je nous ai rêvés détendus, souriants. Ça ne devrait pas être si compliqué à réaliser quand même ? La partie couple amoureux, j'entends, pas la partie fesses fermes, ventre plat.

Arrivée à ma place de parking, j'ai attrapé mon cahier pour y décrire les images vivaces qui tournoyaient dans ma tête, pour absorber ces émotions et sceller mes intentions.

Je me vois rire et jouer avec mes enfants au lieu de les harceler tout le temps « Tu t'es lavé les dents ? Va te laver les dents ! Tu as fait tes devoirs ? Va faire tes devoirs ! Mange tes légumes, range ta chambre, arrête de frapper ton frère ». Est-ce ainsi dans toutes les familles ? L'agitation, le manque de patience, la frustration, la perte de désir, les engueulades ? Si cette situation est normale, cela signifie-t-il que nous devons l'accepter ?

J'ai fermé les yeux et laissé les images me submerger.

J'ai vu mes grands-parents. Nous formions une famille. Lorsqu'ils étaient en vie, je passais toutes mes vacances chez eux, en Bretagne. J'adorais ces moments, nos repas familiaux, l'arbre de Noël avec tous ses cadeaux.
Lorsqu'ils sont décédés, la même année, je n'ai pas seulement perdu mes grands-parents, mais j'ai également perdu ma famille. C'est certainement pour cela qu'il m'est si important d'offrir à mes enfants un cadre familial heureux et uni au sein duquel ils pourront s'épanouir. Mais j'ai l'impression d'échouer à cette mission pourtant essentielle. Est-ce la cause de ma déprime : l'abîme qui existe entre ma vision de vie de famille idéale et la réalité ?

Après avoir noté mes pensées, j'ai fermé les yeux à nouveau pour vérifier si le mot « famille » évoquait d'autres réflexions.

Famille, famille, famille.

Je n'avais vu ni mon père, Liliane ou Christophe, ni David. C'est seulement dans l'ascenseur que j'ai réalisé qu'ils avaient été absents de ma rêverie.

Au bureau, les entretiens d'embauche que je devais faire passer pour le poste de directeur de la communication avaient tous été annulés. Anthony souhaitait rencontrer lui-même les différents candidats. Encore un subtil grignotage de mes attributions… Plus rien ne m'étonnait, et je ne m'en offusquais pas. J'avais décidé de partir. Les mots de David résonnaient dans ma tête : « Coincée dans un boulot que tu détestes parce que tu as peur de ne pas trouver mieux. » Il m'avait blessée, mais c'était pour mon bien. J'avais besoin d'être secouée. Je le revoyais, illuminé par le scintillement de la tour Eiffel, je revivais notre baiser dans sa voiture. STOP.

Texto de Carla :

Lisa, tu vas bien ?

J'ai failli lui répondre :

☹

Avec Carla, nous avions un accord tacite. Elle m'envoyait un premier message pour voir dans quelle humeur j'étais. Si je répondais « Ça va », elle comprenait qu'elle pouvait continuer. Alors elle enchaînait sur des proverbes, citations à méditer.

Si je ne répondais pas, ou bien un emoji fatigué, elle me laissait tranquille.

Ça va super, lui ai-je répondu.

J'ai fermé la porte du bureau après avoir demandé à Noémie de ne pas être dérangée. Ma décision de quitter Miniprice était prise, mais il fallait que je prépare la suite.

Carla m'a invitée à une visioconférence. J'ai attaqué sans préambule.

— J'ai besoin que tu m'aides, à cause de toi je suis perdue.

Devant son air interloqué, je me suis expliquée.

— Si je ne t'avais pas connue, je serais dans une situation très simple. Je veux démissionner, je prends contact discrètement avec des chasseurs de têtes et je croise les doigts pour qu'ils me trouvent un boulot dans une boîte sympa. Mais à cause de toi, je me remets en question. Je n'ai plus envie des horaires de folie, et je me suis lassée des ressources humaines et de devoir résoudre les problèmes des autres. Je veux créer, dessiner, mais je ne sais pas encore dans quel but, ai-je terminé, dépitée d'en arriver toujours à cette conclusion.

— C'est un excellent début, m'a affirmé Carla. Est-ce que tu sais utiliser les programmes informatiques de design ?

— Non, ai-je admis contrariée, comme si j'avais raté un train qui m'était passé sous le nez sans que je le voie ou l'entende.

— Parfait, tu vas commencer par ça. Inscris-toi à une formation de graphisme digital.

— OK, ai-je répondu, m'apprêtant à mettre fin à la conversation.

— Vas-y, fais-le maintenant, effectue tes recherches, je reste en ligne, a-t-elle insisté avec un sourire encourageant.

— Maintenant ? Je ne sais pas, ça va prendre du temps, ai-je hésité.

— Ce n'est rien du tout, regarde, je vais le faire avec toi, je tape « cours de graphisme digital » sur Google, a-t-elle poursuivi, la tête penchée sur son clavier.

Puis après quelques instants, elle a relevé la tête, un sourire de victoire sur le visage :

— J'ai toute une liste dans le 16ᵉ, ça te convient ?

— Euh, je ne sais pas, ça dépend des horaires, du tarif, du contenu, du sérieux de la formation. Il faut que je réfléchisse, c'est soudain, non ? ai-je protesté.

— OK, je te laisse te renseigner, mais ne perds pas trop de temps. Ta décision est prise, alors jette-toi à l'eau.

Nous avons raccroché et je suis sortie me dégourdir les jambes. Je revoyais David, son regard, ses lèvres sur les miennes.

Ça suffit, enfin !

Noémie m'a rejointe à la machine à café, et nous avons papoté.

— Comment va David ? lui ai-je demandé, en pensant à son fiancé du moment.

Elle m'a lancé un regard perplexe.

— Stéphane ! me suis-je reprise, confuse.

— Ça va, ça va, a-t-elle répondu évasivement, indifférente à mon lapsus.

Je l'ai écoutée me raconter le dernier enterrement de vie de jeune fille auquel elle avait été invitée, en hochant la tête de temps en temps, mon esprit me ramenant inexorablement à la soirée de la veille. Lorsqu'elle s'est finalement tue, nous nous sommes dirigées vers nos bureaux respectifs.

Au loin dans le couloir, je pouvais apercevoir Anthony qui raccompagnait jusqu'à l'ascenseur un des candidats au poste de directeur de la communication. J'ai pensé les aborder, me présenter, mais j'ai renoncé. Je n'avais jamais aimé les intrigues et manigances d'entreprise et heureusement, j'en serais bientôt débarrassée. Mon premier pas vers la liberté serait de suivre une formation.

J'ai donc poursuivi mes recherches et après avoir trouvé un cursus qui répondait à tous mes critères, je m'y suis inscrite. Je me suis sentie soulagée et fière de moi. J'ai immédiatement pensé appeler David pour lui raconter.

Arrête avec ce David. Appelle plutôt Jeremy pour partager cette nouvelle avec lui, ou tout au moins le prévenir.

Mais je n'en avais pas envie. Il ne se réjouirait pas comme David l'aurait fait.

Il fallait que je le sorte de ma tête, ça tournait à l'obsession.

Que préconisent mes gourous ? Ah oui, noter et analyser ses pensées.

Non. Pas envie. Je veux qu'on me donne la solution toute faite.

J'ai cherché, dans la liste des ressources du séminaire, un article ou leçon qui pourrait m'aider, « Comment oublier son premier amour » par exemple. À défaut, je me suis rabattue sur

« Apprendre à observer et accepter ses émotions[1] ». J'ai d'abord essayé de comprendre quelle était l'émotion que je ressentais en pensant à David. C'était un mélange de joie, de honte, de tristesse, d'anxiété, d'excitation. J'ai donc choisi celle qui semblait dominer : l'anxiété. Selon les instructions de l'exercice, je devais fermer les yeux et mettre de la distance entre cette émotion et moi, puis je devais lui donner une forme, une taille et une couleur.

N'importe quoi. Donner une couleur à l'anxiété, mais ça veut dire quoi ?

Je me trouvais ridicule et inapte, mais j'avais tellement envie que ça marche, que les flash-back de David et de notre baiser d'hier cessent. J'avais besoin de bloquer les fantasmes qui harcelaient mon esprit sans préavis. Il fallait que ma vie paisible et ennuyeuse d'avant son retour reprenne. J'ai visualisé une boule orange sortir de mon corps puis y revenir. J'ai essayé de ressentir un changement, un apaisement, mais rien, le visage de David reprenait d'assaut mon écran mental.

Pour me distraire, j'ai revisité le site de l'école de design où je venais de m'inscrire. J'ai relu la description des cours. J'étais enchantée, j'allais apprendre à manier les logiciels de conception graphique les plus couramment utilisés, Photoshop, InDesign, Illustrator.

Ah, quand tu penses au dessin, tu ne penses pas à David.

Je me sentais bien, légère, jusqu'à ce que je voie des photos d'élèves. Ils étaient tous jeunes, la vingtaine certainement. Mes doutes et mon insécurité m'ont relancée.

1. Kristalyn Salters-Pedneault, « Learning to Observe and Accept Your Emotions », Verywell Mind.

Tu n'as pas le temps pour ces bêtises. Consacre-toi à ta carrière, prouve à Anthony que tu mérites ton poste et arrête de chercher « mieux » ailleurs. D'ailleurs, qu'est-ce qu'elle va te donner cette formation ? Tu t'amuseras quand tu seras à la retraite.

J'allais annuler mon inscription lorsque j'ai reçu un texto de Carla :

Pour avancer, remplace tes « un jour » par des « aujourd'hui ».

J'ai souri et imprimé le reçu.

J'ai fait disparaître les sites de formation de l'historique de mon navigateur, mais comme je n'arrivais pas à me concentrer sur mes courriels, j'ai réfléchi à des idées de cadeaux de Noël pour Jeremy. J'avais presque tout acheté en ligne cette année et j'étais fière d'y avoir pensé à l'avance, pour une fois. Jeremy devait se charger des cigares cubains pour son père et du pull chic pour sa mère. Il ne me restait plus qu'à trouver le cadeau de mon mari.

Un séminaire de développement personnel ? Des séances de thérapie de couple ?

Puis j'ai eu cette idée ! Qu'importait le timing, nous en avions besoin maintenant : un week-end en amoureux ! J'ai immédiatement appelé ma mère pour m'assurer qu'elle était libre et toujours d'accord pour dormir chez nous, puis j'ai contacté un Relais & Châteaux à 50 km de Paris. J'étais portée par une énergie positive. J'ai tout bouclé en moins d'une demi-heure, je savais que cela ressouderait notre couple.

J'ai composé le numéro de Jeremy, fébrile et impatiente.

— Chéri, ce soir, après le travail, on part en week-end, lui ai-je annoncé joyeusement.

— De quoi parles-tu ?

— D'un week-end surprise en amoureux, deux nuits. J'ai tout organisé, j'ai prévenu l'hôtel et ma mère va dormir à la maison pour garder les enfants. Je nous ai réservé des massages et le restaurant étoilé pour le dîner de demain.

— Je suis désolé, ma chérie, mais je ne peux pas. Tu aurais dû m'en parler avant, s'est-il écrié, le ton presque accusateur. J'étais sidérée.

— Vas-y, toi. Invite une copine, s'est-il repris, plus doux.

— Mais pourquoi ?

— Je ne t'ai pas dit ? J'ai un collaborateur en congé maladie et une autre en congé prénatal. Donc c'est moi qui me tape leur boulot, m'a-t-il expliqué.

Je suis restée silencieuse, car mes sentiments de colère, tristesse et déception se télescopaient. Mais finalement les mots sont sortis sans que je les choisisse :

— Tu me trompes, c'est ça ?

— Lisa, pourquoi dis-tu cela ?

Mais je ne l'écoutais plus. J'ai raccroché, vaincue.

Je me suis décidée à travailler, c'était un refuge connu, pas toujours agréable, mais les coups de bâton pouvaient arriver de n'importe quel côté, alors autant se faire frapper par des gens qu'on n'aimait pas. J'ai cependant eu une bonne surprise en fin de journée. M. Laroche, l'ancien DG de Miniprice, était venu nous rendre visite et il s'est invité dans mon bureau.

— Comment allez-vous, Lisa ? m'a-t-il demandé après m'avoir chaleureusement saluée.

Il s'est assis sur la chaise, face à moi.

— Ça va, ça va, ai-je répondu laconiquement.

— Lisa, je tenais à m'excuser de ne pas vous avoir prévenue de la nomination d'Anthony. J'aurais dû le faire, connaissant votre animosité à son égard, mais je me devais de garder le secret pour des questions de procédure juridique et administrative. Je ne pouvais pas risquer la fuite.

— Je comprends, ai-je répondu, plus blessée que flattée.

Il devait avoir une basse estime de moi pour imaginer que j'étais capable d'ébruiter une information si sensible.

— Même si je sais pertinemment que vous n'auriez jamais divulgué son nom, m'a-t-il assuré, faisant écho à mes pensées.

J'ai souri.

— Alors, dites-moi. Comment allez-vous vraiment ?

J'ai baissé la tête, je ne pouvais pas répondre franchement sans risquer de me mettre à pleurer.

— Ça va aller. Et vous, monsieur Laroche, comment se déroule votre retraite ? ai-je embrayé, pour changer de sujet.

— Vous vous doutez bien que partir n'a pas été facile, mais finalement c'est une bénédiction. Je peux enfin profiter de la vie, passer du temps avec ma femme, mes enfants et petits-enfants. Nous embarquons pour une croisière le mois prochain. Vous saviez que nous allons fêter nos quarante ans de mariage ? m'a-t-il raconté avec enthousiasme.

— Quarante ans de mariage, ai-je répété impressionnée. Quel est votre secret ?

— La communication, a-t-il répondu sans hésiter.

Puis après un court silence où il a semblé réfléchir intensément, il a affiné sa réponse :

— Une admiration réciproque et une mutuelle envie de faire plaisir, aussi.

Il s'est levé et m'a serrée dans ses bras, me faisant de nouveau monter les larmes aux yeux.

— Je ne vais pas vous déranger plus longtemps, vous avez sûrement beaucoup de travail.

Puis il est parti.

Un texto de Jeremy m'a informée qu'il rentrerait tard. Il a cru bon de terminer par un smiley triste, comme si des excuses et des mots d'amour pouvaient se transmettre dans une image faisant moins d'un centimètre carré.

Est-ce qu'on peut encore être amoureux après quatorze ans de mariage ? Ne devrais-je pas dire merci d'être toujours mariée, au lieu d'aspirer à plus ? Mais qui a dit qu'on ne pouvait plus s'enflammer l'un pour l'autre ? M. Laroche avait parlé de sa femme avec passion alors que Jeremy et moi étions devenus des vagues copains qui partageaient le même toit et la même progéniture. Nous n'avions plus rien à voir avec deux adultes amoureux qui trouvaient plaisir et réconfort dans la présence de l'autre. Nos discussions étaient d'ordre pratique et nous faisions rarement l'amour.

Dans le séminaire, ils avaient expliqué que pour que notre vie amoureuse soit heureuse, il fallait avant tout une véritable volonté de réussir dans ce domaine, car si nous restions passifs, la routine et les tracas gangrenaient le couple jusqu'à l'anéantir. Cependant, cette volonté n'était pas suffisante. Elle devait être accompagnée d'actes quotidiens. Je voyais maintenant que ces actes, nous ne les faisions pas.

16

J'ai hésité à me rendre à l'entraînement de running ce samedi. Je ne savais pas si David y serait, car il ne m'avait pas contactée depuis notre baiser, deux jours auparavant, et je n'avais pas osé le lui demander franchement, même si j'avais besoin de savoir. J'appréhendais de le voir, car je ne pouvais pas prédire son comportement ni le mien. J'étais dans le flou, alors pour reprendre un semblant de contrôle sur la situation, je m'étais fixé comme ligne de conduite d'être distante envers lui.

— Salut, ça va ?, me suis-je écriée en voyant Julie qui m'attendait déjà en bas de chez moi.

— Ouais, ça va, ça va, a-t-elle répondu sans entrain.

— Tu as remarqué que « Ça va, ça va » a une tout autre signification que « Ça va » ? lui ai-je demandé en souriant, pour l'inviter à la confidence.

— Tu as raison, a-t-elle répliqué en souriant également, mais sans poursuivre.

— Je n'insiste pas. Je suis là si tu as besoin, ai-je répondu.

Nous avons fini le trajet dans un silence entaché par mes ruminations.

J'espère que David ne viendra pas aujourd'hui. Il faudrait qu'il quitte ce groupe. Ma vie est devenue trop compliquée depuis qu'il est revenu en France. Plus compliquée, mais plus excitante aussi. STOP.

Je dois arrêter de penser à lui, enfin ! Mais lorsqu'il m'a embrassée, je me suis sentie vivre.

En arrivant au point de rendez-vous, je l'ai aperçu faisant des étirements à côté d'Alexandra, Paul et Sophie. *Merde*, a été ma première réaction, suivie immédiatement d'un sourire intérieur lorsqu'il s'est retourné vers moi. Il était vraiment beau.

— Les amis, s'est exclamé Franck, ce qui a eu pour effet de nous regrouper autour de lui. L'objectif, il est simple : courir un marathon cet été.

J'ai interrogé Julie du regard, « De quoi parle-t-il ? », elle m'a répondu par un haussement d'épaules.

Alexandra, qui n'avait pas participé à notre conversation silencieuse, a éclaté de rire, mais Franck a poursuivi, impassible.

— Alex, je suis heureux de t'avoir fait rire, mais je suis très sérieux. Toi aussi, tu vas courir un marathon. D'ici là, j'ai échelonné les objectifs : 10 km, puis 15, un semi-marathon, 25 km, 30 km, 36 km, puis le marathon. Vous allez vous entraîner au moins deux fois par semaine en plus de nos rendez-vous les samedis. Pour éviter les blessures, je vous conseille de pratiquer régulièrement du stretching, du yoga ou du Pilates.

David avait l'air détendu, comme si cette nouvelle ne le concernait pas. Nous nous étions salués d'un geste de la main.

Je cherchais une réaction de la part de Julie, mais son visage n'exprimait ni enthousiasme ni incrédulité. Moi, j'étais très perplexe.

— Et la bonne nouvelle, a poursuivi Franck, c'est que je vous ai inscrits au semi-marathon de Paris qui aura lieu fin mars.

— C'est ça, la bonne nouvelle ? J'espère qu'il n'y en a pas de mauvaise alors, s'est exclamée Alexandra, ce qui a fait rire tout le monde, même Julie.

Franck ne s'est pas démonté.

— C'est important de se fixer des objectifs intermédiaires avant le marathon, et de célébrer lorsqu'on les a atteints. Donc, prévoyez une petite fête dans les jours qui suivent le semi. D'ailleurs, à propos de fête, ce vendredi, le 21 décembre, j'en organise une pour tous mes sportifs, alors je compte sur vous pour mettre l'ambiance puisque nous irons danser.

— Yeah, party time ! s'est écriée Alexandra, avant de se déhancher.

J'ai ri, mal à l'aise. Il était hors de question que j'aille en boîte avec des inconnus.

— Puis on se retrouvera l'année prochaine, le samedi 12 janvier, a terminé Franck. On y va, on commence par 3 km d'échauffement, puis 400 m rapides, 100 m de récupération, des exercices, et ça reprend sur 400 m de course rapide. C'est parti !

Nous nous sommes mis à courir. David m'a rejointe.

— Comment tu vas ? Tu m'évites ? Tu es fâchée ?

— Non, je ne suis pas fâchée, et oui, je t'évite. Je préfère garder mes distances.

Nous parlions à voix basse pour qu'on ne nous entende pas, mais sans chuchoter, pour qu'on ne nous soupçonne pas. Alexandra, qui courait plus lentement, était derrière nous, alors que Julie avait démarré vite, comme pour semer tout le monde. Paul et Sophie couraient ensemble. Franck passait d'un groupe à l'autre.

— C'est dommage, ton amitié compte beaucoup pour moi, a-t-il affirmé, tournant la tête vers moi, le regard triste.

Amitié ? C'était donc ainsi qu'il me voyait, comme une amie ? J'allais lui demander de s'expliquer lorsque Alexandra nous a rattrapés.

— Il est complètement dingue, Franck, s'il pense que je vais courir un marathon. Mais il est tellement mignon quand il parle de ses objectifs que je ne veux pas le contredire, s'est-elle amusée.

— Vous venez en boîte, les filles, vendredi ? a sondé David.

Il s'était clairement adressé à moi, me fixant droit dans les yeux.

Alexandra s'est empressée de répondre :

— Mais bien sûr. Autant les marathons, c'est pas mon truc, autant les boîtes de nuit…

Elle a laissé la fin de sa phrase en suspens.

— Et toi, Lisa ? s'est enquis David, me regardant à nouveau.

— Je n'ai plus l'âge d'aller en boîte, en plus c'est la veille de notre départ pour les États-Unis alors j'ai toutes les valises à faire, ai-je répondu, déboussolée par son comportement.

— Combien de temps ça prend, de faire des valises ? Tu peux bien t'absenter une heure pour trinquer avec nous, ça me ferait vraiment très plaisir, tu sais, a-t-il insisté en me touchant l'épaule.

Ce simple contact me brûle, tout mon corps frissonne lorsqu'il me regarde.

— Depuis combien de temps n'as-tu pas mis les pieds en boîte de nuit ? Il faut que tu t'amuses un peu, m'a-t-il lancé en accélérant le pas pour rejoindre Franck.

J'aurais dû me réjouir de cette distance, je l'avais souhaitée, et pourtant je me sentais frustrée, punie. Je n'étais plus la fille cool qu'il avait connue, et par conséquent, je ne méritais pas son attention. Quel gamin ! Et moi je laissais ses jeux infantiles ébranler mon couple. C'était de la folie. Il fallait que je me reprenne.

À la fin de l'entraînement, David s'est éloigné après un vague signe de la main en ma direction, et Julie et moi sommes rentrées à pied.

— Tu penses vraiment qu'on va courir un marathon ? lui ai-je demandé, curieuse de connaître son opinion.

— Oui, a-t-elle répondu sérieusement. J'ai trois collègues à Google qui s'entraînent avec Franck, deux d'entre eux ont déjà couru un marathon, et la troisième un semi.

— Je ne sais pas si je vais y arriver. C'est 42,2 km, quand même, ai-je marmonné.

— Lisa, la question n'est pas si tu vas y arriver, mais si tu veux y arriver. Est-ce que courir un marathon est un objectif qui t'anime, qui te poussera hors du lit les matins d'hiver ? Quelle est ta motivation ?

J'ai réfléchi.

— Je n'ai jamais rêvé de terminer un marathon, mais j'admets que je ressens beaucoup de fierté après chaque entraînement, et ça m'amuse de courir avec Alex et toi. J'aimerais aussi continuer à perdre du poids.

Julie a levé les yeux au ciel.

— T'es très belle comme ça, a-t-elle affirmé. Tu n'as pas besoin de maigrir.

J'ai souri. Elle devait faire partie de ces femmes pour qui l'embonpoint était un atout physique chez les autres et un défaut sur elles-mêmes.

— Et je suis curieuse de savoir si je vais y arriver, ai-je ajouté.

— Lisa, je ne pense pas que la curiosité soit un moteur suffisamment puissant. En revanche, l'envie de se dépasser, d'être fière de toi, ou même de maigrir, oui, ou également le besoin de faire partie d'un groupe, ça pourrait !

— Et toi, c'est quoi ton moteur ? ai-je demandé.

— Réussir quelque chose, a-t-elle répondu avec émotion. Réussir quelque chose sur quoi j'ai un contrôle total, pour compenser tout ce qui foire malgré mes efforts.

Sa voix s'est brisée, et les larmes ont commencé à couler. Elle les a essuyées rapidement avec sa manche de tee-shirt, puis s'est ressaisie aussitôt. Je suis restée silencieuse pour lui permettre de continuer, mais comme elle se taisait, je l'ai questionnée :

— Qu'est-ce qui foire malgré tes efforts ?

— J'en suis à ma quatrième FIV. Je pensais vraiment que ça allait marcher cette fois, a-t-elle murmuré, les yeux s'embuant de larmes à nouveau. Mais ce matin, j'ai eu mes règles.

— Je suis désolée, je ne savais pas que tu essayais de tomber enceinte, ai-je répondu.

Comment la consoler ? J'ai posé ma main sur son épaule.

— Ma mère me dit que je devrais m'estimer heureuse parce que j'ai déjà un enfant et que je devrais arrêter de m'acharner. Ma meilleure amie a laissé sur ma table de salon une brochure sur l'adoption. Très subtil comme message, a lâché Julie, amère.

— Ça doit être très difficile pour toi, ai-je compati, surtout si tu n'as pas le soutien de tes proches.

— Oui. Toi, tu as quatre enfants, tu comprends ma détresse et ma frustration, n'est-ce pas ? Tu me comprends ?

Elle s'est tournée vers moi, le regard suppliant.

Je l'ai prise contre moi et elle s'est mise à sangloter. J'étais très émue aussi.

— Bien sûr que je te comprends. Ta démarche est tout à fait légitime. Personne n'a le droit de te dire que ton rêve d'avoir un deuxième enfant ou même une famille nombreuse est un caprice ou un acharnement. Plus qu'un rêve, c'est un besoin.

— Oui, exactement, c'est un besoin. C'est plus fort que moi. Je ne me sens pas complète. Je nous regarde, mon mari, ma fille et moi, et je vois un énorme vide. C'est terrible de dire ça, je sais, c'est terrible…

— Mais non, l'ai-je rassurée.

Voir Julie dans une telle détresse m'a rappelé la chance que j'avais d'avoir quatre enfants en bonne santé. Et je me sentais honteuse de m'être plainte si souvent d'eux. J'ai repassé dans ma tête les diverses conversations que j'avais eues avec elle, en espérant que je n'avais pas laissé échapper un de ces commentaires sarcastiques qui trahissaient mon exaspération.

Nous étions arrivées en bas de mon immeuble.

— Merci, ça m'a fait du bien de te parler, a-t-elle admis.

Nous nous sommes souhaité de bonnes fêtes, et de bonnes vacances.

— Ah, mais j'allais oublier ! s'est exclamée Julie. On se voit encore, vendredi, en boîte.

— Mais non, jamais de la vie, ai-je rigolé. Je vais pas en boîte. En plus, ça sera avec tous les gens que Franck entraîne, non merci.

— Allez ! a-t-elle insisté. On va bien se marrer. On s'en fout, des autres, on sera juste notre groupe, Alex, David, Sophie, Paul, toi et moi.

J'ai pris les escaliers pour profiter encore de quelques minutes de solitude, et réfléchir à cette histoire de marathon.

Moi, franchement, courir un marathon ? Pourquoi même en aurais-je envie ?

J'ai pesé le pour et le contre.

Contre :

David. Je me sentais déboussolée en sa présence. Il valait mieux éviter de le voir et arrêter de courir avec lui.

Toutes les courses longues qu'on devrait effectuer en vue du marathon.

42,2 km de souffrance.

Pour :

Julie et Alexandra.

C'était un énorme défi qui, si je le relevais, m'emplirait de fierté.

Ça m'aiderait à maigrir.

Ce dernier argument pesait lourd dans la balance (sans mauvais jeu de mots). Je savais bien qu'il était normal pour une femme de prendre du poids lors de ses grossesses et que ce n'était ni une tare ni une honte… mais je ne réussissais pas à l'accepter et je vivais mal cet embonpoint.

J'avais toujours été mince. Quand j'attendais Charles ou Maxime, lorsque j'étais de dos, c'était insoupçonnable. Mais quand j'étais tombée enceinte des jumeaux, j'avais grossi. La grossesse, ayant eu lieu après un accouchement prématuré, était à risque et d'autant plus qu'elle était gémellaire. Je calmais mon stress par une quantité déraisonnable de biscuits, chips, frites, hamburgers, et autres aberrations nutritives salées ou sucrées. Une fois ces habitudes installées, je n'avais pas réussi à m'en débarrasser. Je pensais que l'allaitement me ferait maigrir. Mais non, pas du tout. Je pensais qu'arrêter l'allaitement me ferait maigrir. Mais non, toujours pas. Depuis cinq ans je me privais, je suivais les régimes les plus farfelus, mais je ne faisais que perdre cinq kilos, les reprendre et recommencer.

Pourquoi me sentais-je obligée d'être mince ? Lorsque j'étais adolescente et que je regardais les photos de mes parents juste avant leur divorce je ne pouvais m'empêcher de constater que ma mère avait été ronde à cette époque. Ma belle-mère en revanche avait un corps de mannequin. Mon père l'avait choisie elle. Au lieu d'être fâchée contre mon père, j'avais dû inconsciemment en vouloir à ma mère et conclure que si elle était restée mince, mon père ne l'aurait pas quittée. Mon Dieu, c'était stupide !

Était-ce un de ces modèles de pensée mentionnés dans le séminaire ? Une fausse vérité qui affectait notre façon de voir le monde ? Je devais être mince si je voulais garder mon mari ? Pourtant je savais bien que la dégénérescence d'un couple reposait sur des facteurs qui n'avaient rien à voir avec l'apparence physique. Et même en admettant qu'effectivement mon père avait quitté ma mère parce qu'il la trouvait moins attirante, cela ne prouvait que son côté superficiel et la fragilité de leur couple, rien d'autre.

J'ai entendu des pas précipités venant de mon appartement alors que je tournais la clef dans la serrure. Les jumeaux étaient certainement allés se cacher en m'entendant rentrer. Je me suis écriée à leur intention :

— Oh, je me demande où sont Louis et Lucas ! Sûrement encore en train de dormir. Il faut que j'aille les réveiller sinon ils arriveront en retard au judo !

Je voyais leurs petits pieds nus dépasser des rideaux du salon et je les entendais pouffer, mais j'ai poursuivi ma recherche.

— Mais non, ils ne sont pas dans leurs lits. Où peuvent-ils bien être ?!

En parcourant l'appartement à grand bruit, j'ai croisé Maxime, dans son uniforme de foot, trépignant.

— Maman, c'est toi qui m'accompagnes ?

— Non, c'est moi, a crié Jeremy de la cuisine. T'es prêt ?

J'ai rejoint Jeremy, et nous nous sommes fait un vague baiser sur la joue. Je puais la transpiration, et j'étais toujours fâchée par son refus de partir en week-end.

— Chérie, tu te souviens que je bosse aujourd'hui ? J'ai encore plein de choses à terminer avant notre départ, a-t-il expliqué.

— Mais si on ne part pas en week-end, tu peux au moins aller choisir le cadeau de ta mère !

— Lisa, tu m'as dit que tu avais tout fait en ligne cette année, a-t-il répliqué.

— Mais non, Jeremy. Le pull pour ta mère et les cigares de ton père, je ne peux pas les acheter sur internet. Je me suis occupée de tout le reste, tu peux quand même contribuer, faire preuve d'un peu d'enthousiasme, montrer que c'est important pour toi. C'est les fêtes de Noël, merde, pas une réunion de parents d'élèves !

J'en avais marre d'être déçue et de râler tout le temps. Je ne me supportais plus. Je détestais la personne que j'étais devenue : chiante, dans tous les sens du terme, d'ennuyeuse à contrariante.

— Ça va, c'est bon ! s'est révolté Jeremy qui n'aimait pas être pris en défaut. J'amène Maxime au foot, sur le chemin j'achète les cigares de mon père et après je vais au bureau. On ira chercher le cadeau de ma mère demain, le magasin sera certainement ouvert.

— Laisse tomber, j'irai pendant que les jumeaux seront au judo, ai-je cédé.

Tout, plutôt que des courses le dernier dimanche avant Noël !

Louis et Lucas ont fait irruption dans la cuisine, en kimono de judo.

— On est là, maman, on est là ! ont-ils crié en agitant les bras.

— Mes chéris, où étiez-vous ? Partis en vacances ? Je vous ai cherchés partout !

Je me suis agenouillée pour les serrer dans mes bras.

17

J'ÉTAIS en train de ranger mes vêtements dans la valise lorsque Jeremy est entré dans la chambre. J'avais presque terminé. Les enfants avaient voulu « m'aider » à faire leur bagage, ce qui avait rendu la tâche impossible et j'avais dû attendre qu'ils s'endorment pour pouvoir le faire correctement. Les incessantes notifications provenant du groupe de running m'empêchaient de me concentrer. Ils préparaient la sortie en boîte, qui allait où, à quelle heure... Ils avaient tous insisté pour que je les rejoigne, et David m'avait même envoyé un message en privé « Ce ne sera pas une fête sans toi ». J'avais très envie d'y aller, mais je préférais l'éviter. S'il me draguait, je craignais de succomber, et s'il m'ignorait, je craignais de déprimer. J'étais perdante dans les deux cas.

— Ma chérie..., a commencé Jeremy, l'air préoccupé.

Non, Jeremy, ce n'est pas le moment de me parler. Tu sais bien que je suis anxieuse les veilles de voyage. Ma tête explose de listes de choses à faire ou à acheter. Est-ce que je prends ou pas le sirop pour la toux qui fait dormir les enfants ? Et le cahier d'exercices du séminaire ? Dans la valise ou mon sac à main ?

J'ai fait semblant de ne pas l'avoir entendu et j'ai regardé avec beaucoup d'intérêt les vêtements étalés sur le lit.

— Lisa, je suis très embêté, je ne sais pas quoi faire, a-t-il insisté.

Ça s'annonçait mal. Je sentais que je n'allais pas aimer la suite. Il a enchaîné :

— Mon client m'a convoqué d'urgence. Il veut que je vienne avec lui dans une de ses usines et je ne suis pas sûr de pouvoir partir en même temps que vous.

— Tu plaisantes ? lui ai-je demandé, pleine d'espoir. Ce n'est vraiment pas drôle.

— Non, je suis très sérieux. Je prendrai le vol du lendemain à la même heure et j'arriverai juste à temps pour le dîner de Noël.

— Mais tu n'envisages pas vraiment de me laisser prendre l'avion seule avec les enfants et de nous planter pour les fêtes, ai-je dit, incrédule.

— Mais je ne vous plante pas. Et les enfants sont grands, maintenant. Ce n'est pas comme lorsque les jumeaux étaient bébés et qu'il fallait absolument deux adultes pour voyager avec eux.

— Les enfants sont grands, maintenant ? Eh bien, toi, tu fais le voyage avec eux ! me suis-je écriée en rage. Vous pouvez partir tous les cinq dans le vol d'après-demain et arriver pile-poil pour le dîner chez tes parents ! Moi, j'irai visiter New York. Si tu veux, je viendrai même vous chercher à l'aéroport, comme ça on ira tous ensemble dans les Hamptons. C'est parfait.

— Je ne comprends pas pourquoi tu réagis comme ça, s'est indigné Jeremy. J'arrive 24 heures après vous, c'est tout. On sera ensemble à toutes les célébrations, ce n'est pas comme si je vous laissais seuls à Noël. C'est juste 24 heures.

J'ai senti une boule de colère naître dans mon ventre puis monter doucement vers ma gorge.

J'avais froncé les sourcils instinctivement, et posé mes mains sur les hanches, j'étais face à lui, prête à l'assaut, le regard noir. Je bouillais, mais je devais contenir ma fureur pour ne pas réveiller les enfants.

— Jeremy, je ne sais pas ce qui me fait le plus mal, le fait que tu ne te rendes pas compte de l'aberration de ta proposition ou le fait que tu fasses passer de façon si abjecte, encore une fois, ta carrière avant ta famille.

— De façon abjecte ? Abjecte ? Qu'y a-t-il d'abject à avoir une haute éthique professionnelle, s'est-il offusqué, son ton de voix compromettant dangereusement le sommeil des enfants.

— Moi aussi, j'ai une haute éthique professionnelle, ai-je répondu à voix basse. Moi aussi, j'ai une carrière et un patron à qui rendre des comptes. Pourtant ça ne m'empêche pas de m'occuper de la maison, des enfants, de l'école, de tout faire pour que tout le monde soit heureux, et évidemment pour qu'on passe les fêtes ensemble.

— Mais enfin, Lisa, on va passer les fêtes ensemble, a-t-il réaffirmé, à bout d'arguments.

Je n'en revenais pas qu'après toutes les discussions qu'on avait eues à ce sujet, après toutes les fois où je lui avais exprimé mon ras-le-bol, il avait encore le culot d'envisager de me laisser prendre l'avion seule avec les enfants. « Ils sont grands maintenant » ! Et le pire, c'est qu'il ne voyait pas le mal, c'était « juste 24 heures ».

Jeremy restait sur le pas de la porte à m'observer plier les vêtements et grommeler. Je le sentais hésiter alors que la situation était tellement simple. Comment ne le voyait-il pas ? Son indécision me rendait dingue. Son manque d'empathie envers moi, son incompréhension par rapport à mon mal-être, son silence face à mes appels à l'aide… Ne voyait-il pas que je coulais ? Et au lieu de me sortir de l'eau, il m'appuyait sur la tête.

Il a quitté la chambre. Je ne savais pas ce qu'il comptait faire. Peut-être aurais-je dû lui lancer un ultimatum ? Je suis allée le trouver dans son bureau, m'assurer qu'il avait bien compris qu'il n'avait pas d'autre choix que d'annuler son rendez-vous du lendemain.

— Alors ? l'ai-je abordé violemment pendant qu'il était en ligne.

— Je ne peux pas parler, a-t-il murmuré, me désignant son téléphone.

J'ai tourné les talons. J'aurais claqué la porte si les enfants n'avaient pas été endormis. Je me voyais le faire, je le faisais mentalement.

Tiens, prends ça dans la gueule.

Je voulais hurler, il fallait que je sorte. J'allais rejoindre le groupe en boîte, ça lui ferait les pieds.

Je suis allée prendre une douche. L'eau coulait à travers les mille trous du pommeau cascade acheté spécialement en Italie. Je retenais mes larmes. Je me répétais en boucle : *Tu vas passer une soirée fantastique ! Tout va bien ! Ton mari est un imbécile.* Je suis sortie de la douche et je me suis fait un brushing digne d'une pro. Puis je me suis maquillée. J'ai consciencieusement appliqué le fard à paupières pailleté que je gardais pour « les grandes occasions » et que je n'avais par conséquent jamais utilisé.

J'ai essayé ma jupe bleu marine plissée Chanel dans l'espoir de la fermer, et bingo, la fermeture éclair glissait sans difficulté ! J'ai choisi une chemise en soie blanche, des bas et des escarpins assortis à la jupe.

Une fois habillée, je me suis regardée dans le miroir, satisfaite du résultat.

— Tu vas passer une soirée fantastique ! Tout va bien ! ai-je scandé, en souriant à mon reflet.

— Ce soir, je sors, ai-je annoncé à Jeremy, la tête dans l'ouverture de la porte, indifférente à ses sourcils froncés alors qu'il était toujours au téléphone. Demain, soit nous montons tous ensemble dans l'avion, soit je monte seule. Tu décides.

Puis j'ai tourné les talons.

Lorsque le taxi s'est arrêté devant la boîte de nuit, j'ai failli lui dire de faire demi-tour. C'était le vendredi soir avant Noël et il y avait foule. Des jeunes, bien habillés et sûrs d'eux, faisaient la queue en attendant que le videur les laisse entrer. Je me suis dirigée vers lui, feignant la confiance. Je lui ai murmuré le nom de notre coach, comme s'il s'agissait d'un mot de passe secret. À ma grande surprise, il m'a aussitôt laissée entrer. Je me sentais déplacée dans cet endroit, mais la réaction qu'aurait Jeremy si je rentrais si tôt m'a convaincue de rester, malgré la musique techno, l'obscurité, la chaleur, la jalousie que je ressentais en voyant les jeunes femmes d'une vingtaine d'années se trémousser sans soucis ni soutien-gorge sur la piste de danse.

David est apparu devant moi. Il m'a pris le bras et m'a fait la bise. Son eau de toilette me faisait toujours frissonner. Son look cool branché, chemise blanche un peu ouverte, jean noir, boots en cuir, bagues en argent, correspondait parfaitement au lieu dont il semblait être un habitué.

— Je suis heureux que tu aies pu venir. Tu es particulièrement belle ce soir.

Il m'a tendu un comprimé d'ecstasy et j'ai réprimé un fou rire. *Je suis trop vieille pour ça !*

— Allez, lâche-toi. En souvenir du bon vieux temps.

Son regard, son sourire, le ton de sa voix, ses boucles, son odeur. J'étais replongée vingt ans en arrière. Depuis quand n'avais-je pas fait la fête ? Depuis quand ne m'étais-je pas amusée, vraiment ? J'en avais bien le droit. Jeremy qui avait le culot de vouloir me laisser partir seule avec les enfants, pour quoi ? Qu'il aille se faire foutre. J'ai pris le comprimé.

David m'a entraînée vers la table où était installé notre groupe. Franck, euphorique au milieu de tous « ses » sportifs, est venu me saluer.

— Lisa, ça me fait plaisir que tu aies pu te libérer finalement.

Il m'a serrée dans ses bras.

— Paul, sers un verre à Lisa s'il te plaît ! s'est-il exclamé en s'éloignant vers une autre table.

Julie et Alex m'ont à peine laissée boire avant de m'entraîner sur la piste de danse. Je cherchais David du regard.

Alexandra portait un pantalon en cuir noir et un débardeur court, noir également, qui laissait entrevoir son ventre plat. Elle scrutait la piste. On la sentait à la chasse. Elle nous avait prévenues : « Je ne rentre pas seule ce soir. » Julie était en jean, avec un top argenté. *Elle est trop forte, en jean, dans ce lieu prisé par l'élite parisienne.*

— Tu pars demain ? Tu as bouclé les valises ? Pas trop stressée ? m'a-t-elle demandé, en s'approchant de moi pour que je puisse l'entendre malgré les décibels élevés.

— C'est bon, j'ai tout fini. Je peux m'amuser, ai-je crié en réponse.

— Tu as bien raison. Profite, parce que les vacances avec des enfants, ce ne sont pas vraiment des vacances. Et bon courage pour le vol ! a-t-elle ajouté, en se tournant vers Alex pour twerker avec elle.

J'étais bien. Heureuse. Enfin. La musique s'infiltrait dans mon corps pour le faire battre en rythme, de l'intérieur.

Boum boum, c'est mon cœur qui bat, boum boum, mon sang qui circule, boum boum, l'air qui entre par mes narines, boum

boum, l'air qui ressort par mes narines. Boum boum, David, à côté de moi, son corps bouge.

Éloigne-toi.

Pourquoi devrais-je m'éloigner ? Au contraire, je le veux plus proche de moi, tout contre moi, je veux sentir son odeur, caresser ses cheveux, son visage, je veux promener mes doigts sur son torse, embrasser ses lèvres.

Va-t'en.

Boum boum mon cœur s'accélère, et s'emplit d'amour pour David, pour Alex, pour Julie, j'aime tous ces gens dans cette boîte de nuit, ces gens qui dansent à l'unisson dans cet univers, je flotte.

— Viens, m'ordonne David.

Il s'est approché pour me glisser ce mot à l'oreille, je le suis, je le suivrais jusqu'au bout du monde. Je m'inquiète lorsqu'il disparaît dans les entrailles de la foule, je veux hurler son prénom, mais le voilà, il me sourit, il me regarde.

— Tu es belle, me murmure-t-il.

Je reste collée à lui pour ne plus le perdre, il m'attrape la main et je frissonne.

Non.

Je fais taire cette voix rabat-joie qui nie mon droit au bonheur, à l'amour, à l'éveil des sens. Je suis tellement heureuse, légère, David me guide et m'entraîne vers les toilettes. Je regarde les gens autour de nous, ils sont beaux, je les aime. À l'abri dans une cabine à la porte bleue, on s'embrasse, enfin ! David a pris mon visage entre ses mains, je lui caresse la nuque, les cheveux. Mes doigts courent sur son torse ! Je défais les derniers boutons de sa chemise, ses lèvres sont sur mon cou, ses mains sur mes fesses. Il rabaisse la cuvette des toilettes et s'assied. Je me place à califourchon sur lui, j'ai enlevé mes bas, ma culotte, il a déboutonné sa braguette. Il me regarde, il est en moi ! La musique m'envoûte, son odeur aussi. Plus rien d'autre n'existe, je suis submergée, je ne pense à rien, mon esprit est vide, toutes les particules à l'intérieur de mon corps exultent. Je jouis violemment. *Mon Dieu, ce n'est pas vrai, ce n'est pas vrai, c'est un cauchemar.* J'atterris dans la réalité comme un avion s'écrase au sol. *Mon Dieu, ce n'est pas vrai, je vous en supplie, faites que ce soit un cauchemar.* La musique me fracasse les tympans, ma tête va exploser. Je me relève, me rhabille, horrifiée par la gravité de la connerie que je viens de commettre et par l'ampleur du plaisir que j'ai pris en la commettant. Je tente de débloquer le verrou des toilettes, sans succès. David me prend dans ses bras.

— Je suis là, me rassure-t-il, je suis là. Tout va bien.

Je me blottis dans ses bras.

— S'il te plaît, ramène-moi chez moi, ai-je supplié.

— Attends-moi dehors, j'arrive, répond-il.

Je me faufile vers la table où j'ai laissé mon sac et mes compagnons. Tout le monde est sur la piste de danse. Je marche les yeux au sol, rapidement, vers la sortie. J'ai mal au crâne, la nausée, des frissons.

J'attends David dehors.

Qu'est-ce qu'il fait bon Dieu ?

Je m'appuie sur le mur pour ne pas tomber.

Mais qu'est-ce qu'il fait, bon Dieu ? Il m'a oubliée.

Je veux marcher en direction de la rue pour héler un taxi, mais mes jambes refusent. Un homme sort en courant du club et manque de me bousculer. Il est poursuivi par David. Après avoir couru quelques mètres dans la direction du type, il revient vers moi.

— Viens, on y va, me dit-il en attrapant mon bras.

— C'était qui ? j'articule difficilement.
— Rien, laisse tomber, viens.

Je m'exécute, agrippée à lui. Dans sa voiture, il me fait boire de l'eau puis en verse quelques gouttes dans sa main pour mouiller ma nuque, mes cheveux. Je suis touchée par sa gentillesse. Quand s'est-on occupé de moi pour la dernière fois ?

— David, c'était qui ? je lui demande à nouveau.

Je passe ma tête par la fenêtre dans l'espoir que la nausée et la migraine s'envolent avec l'air frais. Peine perdue.

— Rien, tu n'as pas de raison de t'inquiéter, me répond-il les sourcils froncés, la main gauche dehors, une cigarette entre les doigts, la main droite sur le volant.

— Pas de raison de m'inquiéter ? Tu te moques de moi ! C'est ce que je dis aux enfants avant de les emmener chez le dentiste. Dis-moi qui c'était !

L'anxiété me sort de mon état comateux, je suis attentive, malgré ma fatigue.

— Un mec nous a filmés dans les toilettes, mais je m'en suis occupé, j'ai effacé la vidéo de son téléphone.

Là, je suis totalement réveillée.

— Quoi ? Qu'est-ce que tu dis ? Non, ce n'est pas possible. Dis-moi que tu plaisantes.

— Non, mais je t'assure que l'incident est clos, m'affirme David.

Je pose ma tête sur la banquette, vidée. Si seulement je pouvais remonter le temps de quelques heures.

Une fois chez moi, alors que je m'apprêtais à sortir de sa voiture, David a fait mine de m'accompagner.

— Non, c'est bon, lui ai-je dit en sortant du véhicule.

Mais il m'a rattrapée.

— Je ne te laisse pas seule dans cet état.

— J'ai peur qu'on nous voie, ai-je avoué à voix basse.

— Ne t'inquiète pas, m'a-t-il répondu en me guidant vers la porte d'entrée de l'immeuble.

J'avais toujours la tête qui tournait, et mes yeux étaient à demi fermés pour lutter contre l'agressivité de la lumière dans l'ascenseur, pourtant j'ai remarqué que David m'observait attentivement.

— Quoi ? ai-je demandé, curieuse.

— Rien, t'es belle c'est tout.

J'ai sorti les clefs de mon sac et me suis dirigée vers le pas de ma porte. David m'a suivie.

— Au revoir, ai-je dit, avec un signe de la main.

Il a essayé de m'enlacer, mais je l'ai repoussé. Jeremy pourrait être réveillé, et de toute façon, est-ce que j'en avais envie ?

Après avoir retiré mes chaussures sans faire de bruit, je suis allée dans la cuisine pour vomir dans l'évier, le plus loin possible des chambres à coucher, puis je me suis rendue dans la salle de bains.

Je me suis déshabillée pour me doucher. Je me suis laissée glisser sur le sol, l'eau coulant sur ma tête. Sur mon corps. Mes larmes se sont mélangées aux gouttes et ont laissé un petit goût salé dans ma bouche.

18

PUTAIN de gueule de bois.

Le souvenir des événements de la veille m'a submergée. J'ai revécu la soirée par flashs. Musique, alcool, sexe, type qui s'est enfui de la boîte, poursuivi par David. J'aurais voulu rester au lit pour éviter de ressentir la honte face à mon infidélité et ne pas penser au fait que quelqu'un nous avait vus, pire : nous avait filmés !

Après une trentaine de « Maman, j'ai faim » répétés en boucle par Louis se tenant juste à la hauteur de mes oreilles, je me suis finalement extirpée du lit. J'ai vérifié si David m'avait envoyé un message, mais il devait sans doute dormir, lui. Puis j'ai changé tous les mots de passe de mon téléphone. Je me sentais nulle. J'étais passée de l'autre côté, du côté de ceux qui mentent et qui trompent, du côté de ceux qui effacent les traces de leurs actes.

Je me suis traînée vers la cuisine. Dans l'entrée, trônaient trois valises. Je n'avais pas été en état de le remarquer la veille : la mienne, celle de Jeremy et celle des enfants. Jeremy nous faisait donc l'honneur de se joindre à nous pour les vacances. J'en étais presque déçue. Une raison de lui en vouloir m'aurait été bien utile pour étouffer la culpabilité que je ressentais.

Louis s'est mis à jacasser avec beaucoup d'énergie.

Mon Dieu, faites qu'il se taise.

Rien ne pouvait le calmer, tant il était excité de prendre l'avion.

— Je vais emporter doudou, et mes petits soldats, et ma voiture télécommandée, et tous mes livres de Tchoupi, et mon château de Playmobil, mes animaux, mes peluches…

— Oui, mon chéri. Va chercher tes jouets.

— Yes !

J'avais tellement mal à la tête que réfléchir était douloureux. J'étais sur pilote automatique. Sortir le bol du tiroir, mettre une cuillerée de poudre chocolatée, de l'eau bouillante…

— Bonjour ! s'est exclamé Jeremy avec trop d'enthousiasme pour un homme qui venait de se faire cocufier.

— Chut, moins fort, ai-je grondé.

— Pardon. J'ai annulé mon rendez-vous, je prends l'avion avec vous, a-t-il fanfaronné.

— …

— Je pensais que ça te ferait plaisir.

— Tu veux une médaille ? ai-je aboyé, prête à mordre.

— OK, je vois. Dis, t'es rentrée très tard hier.

— Hum.

— Qu'est-ce qu'il y a, t'as la gueule de bois ? m'a demandé Jeremy, amusé.

— Oui, désolée, j'ai pas très envie de parler.

Il est sorti de la cuisine nous laissant en paix, ma hargne et moi, et j'ai passé le reste de la matinée à ranger, à l'éviter et à tenter de réprimer la honte qui m'envahissait à tout moment.

Vers midi, après avoir appelé les enfants pour le déjeuner, je me suis rendu compte que la maison était anormalement silencieuse. J'ai ouvert la porte de la chambre de Louis et Lucas avec une certaine appréhension, car je connaissais l'équation : silence plus porte fermée égale bêtise. Ils avaient vidé leur valise, éparpillé tous les vêtements par terre pour les remplacer par des peluches, accessoires Lego ou Playmobil, voitures, puzzles, et jeux de société. Cela formait un tas énorme. Tout le sol était jonché de jouets qui n'avaient pas pu entrer dans leur bagage faute de place. Ils étaient en âpre négociation pour savoir s'il fallait inclure le Monopoly et sacrifier le jeu de l'oie ou l'inverse. Certes, ça aurait pu être une excellente occasion de leur apprendre à faire des choix, mais sur le moment je n'ai vu que cet immense désordre, la valise à refaire, et l'heure du départ qui approchait. J'ai hurlé :

— Mais qu'est-ce que c'est que ce…

J'ai ravalé le mot « bordel » qui pourtant s'imposait.

— Mais qu'est-ce que c'est que ça ? ai-je reformulé plus calmement.

— On a fait comme tu m'as dit, maman, m'a expliqué Louis de sa voix d'ange. T'es contente ?

Sa question était sincère. Je ne savais pas quoi répondre. Je voulais ramasser tous les jouets et les jeter par la fenêtre, mais au lieu de cela, j'ai respiré profondément.

— Cette valise, c'est la valise des vêtements. Il faut donc que je les remette dedans, maintenant, sinon vous n'aurez pas de quoi vous habiller pendant les vacances. Pour les jouets, vous pouvez en choisir deux que je rangerai dans vos sacs à dos.

— Deux ? s'est exclamé Lucas, mais tu as dit à Louis qu'il pouvait prendre tout ce qu'il voulait.

— Mon chéri, il y a eu un malentendu. Vous n'avez pas besoin de tous vos jouets. Il y en a plein chez grand-ma et grand-pa.

— Mais tu as promis ! Tu as promis ! Tu as promis !

Non, pas une crise maintenant, s'il vous plaît, mon Dieu.

Ma tête explosait malgré les deux cachets que j'avais pris, j'avais toujours la nausée, l'heure de l'arrivée du taxi approchait, il fallait encore déjeuner.

— Allez manger, je m'occupe de la valise.

— Je veux pas manger, je veux faire ma valise, a hurlé Lucas.

Jeremy est entré dans la chambre.

— Ça ne va pas, de crier comme ça ?!

— Jeremy, ce n'est pas la peine de s'énerver, me suis-je interposée.

— Enfin, il braille comme un veau et toi tu le laisses faire, s'est énervé Jeremy, ce qui a provoqué les pleurs de Louis.

— Jeremy, occupe-toi de Louis, Charles et Maxime et allez déjeuner. Tout est prêt dans la cuisine. Le taxi arrive dans 45 minutes. Je m'occupe de Lucas, ai-je décidé en prenant mon fils dans mes bras.

Il fallait que je mette fin à ce début de crise avant qu'elle dégénère en guerre mondiale. Au lieu de l'ignorer, d'insister ou de crier, trois méthodes qui n'avaient pas donné de succès par le passé, j'ai tenté une conciliation :

— Je sais que tu as très envie d'emporter tous tes jouets avec toi. Je comprends qu'ils vont te manquer et que tu as peur qu'il n'y ait pas de jeux que tu aimes chez tes grands-parents.

Je sentais qu'il m'écoutait, alors j'ai poursuivi, tout en continuant de le serrer dans mes bras.

— C'est difficile de choisir. Moi aussi j'ai dû faire des choix aujourd'hui. Je ne peux pas prendre toutes mes paires de chaussures, tous mes sacs et tous mes bijoux. Mais je serai tellement contente de les retrouver au retour de vacances ! Et toi aussi, tu seras très heureux. Tous tes jouets vont t'attendre.

Ils seront là et tu pourras jouer avec eux. Et puis, il faut qu'ils gardent la maison, tu comprends ?

Il s'est calmé, j'avais désamorcé la bombe.

— Choisis deux jouets que tu veux absolument prendre avec toi, et va déjeuner.

Il s'est exécuté.

Lorsque le taxi est arrivé, les valises et les sacs à dos étaient prêts, tout le monde avait mangé (sauf moi), la cuisine était rangée, ainsi que la chambre des jumeaux. *Bravo, t'assures !*

L'aéroport était bondé comme prévu pour un 22 décembre, et pour que l'attente au guichet d'enregistrement ne soit pas insupportable pour nous tous, j'ai soudoyé les enfants avec chips et films sur la tablette. J'ai vérifié mon téléphone. J'appréhendais autant que j'espérais un message de David. Nous étions tous plantés devant un écran. C'est alors que je me suis rendu compte d'un oubli capital.

— Merde ! me suis-je exclamée, ce qui a fait glousser les jumeaux.

— Qu'est-ce qu'il y a ? a demandé Jeremy.

— Les chargeurs, ai-je répondu, dépitée. Je les ai laissés sur la table du salon.

— Ah, c'est tout ? Je pensais que c'était quelque chose de grave, a soupiré Jeremy se replongeant dans son téléphone.

— Tu plaisantes ? Je ne fais pas un vol long-courrier avec quatre enfants sans chargeurs. S'il n'y a pas de prises USB ou d'écrans individuels, je saute de l'avion à la minute où leurs appareils électroniques s'éteignent.

— On en achètera au Duty free, a balayé Jeremy en haussant les épaules.

— Sinon, ne t'inquiète pas. JE n'ai pas oublié les cartes, puzzles et livres. TU auras de quoi les occuper pendant les huit heures de vol, ai-je répliqué sournoisement.

19

Il nous a fallu plus de deux heures pour terminer l'enregistrement et passer la douane, par conséquent, lorsque nous sommes enfin entrés dans la zone d'embarquement, nous avons dû nous précipiter pour ne pas rater notre vol. C'est en courant que nous sommes passés devant les boutiques Duty free : pas de chargeurs ni de sandwich pour moi. Nous n'avons pas non plus eu le temps d'aller aux toilettes. Grosse erreur. Dès que l'avion s'est mis à avancer et que le signe « Interdiction de se lever » est apparu, Louis m'a fait savoir qu'il avait besoin de faire pipi. *Moi aussi.*

— Mon chéri, il va falloir se retenir, dès que l'avion aura décollé, tu pourras aller aux toilettes, mais là nous n'avons pas le droit de nous lever. C'est dangereux, ai-je dû lui répondre.

— Mais, maman, j'ai très besoin de faire pipi ! a-t-il larmoyé.

— Je comprends, mon chéri, mais je suis sûre que tu peux te retenir un tout petit peu.

Il s'est mis à pleurer.

— Maman, s'il te plaît, ça va sortir. Je peux pas attendre !

J'ai attrapé la bouteille d'eau vide que j'avais gardée dans l'intention de la remplir aux toilettes, j'ai ouvert sa fermeture éclair… juste à temps pour qu'il urine dans le récipient ! Lucas, qui était assis à droite de Louis, a grimacé de dégoût et Jeremy, à droite de Lucas, m'a interrogée du regard.

— Tu as une meilleure solution ? ai-je articulé silencieusement.

Dès que j'ai pu me lever, je suis allée jeter ma bouteille discrètement dans la poubelle des toilettes.

La première heure de vol s'est déroulée sans autre incident notable, les enfants (et Jeremy) étant plongés dans leurs écrans, ça m'a laissé le temps de réfléchir.

J'ai trompé mon mari. Je suis une horrible personne. Je dois oublier David et sauver mon couple. C'est vrai que Jeremy est très souvent absent, qu'il ne m'épaule pas, que je coule sous le poids des responsabilités, mais lorsqu'il n'est pas pris par son travail, il est un bon père et un bon époux. On s'aime.

Je ne peux pas ruiner notre couple et la vie de nos enfants pour un épisode de folie avec David. Je voulais juste me sentir jeune et indépendante une dernière fois, me sentir libre d'agir en suivant mes pulsions et non ma raison, voir ce que ça fait d'avoir une autre vie que la mienne, quelques instants, mais ça suffit.

C'était quand même très fort, cet épisode de folie.

Une chaleur a envahi tout mon être. Je me suis sentie rougir en repensant à la veille, en revivant nos corps sur la piste de danse, sa main qui me touche, notre étreinte.

Après le repas, Charles et Maxime, qui étaient installés de l'autre côté de la rangée, sur ma gauche, m'ont fait savoir que les batteries de leurs téléphones étaient à plat et qu'ils s'ennuyaient. Il nous restait plus de six heures de vol.

Tant qu'il y a des batteries dans la tablette de Lucas, tout va bien.

J'ai échangé ma place avec Charles qui a accepté de lire un livre aux petits, et je me suis assise à côté de Maxime pour jouer aux cartes avec lui. Une demi-heure plus tard, j'ai aperçu du coin de l'œil Lucas qui s'agitait. Je le voyais ouvrir et fermer sa ceinture, se lever sur son siège puis se mettre en dessous. Très vite, Jeremy s'est énervé et lui a ordonné de se tenir tranquille.

Les batteries de sa tablette étaient mortes et, avec elles, toute possibilité d'un vol paisible. Je suis allée voir Jeremy et lui ai murmuré :

— Il va falloir occuper Lucas. Le mieux, c'est que tu te promènes dans l'avion avec lui, j'espère que ça va le fatiguer.

Jeremy s'est levé à contrecœur et a entraîné Lucas dans l'allée. Au bout de cinq minutes, ils sont revenus.

— Il court et touche les sièges de tous les passagers ! s'est indigné Jeremy. L'hôtesse de l'air nous a demandé de nous rasseoir.

— OK, qu'est-ce que tu veux que je fasse ? Trouve quelque chose pour le distraire, il y a plein de jouets dans son sac, ai-je répliqué, concentrée sur mon jeu de cartes.

Ils sont retournés à leur place, et après m'avoir battue une énième fois au rami, Maxime a déclaré :

— T'es trop nulle, je vais dormir.

J'ai fermé les yeux, mais les cris étouffés de Jeremy suivis de ceux sans retenue de Lucas m'ont empêchée de me détendre.

Ils vont réveiller tout l'avion.

J'évaluai du coin de l'œil la situation qui dégénérait. Devais-je intervenir ? Jeremy n'avait jamais eu la patience nécessaire avec Lucas. Autant nos autres enfants acceptaient son autorité sans trop rechigner, autant Lucas ne comprenait pas pourquoi son père pouvait décider pour lui et cela donnait lieu à d'âpres (et bruyantes) disputes dont tout le monde ressortait moralement épuisé. Je ne pouvais pas laisser la situation s'envenimer. J'ai rejoint mon mari et lui ai proposé de changer de place avec moi, ce qu'il a accepté avec empressement.

J'ai sorti les gommettes du sac à dos de Lucas et nous en avons collé 2426, la moitié sur mon visage, l'autre sur mon corps, cc qui nous a occupés une bonne vingtaine de minutes. Il nous restait encore cinq heures de vol. Lucas s'est mis à donner des coups dans le siège devant lui.

— Mon chéri, arrête. C'est désagréable pour le monsieur assis devant.

Ledit monsieur s'est retourné.

— Mais ce n'est pas bientôt fini ! Vous allez dire à votre fils d'arrêter tout de suite sinon, sinon…

J'ai failli lui répondre, « Sinon quoi ? Vous me faites expulser de l'avion ? » mais je me suis excusée et j'ai emmené Lucas à l'arrière. Nous avons joué avec une balle jusqu'à ce qu'une hôtesse nous informe que nous ne pouvions pas rester là.

Pourquoi ? Nous ne dérangions personne. Nous sommes retournés à nos places. J'ai sorti mon dernier paquet de chips et l'ai donné à Lucas : cela m'offrirait dix minutes de répit. Il restait quatre heures quarante de vol. Que faisaient les autres ? Maxime s'était assoupi, sa tête posée sur le hublot, Jeremy lisait sur sa tablette à côté, Charles et Louis dormaient affalés l'un sur l'autre. Je suis revenue sur Jeremy.

Comment sa tablette pouvait-elle encore fonctionner ? C'est là que je l'ai vu : le fil blanc relié à une énorme batterie portable.

Je vais le tuer.

Je me suis levée le plus délicatement possible pour ne pas importuner le voisin de devant et me suis dirigée vers mon mari, l'esprit bouillonnant de répliques cinglantes, visualisant comment j'allais attraper le cordon du chargeur pour l'enrouler autour de son cou.

— T'es gonflé de jouer avec ta tablette alors que moi je m'acharne à tenir Lucas tranquille, ai-je dit, entre le chuchotement et le cri retenu dans la gorge.

— Je ne joue pas, je bosse.

— Jeremy, donne-moi ta batterie immédiatement pour que je la file à Lucas, lui ai-je ordonné.

— Il n'en est pas question. Tu sais très bien que je suis venu avec toi dans ce vol alors que j'avais un engagement professionnel, donc la moindre des choses c'est que tu me laisses travailler, a-t-il répliqué contenant difficilement son ton de voix à un niveau acceptable dans un lieu public.

— À quoi tu sers si tu ne m'aides pas avec les gosses ? ai-je presque crié.

— À quoi je sers ? À quoi je sers ? Je ne sais pas, je te le demande ! a-t-il grincé, visiblement blessé.

Maxime a ouvert un œil et a changé de position pour en trouver une assez confortable dans laquelle se rendormir. J'ai observé Jeremy d'un air désappointé et hoché la tête en signe de désapprobation, puis je me suis éloignée, réprimant ma colère. Je me suis finalement décidée à administrer à Lucas une cuillère de sirop soporifique pour la toux que j'avais emporté dans mon sac à main.

Mère indigne !

Lorsqu'il s'est endormi, je me suis retrouvée seule face à mes pensées. Pour les faire disparaître, j'ai essayé de méditer, de lire, de dormir, de regarder un film, mais rien n'apaisait ma colère envers Jérémy ni n'effaçait la vision de David et moi, dans le club.

Je me suis repassé tous les moments que j'avais vécus avec lui depuis nos retrouvailles au bois de Boulogne jusqu'à notre dernière étreinte. J'ai dû m'endormir. Une fois l'avion au sol, nous avons pris nos bagages et nous sommes sortis. J'évitais le regard de Jeremy. J'étais fâchée qu'il ne partage pas avec moi la responsabilité de s'assurer que nos enfants souffrent le moins possible durant le vol, car c'était une souffrance pour tous et surtout pour Lucas, de devoir rester assis immobile tellement longtemps.

Une voiture nous attendait à la sortie de l'aéroport pour nous conduire à la propriété de mes beaux-parents, à un peu moins de deux heures de route. Les enfants et Jeremy se sont endormis dès qu'ils se sont installés dans la voiture. Je me suis retenue de le réveiller. Je me suis souvenue d'une recommandation qu'on faisait souvent aux jeunes mamans : « Dormez lorsque votre bébé dort. » Comme si c'était une fonction humaine que l'on pouvait enclencher à volonté. En admettant que la maman n'ait rien d'autre à faire à ce moment précis (lessive, cuisine, rangement, ménage par exemple) et en admettant qu'elle n'ait pas envie de profiter de ces quelques minutes de calme pour prendre une douche correctement, ou même, grand luxe, aller aux toilettes, rien n'assure que la maman parviendra à s'endormir. Je suis restée éveillée durant tout le trajet.

C'était le début de soirée, mais le soleil avait disparu depuis longtemps. La route était libre. Les Hamptons ne sont pas une destination prisée en hiver et c'est pour ça que j'appréciais d'y passer nos vacances de Noël, ce que nous faisions depuis la naissance de Charles. Tous les Johnson se retrouvaient dans la résidence familiale. C'était l'occasion de profiter les uns des autres, sans stress ni obligations. J'adorais cette atmosphère. Après deux jours sur place, je sentais mon rythme cardiaque s'apaiser. Même ma voix devenait plus grave, plus posée.

Les parents de Jeremy nous attendaient sur le porche.

Son père, Robert, grand avec un léger embonpoint qui s'était logé entièrement sur son ventre, une tignasse blanche parfaitement domestiquée qui faisait ressortir le bleu de ses yeux, s'est approché de nous, bras tendus. Son pas était devenu instable, témoin d'un vieillissement soudain provoqué par un AVC l'année précédente.

Ma belle-mère, Barbara, a suivi son mari. Elle était impeccablement habillée de vêtements certainement signés Ralph Lauren, la silhouette élancée, avec une classe innée qui se manifestait dans sa façon de parler ou son port de tête. Ses cheveux gris étaient coupés court, ses lunettes rondes cerclées d'or blanc laissaient apparaître ses yeux verts desquels les rides étaient chassées à coups d'injections.

Ils nous ont aidés à porter Louis et Lucas qui dormaient profondément et à guider Charles et Maxime qui déambulaient de fatigue, comme des soûlards en fin de soirée. Une fois les enfants installés dans leurs chambres, Jeremy et moi sommes descendus à la cuisine manger un en-cas préparé par ma belle-mère. J'aimais cette pièce. Les murs recouverts de placards en bois couleur crème, un îlot au milieu face à une table rectangulaire, entourée de tabourets. J'hésitais à fuir pour aller me coucher : j'étais épuisée, mais touchée par l'intérêt sincère que me portaient mes beaux-parents. Ils m'ont posé mille questions jusqu'à ce que je laisse échapper un bâillement. Ma belle-mère a compris immédiatement.

— Allez dormir, kids, vous êtes fatigués. C'est le milieu de la nuit pour vous. Nous aurons tout le temps de discuter cette semaine.

— J'avoue que je suis crevée. Je vous laisse, ai-je concédé en me levant.

— Moi je reste, a déclaré Jeremy. Je préfère me coucher le plus tard possible pour éviter le jet lag.

— Ah. Très bien. Comme ça tu pourras t'occuper des enfants lorsqu'ils se réveilleront, d'ici une vingtaine de minutes, ai-je répliqué avec une sournoiserie perceptible uniquement par Jeremy.

Avant de m'endormir, j'ai vérifié mes textos. Toujours pas de message de David. *C'est mieux comme ça.*

20

Lorsque Louis et Lucas sont venus me prévenir qu'ils avaient faim, il devait être trois ou quatre heures du matin, heure locale. J'ai secoué Jeremy, mais soit il dormait profondément, soit il faisait semblant. Après avoir vérifié mon téléphone, je suis descendue leur préparer un petit déjeuner, puis nous avons joué au ping-pong et au billard dans l'immense salle de jeu. Des flashs de ma soirée avec David illuminaient mon esprit, puis j'ai dû m'endormir, car je me suis réveillée allongée sur le sol, le dos endolori, seule dans la pièce. Le sentiment d'inquiétude instinctif qui m'a submergée en constatant l'absence de mes enfants s'est éteint lorsque j'ai entendu leur rire en provenance du salon. Puisqu'ils étaient en compagnie de leurs cousins, oncle et tante, je pouvais m'éclipser vers ma chambre.

J'en peux plus, j'suis crevée, je veux dormir !

Je me suis présentée dans la salle à manger quelques heures plus tard, lavée, mais à peine reposée. Toute la famille était attablée pour déjeuner : mes beaux-parents, Amy, son mari Oliver, leurs enfants, les miens et Jeremy. Snow, le magnifique samoyède, était allongé aux pieds de ma belle-mère.

Mon beau-père, qui présidait en bout de table, son assiette remplie de viande rouge, ce qui avait dû provoquer un regard désapprobateur de sa femme, accompagné ou non d'un rappel des recommandations de son cardiologue, s'est exclamé :

— Voilà la belle au bois dormant !

— Je dirais Cendrillon plutôt, la bonne à tout faire, qui se lève aux aurores et qui dort par terre, ai-je répondu d'un ton enjoué m'asseyant à côté de Jeremy, après avoir embrassé tout le monde.

Jeremy a froncé les sourcils, mais s'est abstenu de relever cette réflexion qui, malgré son haut potentiel explosif, n'avait pas plombé l'ambiance chaleureuse.

Assise à la gauche de son mari, ma belle-mère, col roulé en cachemire beige et pantalon en cuir noir, venait d'autoriser les enfants à quitter la table, ce qui avait provoqué une bruyante, mais courte, agitation, le temps qu'ils détalent avec le chien. Oliver s'est également levé.

— Lisa, désolé de partir alors que tu viens d'arriver, mais je leur ai promis de jouer au foot sur la plage. On se voit tout à l'heure. Je prends les jumeaux avec moi.

— Merci, ai-je murmuré, joignant les mains et baissant la tête en signe de reconnaissance.

Oliver était complètement chauve, mince, sportif, pas très grand, et il portait des lunettes noires rectangulaires qui cachaient des yeux bruns, vifs et bienveillants. Il avait été un brillant avocat dans un prestigieux cabinet à New York jusqu'au burn-out. Il avait ensuite effectué une reconversion pour devenir coach en développement, spécialisé dans les milieux d'affaires. Il enseignait à ses clients comment allier épanouissements professionnel et personnel. J'avais hâte de discuter avec lui de mon séminaire et surtout je voulais qu'il parle à Jeremy qui avait bien besoin de ses conseils, selon moi.

— T'as pas trop mal au dos ? s'est enquise Amy avec un réel intérêt. Je t'ai trouvée allongée à même le sol dans la salle de jeux ce matin. J'aurais voulu t'envoyer dormir dans ta chambre, mais je n'ai pas réussi à te réveiller, alors j'ai pris les jumeaux avec moi et j'ai fermé la porte. J'espère au moins que tu as pu te reposer.

— C'est gentil, ai-je répondu avec un sourire sincère. Je suis retournée me coucher ce matin. Ça ne suffira pas, mais c'est déjà ça !

Amy avait toujours été mon alliée. Elle m'avait accueillie dans sa famille avec beaucoup de bienveillance, elle avait débarqué à Paris pour nous aider quand Maxime était né, et à nouveau lorsqu'elle avait appris l'infidélité de Jeremy. Nous avions pleuré ensemble, toutes les deux déçues, moi de mon mari, elle de son frère. Elle était brune, les cheveux raides, longs, parfaitement brushingués en permanence, des taches de rousseur sur son nez refait, un teint clair, des yeux sombres bordés de longs cils. Elle portait toujours des vêtements de sa propre marque, qu'elle avait créée à son image, chic et branchée.

— Pourquoi ne sortiriez-vous pas ensemble toutes les deux aujourd'hui ? a proposé Jeremy. Allez vous promener en ville, Oliver et moi on s'occupe de la maison. Tu veux ?

Voilà qui sonnait comme un appel à la trêve.

— Ça marche, ai-je acquiescé.

— Je te sers un verre de sauvignon blanc ? a-t-il enchaîné pour sceller notre accord de paix.

— Oui, s'il te plaît. Un grand verre.

Je venais à peine de me remettre d'une grosse gueule de bois, mais j'espérais que l'alcool estomperait la vision de David et moi dans les toilettes de la boîte de nuit, et qu'il dissoudrait ma culpabilité.

Nous nous sommes affalés dans le salon, devant la cheminée, sur les canapés et fauteuils couleur caramel dispersés autour de l'énorme table basse en chêne massif, dont les coins avaient été limés pour limiter les risques de blessures des enfants en bas âge. J'étais bien.

C'est ça, ma vision d'une vie familiale idéale.

Nous avons chacun évoqué nos résolutions pour l'année à venir.

— Travailler moins, a immédiatement lancé Jeremy.

Je l'ai observé pour mesurer sa bonne foi. Son sourire, lorsqu'il a croisé mon regard, semblait sincère.

Ça m'a fait plaisir.

— Me remettre au golf, a affirmé mon beau-père. Dès que mon cardiologue me le permet.

— Perfectionner mon français, a répondu ma belle-mère dans un français parfait.

— Courir un marathon, ai-je énoncé, très fière.

— Mais c'est génial, s'est immédiatement écriée Amy.

J'avais une autre résolution que je n'avais pas dévoilée : oublier David et sauver mon couple.

S'il faut que je traîne Jeremy dans des endroits publics pour qu'on fasse l'amour à la sauvette, qu'à cela ne tienne. J'aurais peut-être dû m'inscrire à un cours de sexe tantrique au lieu de ce séminaire de développement personnel…

En fin de journée, Jeremy et moi nous sommes promenés sur la plage. On y accédait par un étroit chemin d'une centaine de mètres. Nous étions seuls. La mer, agitée, s'étendait à des kilomètres à droite et à gauche. J'étais chaudement vêtue, mais le vent me fouettait le visage. Cela ne me dérangeait pas. Jeremy m'a pris la main. Ce geste m'a réconfortée. J'aurais aimé me blottir dans ses bras, mais j'ai craint d'éclater en sanglots. J'ai serré sa main en retour. Nous sommes restés longtemps face à l'océan. Il était perdu dans ses pensées, mais moi, au contraire, je voulais les faire disparaître pour apprécier le moment présent. J'ai respiré profondément, écouté le bruit des vagues, ressenti le vent dans mes cheveux, admiré les différentes teintes de bleu du ciel et de la mer. Pendant quelques instants, la voix dans ma tête s'est tue.

— Pourquoi on n'est pas comme ça à Paris ? ai-je demandé, posant ma tête sur son épaule.

— Comment, comme ça ?

— Ensemble, tranquilles… Amoureux.

— Tu n'es pas amoureuse de moi à Paris ? Jeremy s'est retourné pour me faire face.

— On s'éloigne. Tu ne peux pas le nier, ai-je osé, espérant qu'on puisse enfin parler à cœur ouvert.

— C'est parce qu'on est débordés et stressés. À Paris, c'est la vraie vie. Ici, on est en vacances, c'est une parenthèse. Les gens ne vivent pas constamment en état de plénitude, a-t-il expliqué comme s'il s'agissait d'une évidence.

— J'ai besoin de plus de moments de plénitude, comme tu dis, et j'ai besoin qu'on se retrouve. J'aimerais qu'on sorte en amoureux de temps en temps, qu'on s'organise des week-ends. On peut laisser les enfants avec ma mère, ai-je plaidé.

— Je te le promets.

Nous nous sommes embrassés. Et je me suis mise à espérer qu'en rentrant en France, tout s'arrange enfin.

Nous sommes retournés à la maison rejoindre les enfants. Je ne m'en étais pas préoccupée de la journée, car je savais que les grands seraient avec leur cousin Matthew, âgé de 16 ans, et les petits avec sa sœur Madison d'un an son aînée. Ni mes enfants ni ceux d'Amy et Oliver n'avaient d'autres cousins et par conséquent ils s'adoraient. Madison n'était pas une adolescente typique, absorbée par son téléphone, obsédée par son image. Elle aimait la nature, les animaux, les étoiles. Son frère en revanche était un stéréotype d'ado, passionné de sport et de jeux vidéo, en quête d'aventures et de défis à relever. Je ne doutais pas que Charles et Maxime allaient adorer le temps passé avec lui. Jeremy et moi les avons tous trouvés dans le salon, autour du sapin, cherchant leurs cadeaux, et secouant les paquets pour deviner ce qu'ils contenaient. Nous sommes restés dans l'entrée, silencieux, main dans la main, à les observer de loin. J'aurais voulu immortaliser cet instant dans ma mémoire pour y retourner quand j'aurais besoin d'oublier le bruit et le chaos de ma vie.

— Les Johnson junior, on va prendre le bain ! me suis-je exclamée malgré mon envie de m'asseoir pour continuer à les regarder.

Mais on ne pouvait pas se laisser porter, même en vacances, il y avait une routine à respecter.

— Non, pas maintenant ! se sont indignés les jumeaux.

— On ne pourra pas ouvrir les cadeaux tant que vous ne serez pas lavés, ai-je rétorqué, sûre de ma victoire.

Et effectivement, ils se sont levés précipitamment et ont couru en direction des escaliers.

Si seulement c'était si facile à chaque fois…

Lorsque mes enfants, mon mari et moi nous sommes réinstallés dans le salon avec le reste de la famille, nous avons procédé à la distribution de cadeaux. Jeremy m'a offert un bon pour un après-midi dans un hammam parisien, avec soin du visage, massage et gommage. J'étais très agréablement surprise.

— Qui t'a donné cette excellente idée ? ai-je demandé après l'avoir embrassé.

— J'ai entendu deux collègues en parler au bureau et je me suis dit que ça te ferait du bien de te détendre. Tu fixes la date et je m'occupe des enfants bien entendu.

J'étais touchée, et gênée de ne pas m'être plus impliquée dans la recherche de son cadeau. Je l'avais choisi à la va-vite le jour où il m'avait fait annuler notre week-end en amoureux. J'étais entrée dans le premier magasin devant lequel j'avais trouvé une place où me garer et j'y avais acheté deux chemises sur les recommandations du vendeur, en me contentant de vérifier la taille. Jeremy a eu l'air d'apprécier, cependant.

Nous sommes ensuite passés à table et je me suis assise à côté d'Oliver. Nous avons discuté des différents outils de développement personnel, ce qui m'a poussée à ouvrir mon cahier d'exercices dès le lendemain au réveil.

J'assume !

Pour progresser dans la voie du développement personnel, il est impératif que vous assumiez votre responsabilité dans la tournure qu'a prise votre vie, sans colère ni jugement, au lieu de blâmer les autres et de vous positionner en victime. Ce n'est pas à cause de vos mauvais gènes que vous êtes en surpoids, c'est à cause d'une mauvaise hygiène de vie, ce n'est pas à cause de votre supérieur que vous n'avez pas été promue, c'est parce que vous ne le méritiez pas, ou parce que vous n'avez pas su mettre en avant vos capacités, ou encore parce que vous avez choisi de rester dans une entreprise qui ne vous apprécie pas à votre juste valeur.

Passez en revue les relations conflictuelles que vous entretenez, ou des situations frustrantes, et voyez comment votre comportement a pu contribuer à créer cet état de fait. Faites l'exercice pour reprendre les rênes de votre vie et modifier ce qui ne vous convient plus.

J'ai trompé mon mari et je dois l'assumer. Ne pas essayer de me dédouaner en prétendant que c'était à cause de l'alcool, de la drogue, de David, de la musique, de l'attitude de Jeremy, ou de la position des étoiles dans le ciel. Je dois également assumer ma part de responsabilité dans la monotonie (l'ennui ?) qui s'est installée dans ma vie de couple. On ne rit plus. On ne partage rien, même pas de moments agréables. On ne se raconte plus nos rêves, nos angoisses, nos aspirations. Et si on ne fait plus l'amour, c'est autant ma faute que la sienne. Faire l'amour est devenu une tâche à rajouter dans ma to do list, *au même titre que le repassage ou changer les draps, sauf que cette tâche arrive en bas de la liste, à condition que toutes les autres aient été préalablement accomplies.*

Après cette leçon, j'ai effacé le numéro de David et me suis désabonnée de son compte Instagram, Facebook et autres. Terminé ! je ne le suivrai plus sur les réseaux sociaux. Je redevenais la maman, l'épouse responsable, la femme raisonnable de trente-huit ans.

Les vacances se sont déroulées paisiblement. Nous n'avions pas d'emploi du temps exigeant à suivre ni de contraintes, ce qui nous a permis de nous détendre, sauf Jeremy qui s'enfermait pratiquement tous les matins dans le bureau de son père pour travailler. Mais comme il passait tous les après-midi avec nous, à jouer au frisbee, à se balader sur la plage, à courir avec le chien ou faire le pitre pour amuser les enfants, j'ai contenu mes récriminations et j'ai salué l'effort.

Sur le vol du retour, les enfants se sont endormis dès le décollage. Il était 23 heures et j'avais bon espoir d'être tranquille jusqu'à l'atterrissage. Mais dans le cas contraire, j'avais assez de chargeurs pour que tous les appareils électroniques de l'avion restent allumés jusqu'à la semaine suivante. Je les ai longuement observés.

J'aimais lire le calme, la pureté et l'innocence sur leurs visages endormis. Mon amour pour eux débordait, mais il était presque douloureux, car teinté d'angoisse : et s'il leur arrivait un malheur ?

Jeremy s'est assoupi également. Pourrais-je jamais le regarder sans ressentir une pointe de tristesse et beaucoup de culpabilité ? Non seulement je l'avais trompé, mais en plus je lui mentais. Par omission, certes, mais c'était tout de même un mensonge. Ne valait-il pas mieux tout lui avouer ? Il me pardonnerait certainement, comme je l'avais fait, mais il souffrirait tellement...

La douleur d'avoir découvert qu'il m'avait menti pendant deux mois, affirmant qu'il était au bureau alors qu'il était avec sa maîtresse, qu'il s'agissait d'un appel de son boss alors que c'était elle au bout du fil... avait été immense. Aujourd'hui encore le doute s'immisçait parfois : s'il avait pu me mentir par le passé, il pouvait recommencer. Et j'en faisais autant.

Pour penser à autre chose, j'ai écouté une leçon du séminaire.

L'homme est un animal social

Selon une étude menée par Harvard sur plus de quatre-vingts ans, la qualité de nos relations sociales est le facteur prédominant qui influence non seulement notre bonheur, mais également notre santé[1]. Par relation sociale, il est entendu « les rapports aux autres qui ne sont pas d'ordre professionnel », avec un accent sur les rapports amoureux, familiaux et amicaux. Mais nouer et entretenir une relation solide demande des efforts. Vous devez décider que telle personne ou telle cause est importante à vos yeux et que vous allez lui dédier de l'attention et surtout du temps. Observez autour de vous. Êtes-vous entourée d'amis sincères ? Qui vous soutient lorsque vous faites face aux nombreuses épreuves de la vie ? Évoluez-vous au sein d'une communauté (religieuse, professionnelle, locale) ? Maintenant, décidez de quelle façon vous allez nourrir cette relation.

« Décidez de quelle façon vous allez nourrir cette relation. »

C'est intéressant ce concept. Cela me rappelle qu'entretenir une relation requiert des efforts. Passer du temps en tête à tête avec chacun de mes enfants par exemple, créer des instants de complicité ou tendresse avec Jeremy, proposer mon aide plus souvent, notamment à Julie et Alexandra de qui j'aimerais me rapprocher. Être plus sympa avec ma mère, ne pas prendre pour un dû le temps qu'elle passe avec mes enfants.

1. The Harvard Study of Adult Development.

21

Nous étions revenus depuis à peine six jours que le stress reprenait sa place dans ma vie. Louis et Lucas refusaient d'aller à l'école, ce qui provoquait des crises matinales quotidiennes. Au moins, Jeremy tentait d'être plus présent à la maison. Il avait aidé Maxime à préparer un examen de maths la veille, et il avait même donné le bain aux jumeaux. Voilà ma vie : un mix de désagréments et de petites joies, pensai-je en prenant place autour de la table de la grande salle de réunion en évitant la proximité des fenêtres.

Anthony est entré, bronzé, vêtu d'un impeccable costume Armani. Je ne pouvais pas nier qu'il était bel homme. Il avait cinquante-cinq ans, mais en paraissait dix de moins. Noémie le suivait de près. *Que fait-elle là ? Je ne lui ai pas dit de se joindre à nous.*

Anthony, qui avait lu l'incompréhension dans mes yeux, m'a demandé, surpris :

— Lisa, tu n'as pas reçu mon e-mail ?

— Non, à quel sujet ?

— Comme tu n'étais pas assez disponible, à cause des enfants et tout ça, j'ai invité Noémie à te remplacer pour la mise en place du flex office.

— Non je n'ai pas reçu ton e-mail, ai-je répété, assommée.

Avais-je raté le courrier ? En avait-il vraiment envoyé un ?

— Je peux rester si tu veux, j'ai plusieurs remarques et idées à partager, ai-je proposé, indécise quant à l'attitude à avoir.

— Non, c'est gentil, on va se débrouiller.

— OK, je vous laisse alors, bonne réunion, ai-je répondu, cachant mon amertume.

Je me suis levée et dirigée vers la porte dans un silence d'enterrement, les yeux rivés au sol. J'ai rejoint mon bureau, mortifiée.

C'était une rétrogradation humiliante qui m'avait été faite et de façon publique. J'ai vérifié ma messagerie et effectivement, j'avais bien reçu cet e-mail dont le sujet était « Nouveau responsable du projet flex office ». Envoyé hier à 22 h 38. Ce n'était pas la première fois qu'Anthony envoyait des courriels à des heures indues, et personne ne s'en était plaint jusque-là, mais il fallait que je lui en parle et que je l'avertisse que ce comportement s'apparentait à du harcèlement moral. D'ailleurs, c'est ce qu'il me faisait subir : les brimades, les humiliations publiques. Le fait même de m'avoir donné un projet avant de me le retirer pouvait être considéré comme une mesure vexatoire. Et pourtant je me laissais faire.

Pour me calmer, je suis allée respirer sur le parvis de la Défense. Longue inspiration 1, 2, 3, 4, 5, longue expiration 1, 2, 3, 4, 5.

J'ai appelé Jeremy dans l'espoir de me confier à lui. Il n'a pas répondu. Je lui ai alors envoyé un message :

Dîner romantique ce soir. Ne rentre pas trop tard.

Comme je n'avais toujours pas trouvé la force de retourner travailler, je me suis perdue sur les sites web de décoration.

C'était plus efficace que la respiration. J'admirais la créativité dont faisaient preuve les architectes d'intérieur pour embellir une pièce, notamment à l'aide d'un joli papier peint, de tableaux, d'appliques, d'un tapis coloré, de coussins, de rideaux. J'avais passé beaucoup de temps à décorer notre appartement quand nous avions emménagé, mais rien ne m'avait plu pour les chambres d'enfants, alors j'avais accroché mes propres dessins aux murs. *Il faut vraiment que j'en fasse de nouveaux.* Aujourd'hui on trouvait des autocollants muraux qui me semblaient être une excellente solution, facile et bon marché, mais ils étaient basiques et petits alors que je rêvais de fresques fantastiques avec des licornes qui dansaient sur des étoiles.

Dans la voiture sur le chemin du retour, j'ai imaginé mon dîner romantique. J'allais m'habiller joliment, peut-être même enfiler des talons au lieu de me promener en chaussettes, j'allumerais des chandelles, je nous verserais un verre de vin. J'avais besoin de confier à Jeremy mon désarroi face au comportement d'Anthony, mon mal-être au bureau. Je n'avais toujours pas eu l'occasion de discuter avec lui de mon envie de démissionner.

J'ai concocté un saumon en papillote avec pommes de terre et petits légumes, puis j'ai donné le bain et le dîner aux enfants. Ils ne sont pas fans de poisson, mais tant pis. Je les ai couchés après avoir lu trois histoires de Monsieur Madame aux jumeaux. J'ai vérifié les devoirs de Maxime. J'ai attendu que Jeremy rentre du travail. J'en ai profité pour ranger la cuisine, préparer les sacs de foot et d'échecs pour le lendemain, trouver les kimonos de judo, sortir les vêtements du sèche-linge, plier lesdits vêtements, et j'ai attendu que Jeremy rentre du travail.

J'ai pris une douche, ai appliqué de la crème sur mon corps, choisi des dessous affriolants, allumé les bougies parfumées, tamisé les lumières, versé le vin dans les verres et j'ai attendu que Jeremy rentre du travail.

J'ai attrapé un magazine sur la table basse du salon et je l'ai ouvert au hasard. L'article m'a semblé être adressé personnellement : cinq signes que votre mari vous trompe. Je l'ai jeté par terre violemment, j'ai allumé la télé en attendant que Jeremy rentre du travail.

À 23 h 45, après trois épisodes de *Narcos*, lasse d'attendre, j'ai parcouru mon cahier d'exercices à la recherche d'une leçon intitulée « Comment tuer son mari proprement », mais sans succès. *Vraiment inutile, ce séminaire,* Narcos *est plus instructif.*

22

Le lendemain, j'ai hésité à me rendre à l'entraînement. J'avais très envie de revoir le groupe et, curieusement, de courir, mais j'appréhendais de côtoyer David. Son silence depuis notre « fameuse » soirée m'attristait, même si cela me coûtait de me l'avouer. Les nombreux textos enthousiastes de mes nouvelles amies m'avaient finalement persuadée, ainsi que l'attitude de Jeremy, qui était rentré au milieu de la nuit sans même avoir envoyé un message d'excuses.

Je les ai rejointes au bois de Boulogne à l'heure convenue. David était là.

— Bonjour, bonne année, Lisa, m'a-t-il lancé en me faisant la bise. Julie, ma belle, tu es resplendissante !

Il l'a serrée dans ses bras, avec un grand sourire chaleureux.

Pendant nos exercices d'échauffement, Franck nous a questionnés :

— Lequel ou laquelle d'entre vous s'est entraîné pendant les vacances ?

Nous avons tous gardé les yeux au sol.

— Peu importe, nous a rassurés Franck. Vous pouvez vous féliciter, car vous êtes venus au lieu de rester au chaud sous la couette ! Si vous saviez le nombre d'appels que j'ai reçus le

2 janvier de la part de gens qui voulaient se mettre au sport et qui ne sont pas ici ce matin !

Des rires se sont fait entendre.

— Je suis sincère, a continué Franck. Mais ! Les sportifs ne passent pas deux semaines sans s'entraîner. D'autre part, en hiver, même les plus sérieux rencontrent des difficultés à se motiver. Il fait froid, il fait sombre, il pleut souvent. Je vous recommande de vous inscrire dans une salle de sport. Je vous rappelle que nous avons un marathon dans six mois, et un semi dans deux mois.

Il a raison. Tu dois t'y mettre sérieusement si tu veux réussir. Mais est-ce que je veux vraiment courir un marathon ? C'est trop dur, je n'y arriverai jamais. Bien sûr que si ! Tu en as très envie, tu as juste peur.

J'ai interrompu mon discours interne pour courir. J'observais David loin devant moi. Il courait avec grâce et facilité aux côtés d'Alexandra. Je me suis sentie jalouse, soudainement. Je savais que c'était stupide, qu'il ne s'intéressait pas à elle et que je n'avais pas cherché à le contacter depuis deux semaines, mais le voir auprès d'une autre femme m'a fait de la peine.

Reprends-toi, tu es mariée et David est libre de sortir avec qui il le souhaite. Au contraire, s'il se met en couple et trouve son bonheur, tu devras te réjouir pour lui.

Je me suis rapprochée de Julie.

— Tu voudrais qu'on s'inscrive à une salle de sport ? Je pense qu'on n'a pas le choix, ai-je dit en riant, il semblerait qu'on va vraiment le courir ce marathon.

— Bien sûr qu'on va le courir ce marathon ! a-t-elle affirmé joyeusement. On devrait aller à la salle ensemble pour se motiver. Il y en a une super à côté de chez nous. Ça sera plus facile que de courir dans le froid hivernal.

J'avoue que ça devenait pénible à 7 heures du mat' et par zéro degré.

— Et tes… traitements ? ai-je demandé avec précaution.

— C'est reparti pour une autre tentative, s'est-elle exclamée avec un sourire crispé. D'ailleurs, je dois filer après la séance, je dois passer à la pharmacie.

Après l'entraînement et alors que les autres s'étaient éloignés, je me suis approchée de David. Il m'avait ignorée pendant toute la séance et cela m'avait perturbée. J'avais besoin de savoir pourquoi.

— Tu sais, on n'est pas obligés de s'ignorer, lui ai-je dit en souriant.

— Non, je ne sais pas ce que tu veux, a-t-il répondu froidement. Tu joues avec mes sentiments. Un jour tu es dans mes bras, le lendemain, tu ne me donnes aucune nouvelle. Ça ne m'intéresse pas, je préfère qu'on s'évite.

Il s'est éloigné sans attendre. J'ai couru derrière lui.

— David, tu sais très bien que je suis mariée et que j'ai quatre enfants. Tu ne pensais pas que j'allais les laisser pour te suivre, quand même !

Mon pouls s'était accéléré et ce n'était pas à cause de la course, je sentais mes joues rougir et un nœud au ventre.

— Laisse-moi tranquille, a-t-il répliqué, sans un regard pour moi alors qu'il entrait dans sa voiture.

J'ai pensé à lui durant tout le trajet qui me ramenait chez moi.

En rentrant, j'ai découvert les enfants prêts pour leurs activités du samedi.

— Désolé, ma chérie, pour hier, j'étais sous l'eau, s'est excusé Jeremy dès mon entrée dans l'appartement.

Il s'est approché de moi pour m'embrasser, et je l'ai laissé faire. Ça ne servait à rien de se disputer. Il s'était excusé.

— Par contre, je dois aller au bureau aujourd'hui, a-t-il poursuivi.

— Putain, tu fais vraiment chier, ai-je murmuré entre mes dents pour que Louis, qui s'était agrippé à ma jambe, ne m'entende pas jurer.

— Putain, tu fais vraiment chier ! a-t-il fièrement trompété. Putain, tu fais vraiment chier !

— C'est malin, a murmuré Jeremy, avec un regard de reproche.

— J'en ai marre ! ai-je explosé. Elles sont où, tes résolutions du Nouvel An ? Ah, pour faire le mari parfait devant tes parents, tu es le meilleur, mais quand il s'agit de passer aux actions, il n'y a plus personne !

— Ne crie pas devant les enfants, m'a-t-il enjoint, les yeux furieux.

— Je crie, si je veux ! Ça fait trop longtemps que je me retiens ! Je n'en peux plus de tout faire seule, comment te le faire comprendre ?!

— Lisa, ce n'est ni le lieu ni le moment pour avoir cette conversation.

Il s'adressait à moi comme à une enfant qu'on réprimande.

— Ce n'est jamais le moment ! Tu es tout le temps au travail ! Enfin, c'est ce que tu prétends ! ai-je répliqué.

Les garçons s'étaient cachés dans leurs chambres. Ils n'avaient jamais vu leurs parents se disputer si violemment. Je savais que nous n'aurions pas dû, que c'était décrié dans tous les manuels d'éducation, mais je ne pouvais plus me contenir.

Jeremy et moi nous affrontions, immobiles, le regard empli d'un mélange de colère, de tristesse et d'incompréhension.

Comment en étions-nous arrivés là, et surtout comment allions-nous nous en sortir ?

— J'ai besoin d'air, ai-je finalement lancé en attrapant mes clefs.

Et je suis sortie.

Une fois dans ma voiture, j'ai mis le contact et ai démarré. La leçon du séminaire, dernier document audio que j'avais écouté sur mon téléphone, s'est immédiatement enclenchée, mais je l'ai éteinte. J'avais besoin de silence.

J'ai roulé sans but.

Jeremy me rend folle.

Les larmes coulaient sur mes joues et me brouillaient la vue.

Je n'en peux plus. Je n'en peux plus. Je n'en peux plus.

Je suis arrivée sur les bords de Seine. La tour Eiffel me faisait face, impassible devant mes tourments. J'avais couru avec David à cet endroit. David. Ses paroles résonnèrent dans ma tête. Il m'avait reproché de me montrer inconstante, de l'avoir utilisé… Je l'avais blessé.

Il faut que je lui présente mes excuses.

Je me suis garée et j'ai cherché son numéro dans la mémoire de mon téléphone. *Merde, je l'ai effacé, quelle idiote.*

Mais je l'ai retrouvé facilement, à partir du groupe WhatsApp qu'avait constitué Franck pour organiser nos séances d'entraînement.

Pourvu qu'il réponde pourvu qu'il réponde…

— Qu'est-ce que tu veux ? a-t-il demandé, assez sèchement.

— Te voir, ai-je dit aussitôt, prise de court.

Il est resté silencieux.

— OK.

Il m'a donné son adresse et j'ai conduit jusque chez lui, poussée par un désir qui m'avait envahie subitement.

Lorsqu'il m'a ouvert la porte, je me suis jetée sur lui, comme pour ne pas me laisser le temps de réfléchir, pour ne pas laisser ma conscience m'empêcher de faire quelque chose dont j'avais vraiment envie. Je n'avais plus l'excuse de l'alcool ou de la drogue. Je n'avais aucune excuse, mais cela n'avait plus d'importance. J'avais accumulé trop de frustrations, tant physiques qu'émotionnelles. Il fallait que je les évacue.

— Je savais que tu me reviendrais, a murmuré David en répondant à mon étreinte.

Nous nous sommes embrassés passionnément puis il m'a emmenée dans sa chambre.

Il m'a déshabillée, et je suis revenue à la réalité un instant. J'avais maigri, mais mon corps restait flasque et marqué par la cicatrice de césarienne. Je me suis sentie vieille et moche sous cette lumière du jour. David a constaté ma gêne, mes mains qui essayaient de couvrir mon corps.

— Tu es magnifique, m'a-t-il rassurée en m'allongeant sur le lit.

Je me suis laissé submerger par le désir à nouveau. Rien n'avait d'importance, ni mon ventre abîmé, ni mes fesses molles, ni ma cellulite. Ni mon mari.

Qu'il aille au diable, mon mari.

Je voulais David maintenant, son odeur, son corps, ses baisers. Je me sentais libre, mon esprit s'est déconnecté, j'ai arrêté de penser pour uniquement ressentir les sensations sur ma peau, à l'intérieur de mon corps.

Après avoir fait l'amour, nous sommes restés allongés sur le lit.

— Reste, m'a proposé David en me regardant dans les yeux. Ça me ferait plaisir.

Il m'a embrassée et je me suis blottie dans ses bras.

— Tu sais bien que je ne peux pas, ai-je répondu à regret. D'ailleurs il va falloir que je rentre. Jeremy doit s'inquiéter, ça fait des heures que je me suis enfuie de la maison.

— Quand on s'enfuit, c'est pour ne pas revenir, a remarqué David.

— Parfois j'y pense, ai-je plaisanté.

— Je serai là pour t'accueillir à ce moment-là, a promis David.

— Dis, c'est qui cette fille sur les photos que tu postes quand tu es à Berlin ? me suis-je finalement résolue à demander.

— Ah ah, tu es jalouse, a-t-il esquivé en souriant.

Devant mon silence il a poursuivi :

— Tu n'as aucune raison de t'inquiéter. C'est la responsable des ventes à mon bureau. Viens, je veux te montrer quelque chose.

Il m'a pris la main et m'a conduite au salon. Quelques meubles essentiels, canapé, télévision, table basse occupaient l'espace minimaliste, comme si ce logement était temporaire. Une immense baie vitrée ouvrait sur une terrasse au bout de laquelle trônait l'Arc de triomphe. Sur un des murs, répondant à quelques tableaux abstraits, un dessin, mon dessin.

— Tu l'as gardé ? me suis-je étonnée.

— Bien sûr. Ça et ton pendentif! m'a rétorqué David avec un clin d'œil.

Je nous avais dessinés à vingt ans, au crayon à papier, de profil, un demi-sourire sur les lèvres. Notre amour débordait du cadre. On le sentait violent comme une bourrasque un jour d'automne à Paris. David m'a prise dans ses bras et j'ai enfoui ma jouc dans le creux de son cou. Puis, alors que je me dégageais, il m'a retenue.

— Attends deux secondes, je vais chercher ton cadeau de Noël.

— Tu plaisantes ? Tu m'as acheté quelque chose ?

Et moi qui ai effacé son numéro de mon téléphone...

Il m'a tendu un paquet que je me suis empressée d'ouvrir. Il avait fait faire une réplique en or de mon pendentif, avec d'un côté gravé « Love » comme dans l'original, et de l'autre nos initiales.

— David, c'est magnifique, mais je ne peux pas accepter, je ne pourrai pas le porter, ai-je expliqué, mal à l'aise.

— Garde-le quand même, a-t-il insisté avant de m'embrasser. Promets-moi qu'on va se revoir.

— Je te promets, ai-je répondu.

Lorsque nous nous sommes quittés, j'avais les larmes aux yeux et j'étais complètement déboussolée. Est-ce que j'avais bien fait de choisir Jeremy ? Aurais-je été plus heureuse si j'avais suivi David ?

Ces questions sont inutiles, elles ne mènent à rien.

On ne change pas le passé, et même si je le pouvais, je ne le ferais pas, car sans Jeremy, je n'aurais pas eu mes enfants, et sans eux, ma vie n'aurait pas de sens.

Mais pendant ces quelques heures passées avec David, je m'étais sentie vibrer. Au quotidien, je vivotais... Les brefs instants de joie vécus lors de nos dernières vacances aux États-Unis avaient été vite oubliés.

En rentrant dans ma voiture, j'ai regardé mon téléphone. Jeremy m'avait laissé des messages, qui allaient crescendo en inquiétude. Il avait également appelé plusieurs fois.

> Ça va ?
> Ça va t'es où ?
> Tout va bien ? Tu rentres quand ?
> Chérie, appelle-moi.
> Lisa, rentre s'il te plaît. Il faut qu'on parle. Tu as raison, je me suis comporté comme un égoïste.
> Lisa, appelle, je m'inquiète vraiment. Rentre à la maison s'il te plaît.

J'ai répondu :

> J'avais besoin d'être seule. J'arrive bientôt.

Lorsque je suis rentrée, vers 21 heures, Jeremy s'est précipité sur moi.

— Lisa, j'étais tellement inquiet. J'ai eu peur de te perdre. Je te demande pardon, je te promets que je vais changer, travailler moins, t'aider à la maison, m'a-t-il affirmé en me serrant dans ses bras.

J'étais soulagée de constater que les enfants dormaient. Mon aventure avec David mettait en péril leur équilibre familial et je m'en voulais de faire passer mes envies avant leurs besoins. Je ne voulais pas qu'ils souffrent. Ni Jeremy.

Pour éviter ça, il faudrait mentir, traquer les traces compromettantes sur mon corps ou sur mon téléphone pour les effacer systématiquement. Je comprenais mieux le comportement de Jeremy lorsqu'il m'avait trompée : ses mensonges avaient aussi pour objectif de me protéger. Et je ressentais également le plaisir lié au désir interdit, l'excitation qui m'avait poussée à agir.

J'ai desserré les bras de Jeremy qui m'encerclaient.

— Je suis fatiguée, je vais dormir, ai-je expliqué tristement.

— Tu ne veux pas qu'on parle ? On pourrait aller consulter un thérapeute de couple, a-t-il proposé avec espoir, me retenant par le bras.

— Oui, on pourrait, ai-je acquiescé, sans oser le regarder dans les yeux.

Je me suis dirigée lourdement vers la salle de bains. Jeremy m'a rattrapée.

— Je t'aime, Lisa, ça va aller, je te le promets, a-t-il murmuré à mon oreille.

C'est trop tard.

23

Le lendemain, dimanche, je me suis réveillée en sursaut, avec l'impression d'avoir raté quelque chose. 10 h 30 s'affichait fièrement sur mon réveil. Je n'avais jamais dormi aussi longtemps depuis que j'étais devenue maman. J'ai attrapé mon téléphone pour voir si David m'avait écrit un texto, et j'ai été heureuse de lire : « Tu me manques déjà. » Je lui ai envoyé un lien vers une application de messagerie instantanée différente, en lui indiquant de me contacter uniquement par ce biais pour garder nos échanges confidentiels. J'ai effacé notre conversation. Puis je suis allée retrouver les enfants et Jeremy dans la cuisine. Ils étaient attablés autour d'un plat de pancakes.

— Tu as bien dormi, ma chérie ? m'a demandé Jeremy.

Je le sentais hésiter à se lever.

— Oui, merci de m'avoir laissée faire la grasse mat', ce matin, ai-je répondu en me dirigeant vers la machine à café.

Jeremy m'a rejointe pour m'embrasser, mais s'est ravisé. J'étais concentrée sur la préparation de mon café. Je ne cherchais pas à être froide avec lui, mais je ne savais pas comment me comporter.

— Si tu veux, j'amène les enfants chez ton père et tu peux prétendre une migraine et rester à la maison, ou voir une copine, a-t-il chuchoté.

— Vraiment, ça ne t'embête pas ? ai-je demandé surprise, sans trop comprendre les raisons de ce changement radical.

Se doute-t-il de quelque chose ?

Il avait souri et fait non de la tête.

Non, sinon, il ne me sourirait pas ainsi.

J'ai repoussé la culpabilité que je sentais monter en moi grâce au souvenir de ces mois affreux durant lesquels mon mari m'avait laissée me débattre seule avec le quotidien et j'ai menti sans vergogne à mes enfants.

— J'ai un peu mal à la tête, je vais me recoucher. Je vous laisse avec papa. Dites bonjour à papi et Liliane de ma part.

Puis je suis retournée dans ma chambre en ignorant les protestations. Après leur départ, j'ai envoyé un message à David. « J'arrive dans une heure. »

Une leçon sur l'importance de la famille serait très malvenue, ai-je pensé en mettant en marche la voiture. Mais le titre m'a intriguée, alors je l'ai laissée.

C'est vrai, mais est-ce la réalité ?

L'une des causes de notre mal-être résulte de notre difficulté à accepter la disparité entre « ce qui est » et ce qui, selon nous, « devrait être ».

Notre corps devrait ressembler à celui d'une jeune femme de vingt ans alors que nous en avons quarante, notre relation amoureuse devrait être passionnée et sensuelle, même au bout de trente ans de mariage, nos enfants devraient être polis, patients, ET manger tous leurs légumes !

Souvent, ce qui « devrait être » est dicté par les normes sociales et non par notre boussole interne. Comprenez que lorsque vous pensez en termes de ce qui devrait être, vous n'êtes pas dans la réalité. La réalité est ce qui est. Donc ce qui « devrait » être n'existe pas, ce n'est pas la réalité.

Il en est de même pour vos croyances limitantes ou vos modèles de pensée. Prenez par exemple « Je ne suis pas assez intelligente ». Vous êtes en droit de penser que c'est vrai, et que vous n'êtes pas assez intelligente. Mais la réalité est que votre intelligence est ce qu'elle est, ni plus, ni moins, ni pas assez.

Donc nous vous invitons à vous poser cette question : est-ce utile de se battre contre la réalité ?

Certains professeurs vont vous encourager à aimer la réalité[1], mais pour cela, il faut déjà avoir acquis un certain niveau de sérénité, alors commencez par l'accepter. Notez des pensées qui vous tourmentent et constatez si votre désarroi provient du fait que vous refusez la réalité.

D'où provient mon désarroi ? Bonne question.

Il provient de ma déception de ne pas avoir trouvé dans les bras de mon mari le réconfort, le soutien et l'excitation que je ressens avec David. Effectivement on peut dire que je n'accepte pas ma réalité qui peut se résumer en deux mots, non en quatre : l'ennui du quotidien.

1. Byron Katie, *Aimer ce qui est*, éd. Synchronique, 2018.

24

Lisa, tu vas bien ?

CARLA m'envoyait son texto désormais habituel.

Non, ça ne va pas bien. David se contente de réponses laconiques à mes messages depuis notre rendez-vous dimanche et n'essaie plus de me joindre.

Oui ça va très bien, mais j'ai juste quelques minutes avant d'arriver au bureau, ai-je prévenu rapidement.

Une seconde plus tard, Carla m'appelait.

— Je voulais te souhaiter bonne chance pour ton cours de graphisme, a-t-elle lancé d'une voix enjouée. Il commence aujourd'hui, n'est-ce pas ? Tu t'es bien inscrite ?

— Euh, en fait, j'y ai repensé, et ce n'est pas pour moi, ai-je répondu sans assurance.

J'avais prévu d'annuler le cours, mais j'avais oublié.

— De quoi as-tu peur ? m'a demandé Carla. Et ne me dis pas que tu n'as peur de rien ! Tu as envie de suivre cette formation, alors qu'est-ce qui te retient ?

J'ai réfléchi.

— J'ai peur de ne pas être assez bonne pour pouvoir en faire carrière, j'ai peur de perdre mon temps.

— OK. Mais est-ce que tu peux assister à un cours juste pour le plaisir ? Au lieu de choisir poterie ou danse orientale, tu as choisi graphisme. Tu en penses quoi ?

— C'est quand même un sacré investissement de temps et d'argent pour un simple hobby, ai-je répliqué.

— Tu acquiers de nouvelles connaissances. Ce que tu apprends te sera certainement utile même si tu n'en fais pas ton métier. Et puis, admets que tu en as vraiment envie.

Je l'ai entendue sourire au téléphone. Elle avait raison. J'avais informé Jeremy que, dorénavant, je rentrerais tard les mercredis. De toute façon, c'était le jour où il ramenait Maxime de son cours de natation, donc il ne pouvait pas s'éterniser au bureau. C'était idéal pour suivre la formation.

Tu ne préfères pas voir David ?

J'ai repoussé cette question insidieuse que mon cerveau me posait et j'ai respiré en comptant jusqu'à 5. Pour me mettre dans l'ambiance avant le cours, j'ai regardé une vidéo YouTube de graphisme à chaque pause dans la journée. *Dessiner, c'est pas un métier. Tu peux t'estimer heureuse d'avoir un bon salaire qui tombe tous les mois.*

J'ai passé en revue les tablettes, comparé les prix et les fonctionnalités. Il faudrait bientôt que je m'en achète une. Je me sentais vibrer.

Tu n'es pas assez douée. Tu vas te ridiculiser.

À 18 h 15, j'ai quitté le bureau et me suis rendue à l'école de formation. En cherchant une place où me garer, j'ai vu les élèves qui se dirigeaient vers l'entrée ou qui fumaient une dernière cigarette. Ils étaient jeunes, habillés à la mode. Certains avaient l'air de se connaître, ils parlaient entre eux, riaient, détendus, dans leur élément.

Mais qu'est-ce que tu fous là, ma vieille ? Ce n'est pas pour toi.

J'ai paniqué. Je n'avais plus l'âge d'aller en cours, c'était absurde, une stupide idée. J'ai accéléré et j'ai conduit jusque chez David. En sonnant à l'interphone de son immeuble j'ai craint qu'il ne me laisse pas monter, qu'il soit absent, ou pire, qu'il ne soit pas seul. Je n'avais pas appelé pour le prévenir que je venais. Je n'avais pas prévu de débarquer chez lui, mais je n'avais pas eu le courage d'aller à la formation, et comme j'avais ma soirée de libre, c'était l'occasion. Et il fallait que je le voie. Je devenais folle à ne pas comprendre sa soudaine indifférence.

— C'est qui ? a-t-il demandé à l'interphone.

Ouf, il est là. Pourvu qu'il ouvre, pourvu qu'il soit seul, pourvu qu'il veuille me voir.

— C'est moi, c'est Lisa.

Après un instant qui m'a semblé interminable, j'ai entendu le claquement de la porte qui s'ouvrait et sa voix :

— Monte.

Il m'attendait sur le pas de la porte. Il était pieds nus, en jean, sans tee-shirt. J'ai tout de suite pensé qu'il était avec une femme.

— Je te dérange ? ai-je demandé avec inquiétude.

— Non, jamais, a-t-il répondu en me laissant entrer.

— Mais pourquoi tu ne m'appelles pas ? Tu ne veux plus qu'on se voie ? ai-je gémi, immédiatement honteuse de ma dépendance à lui.

— Tu es une femme mariée, il faut que je me protège.

Il craignait de souffrir ? C'est pour ça qu'il m'ignorait ? Je l'ai embrassé avec passion et il m'a entraînée dans sa chambre, calmant aussitôt toutes mes angoisses.

25

Quand je suis rentrée, les enfants dormaient, la maison était silencieuse, Jeremy regardait la télévision dans notre lit. Je lui ai fait un baiser de la main et suis allée prendre ma douche. En retournant dans notre chambre, il tenait mon téléphone, horrifié.

— Tu couches avec David, a-t-il prononcé lentement.

J'ai essayé d'évaluer la situation.

— Tu fouilles dans mon téléphone maintenant? ai-je dit pour gagner du temps.

— Non, mais tu as reçu plein de notifications, je pensais que c'était important, a-t-il répondu les yeux tristes. Et ne retourne pas la situation. C'est très clair que tu couches avec David, j'ai le droit de savoir depuis quand ça dure.

J'avais expressément demandé à David de ne me contacter que sur une application qui était toujours fermée et qui requérait un code d'accès, mais il avait dû oublier. Ses messages, très explicites, apparaissaient sur l'écran de mon téléphone : «J'ai hâte de sentir à nouveau ton corps sous le mien», «Cette soirée était magique», «Je veux te revoir».

Jeremy s'est levé, incapable de rester immobile, il s'est mis à marcher dans la chambre, les bras sur les hanches. Je souffrais de le voir ainsi, et surtout d'être la cause de sa détresse.

— Je suis désolée, ai-je murmuré. C'était un coup de tête. Je me sentais seule, incomprise, malheureuse, frustrée. Je ne voulais pas te blesser.

— Mais David, pourquoi David ? Tu l'as toujours aimé, c'est ça ? Tu m'as épousé par dépit, parce que tu ne pouvais pas l'avoir ?

— Mais non ! me suis-je écriée, horrifiée qu'il puisse avoir une telle pensée. Je te jure que non. Tu étais mon sauveur, mon chevalier. Je t'aime, je t'ai toujours aimé.

J'ai essayé de le prendre dans mes bras, mais il m'a repoussée.

Nous sommes restés silencieux un long moment. Qu'avions-nous de plus à nous dire ? Il s'était rendu coupable des mêmes agissements sept ans auparavant. J'avais connu la même douleur. Mon monde s'était écroulé comme celui de Jeremy en cet instant. Que pouvais-je faire pour l'apaiser, à part lui promettre que cela ne se reproduirait plus ? À part lui demander pardon mille fois ?

— J'ai pensé que tu me trompais de nouveau.

Jeremy a levé les yeux sur moi, le regard encore plus triste.

La fenêtre entrouverte de la chambre laissait passer le froid d'une nuit d'hiver. Une nuit d'hiver comme une autre, sauf que celle-ci marquait la fin de ma relation avec mon mari telle que nous l'avions vécue depuis notre réconciliation, après son infidélité à lui. Mes mains étaient glacées, un frisson m'a parcouru le corps.

— Depuis ma stupide aventure, je n'ai pas regardé ou pensé à une autre femme que toi. Tu ne comprends donc pas ? Tu ne sais pas à quel point je t'aime, à quel point j'avais eu peur de vous perdre, toi et les enfants ? Tu ne comprends pas que tout ce que je fais c'est pour votre bien-être ?

— Jeremy, ça fait des mois qu'on ne se parle plus, des mois que tu passes presque tous tes week-ends au bureau, des mois que j'élève seule les enfants, et que je te dis que je n'en peux plus. Ça fait des mois que je suis malheureuse et que je ne sais pas comment m'en sortir.

— Je sais, j'ai compris, tard, mais j'ai compris. Tu as bien vu que je faisais des efforts, s'est-il indigné.

— Oui, c'est vrai. Depuis trois jours tu fais des efforts, ai-je concédé plus sèchement que je n'en avais eu l'intention.

Jeremy a quitté la chambre à coucher et s'est installé dans le salon pour dormir. J'ai appelé David.

— Ma chérie, je te manque déjà ? a-t-il susurré.

— David, tu m'as envoyé des messages sur la mauvaise application. Jeremy a tout lu, il est hors de lui.

— Mince, je suis sincèrement désolé. J'aurais dû faire plus attention, s'est-il excusé. J'avais tellement envie de te sentir près de moi, je n'ai pas eu le réflexe.

— Qu'est-ce que je vais faire ? ai-je demandé, en m'adressant la question à moi-même.

— C'est peut-être mieux comme ça. Il ne te mérite pas. Je t'aime, moi.

— Non. On doit cesser de se voir, lui ai-je affirmé. Je lui ai déjà causé trop de mal.

— Mais tu penses à moi et au mal que tu me causes ? s'est-il écrié. Et tu penses à toi ? Tu as le droit au bonheur. Je ferai tout pour te rendre heureuse. Je prendrai soin de toi, tu n'auras plus besoin de travailler, on voyagera dans les plus beaux palaces.

— T'es dingue. Je ne vais pas abandonner mes enfants.

— Mais quitte Jeremy, fais tes affaires, je viens te chercher, a-t-il poursuivi, sérieusement.

— Je ne peux pas, ai-je répondu à regret.

— Alors, promets-moi qu'on va continuer à se voir. J'ai besoin de toi, et tu as besoin de moi aussi. Tu te fanes auprès de ton mari, tu dépéris dans ses bras alors qu'avec moi tu revis, c'est vrai ou faux ? Jeremy devrait me dire merci d'avoir ranimé sa femme.

J'ai souri. Je me suis souvenue des paroles de cette chanson de Leonard Cohen, *Famous Blue Raincoat*, lettre d'un mari trompé à l'amant de sa femme : « *Thanks for the trouble you took from her eyes. I thought it was there for good, so I never tried*[1]. » David avait effacé la peine dans mes yeux.

— Lisa, je comprends que tu as besoin de temps. Sache que je suis là pour toi. Toujours.

— Merci.

J'étais désemparée, tiraillée entre mon envie de continuer ma relation avec David et ma morale qui m'en empêchait.

---

1. *Merci d'avoir effacé la peine dans ses yeux. Je pensais qu'elle serait toujours là, alors je n'ai jamais essayé.*

26

Je suis allée à la salle de sport dans laquelle je m'étais inscrite avec Julie très tôt ce matin. Nous n'avions pas convenu de nous y retrouver, mais comme je n'arrivais ni à dormir ni à regarder la télé, je me suis rabattue sur le sport. Je ne sais pas si c'est la course ou la musique qui m'a aidée, mais mon esprit s'est un peu calmé. De retour à la maison, mon cœur s'est serré à la vue de Jeremy buvant son café dans la cuisine, les yeux dans le vide. Mon esprit s'est emballé à nouveau et la conversation entre moi et moi-même a repris :

— *Tu es nulle, tu as brisé ton couple, tu as blessé ton mari, ton meilleur ami. Comment as-tu pu faire ça ? Et pourquoi ?*

— *Jeremy aussi m'a trompée.*

— *Ce n'est pas une excuse ! Tu as cinq ans ? Il a pris mon camion alors je lui prends sa voiture ? Il m'a tapée donc je le tape ?*

— *C'est David, pas un inconnu ni un flirt de passage. J'ai quand même failli l'épouser !*

— *N'importe quoi, il ne te l'a jamais proposé. Ah si, quand tu lui as dit que tu allais te marier avec Jeremy.*

— *Tais-toi !!! J'ai le droit d'être heureuse. David est ma bouteille d'oxygène. J'ai besoin de lui.*

— *Tu as besoin de projets, de motivation, de te réconcilier avec ton mari, de kiffer tes enfants, de rire et de profiter de tout ce que tu as. Le bonheur est en toi, certainement pas dans les bras de David ni de qui que ce soit d'autre.*

— Tais-toi, je croirais entendre Carla.

— Bonne idée, appelle-la.

— Hors de question. Quand elle va me demander comment s'est passé mon premier cours de graphisme, je vais lui répondre quoi ? « Euh, finalement j'ai trouvé plus judicieux d'aller voir mon amant. » ?

Je n'en pouvais plus, de ce dialogue incessant, il m'avait occupé l'esprit toute la nuit. J'ai murmuré un « Bonjour » à Jeremy et je me suis préparé un café. Nous avons discuté avec les enfants, sans jamais nous adresser la parole directement.

Au bureau, j'ai fait semblant. Semblant de m'intéresser aux problèmes des autres, d'être aimable avec Noémie, de trouver originales les propositions d'un collègue. J'ai fait comme si tout allait bien dans ma vie, alors que les fondations de mon couple venaient d'être dynamitées et que je ne savais pas comment il allait s'effondrer. David m'avait envoyé plusieurs messages, et c'était bien la seule chose qui me réconfortait.

Je t'aime.
Tu es la lumière de ma vie.
Tu seras heureuse avec moi.

J'avais besoin de temps pour réfléchir, mais sa présence me rassurait.

En fin de journée, Jeremy m'a demandé de le rejoindre au café en bas de chez nous. Il voulait me parler. Il avait vérifié que ma mère pourrait rester plus tard avec les enfants. Ça m'a touchée qu'il s'occupe de la logistique, qu'il m'ait enfin écoutée à ce sujet.

Une fois à l'entrée du café, je me suis arrêtée quelques secondes pour l'observer. Il était assis dans un coin, une bière sur la table. Depuis peu il avait besoin de lunettes pour lire de près, et son crâne s'était légèrement dégarni. Trois rides parcouraient son front de part et d'autre, et d'autres, plus petites, entouraient ses yeux. Il portait la cravate que Charles avait choisie lors de la dernière fête des Pères. Malgré sa corpulence musclée, souvenir de ses années de footballeur américain, il m'avait l'air frêle et fragile à cet instant. Il jouait avec son alliance, en la faisant tournoyer sur la table. Un serveur m'a bousculée.

— Faut pas rester dans l'entrée, ma p'tite dame.

Je me suis avancée vers Jeremy après avoir commandé un Coca. Il a levé la tête vers moi, le visage impassible. Je me suis assise face à lui, sans me douter de ce qui m'attendait. Le serveur a apporté ma boisson avant de s'éclipser.

— Est-ce que tu l'aimes encore ? m'a demandé Jeremy en laissant l'alliance sur la table et relevant la tête.

Sa question, brutale et sans préambule, m'a prise de court.

— J'ai lu tous vos messages, a avoué Jeremy. Est-ce que tu l'aimes encore ?

Mon esprit s'est mis à tourner à toute vitesse. Toutes les options ont défilé : jouer la stupéfaction, l'incompréhension, nier en bloc, piquer une colère, mentir… Mais Jeremy était mon meilleur ami. Mon compagnon. Mon mari. L'homme auprès de qui j'avais passé ces quinze dernières années et auprès de qui j'avais pensé vivre les quinze prochaines. C'était la personne que j'aimais le plus au monde après mes enfants, même si je n'étais plus heureuse en sa compagnie, même si son comportement récemment me mettait hors de moi, même si j'avais cherché du réconfort dans les bras d'un autre. L'avoir blessé me procurait une peine inouïe. Je lui devais une explication.

— J'aime comme il me fait sentir, ai-je avoué, le rouge aux joues. Avec toi, je suis la maman aigrie, qui en a marre de ses gosses, qui se plaint de son mari, qui déteste son boulot. On ne parle plus, pourtant j'aurais voulu partager avec toi ma frustration chez Miniprice, mes rêves de graphisme, les enseignements de mon séminaire, ma fatigue physique et morale, le manque de rire dans ma vie, le manque de sexe aussi…

Mon énumération a semblé assommer Jeremy. Il a baissé les yeux sur son alliance.

Je parlais doucement, cherchant mes mots, consciente de leurs poids pour les avoir portés seule trop longtemps. Mais il fallait qu'il comprenne que je n'étais plus heureuse.

— C'est vrai que je suis souvent absent. Mais de là à me tromper, avec ton ex… je n'aurais jamais cru, a-t-il soufflé, l'air éteint.

Je suis restée silencieuse, ne sachant que répondre. Oui, je l'avais trompé et j'étais bien placée pour savoir combien ça faisait mal de le découvrir.

— Je n'aurais jamais cru que tu serais capable de ça, a-t-il ajouté, d'une voix brisée, les yeux embués de larmes.

Les miennes coulèrent aussitôt.

— Et avec lui, tu te sens comment ? m'a-t-il demandé.

J'aurais préféré ne rien dire. À quoi bon ? Je ne pourrais jamais ressentir avec lui ce que je ressentais avec David. Mais Jeremy me regardait fixement, exigeant une réponse.

— Avec lui, je me sens légère, ai-je avoué, trouvant l'adjectif le moins blessant possible.

— Tu vas continuer à le voir ? Tu veux divorcer ? Tu veux qu'on se remette ensemble ? Qu'est-ce qu'on fait ?

L'éventualité d'un divorce m'a paniquée instantanément, me laissant sans voix. Nous sommes restés silencieux un long moment. Jeremy a fini sa bière. Je n'avais pas touché à mon Coca. J'avais le ventre retourné.

Au moins, ça m'empêchera de manger cette histoire.

J'ai eu tout de suite honte qu'une telle considération puisse me traverser l'esprit.

— J'ai besoin d'être seul, m'a affirmé Jeremy. John est aux États-Unis en ce moment, je peux m'installer chez lui.

— Tu lui en as parlé ? me suis-je écriée, embarrassée.

Même si John était le meilleur ami de Jeremy, je ne souhaitais pas qu'il sache que j'avais été infidèle.

— Bien sûr que non ! Mais il m'a laissé un double de ses clefs, au cas où il les perdrait. Il acceptera de me laisser utiliser son appartement.

— Qu'est-ce qu'on va dire aux enfants ? Ils sont grands, ils vont se poser des questions !

— On va leur dire la vérité. Qu'on ne s'entend plus, que tu n'es plus heureuse avec moi, a-t-il répliqué.

— Comment ?! l'ai-je coupé violemment. Que JE ne suis plus heureuse ?! Dis-leur aussi que c'est moi qui te demande de partir ! NOUS ne sommes plus heureux. Nous avons besoin d'un temps mort pour réfléchir à la direction que nous voulons prendre.

Puis je me suis calmée, consciente que l'avenir de mon couple se jouait sans doute et qu'il fallait essayer de garder la tête froide.

— Est-ce vraiment nécessaire ? lui ai-je demandé. On ne pourrait pas leur éviter ce traumatisme ? Je peux dormir dans le salon, personne n'en saura rien. Et tu continueras à rentrer tard le soir, comme ça on se croisera à peine. S'il te plaît. Reste. Pour eux. Ça va s'arranger.

Je le suppliais. La vision des visages de mes enfants déchirés par la tristesse emplissait mon esprit. Je ne pouvais pas les faire souffrir. Comment avais-je pu être si égoïste ?

— Ce n'est pas une bonne idée, a-t-il fini par dire, après un moment de réflexion. En se séparant, on peut espérer se pardonner et se retrouver. Je m'occuperai des enfants les week-ends pour te laisser du temps pour toi, pour faire du graphisme ou aller courir. Je veux que tu sois heureuse.

Aussitôt, j'ai pensé à David, puis je m'en suis voulu. Jeremy me proposait un traité de paix, pas une carte blanche pour batifoler avec mon amant.

— Mais il faut que tu me promettes de ne plus voir David, a soudain ajouté Jeremy, comme s'il avait lu dans mon esprit. Si tu comptes le revoir, autant me le dire maintenant et on se sépare, clair et net.

— Je ne compte pas le revoir, lui ai-je affirmé sans réfléchir.

Quelques heures plus tard, nous avons réuni les enfants dans le salon. Jeremy et moi avons pris la parole à tour de rôle.

— Mes chéris, papa et moi nous sommes disputés et nous avons besoin d'un time-out pour nous calmer et pouvoir nous réconcilier, ai-je commencé d'une voix tremblante. Papa va habiter chez John et vous le verrez aussi souvent que vous le voudrez.

— Vous allez divorcer ? a demandé Charles de but en blanc.

— Nous avons juste besoin de nous retrouver seuls chacun de notre côté, a expliqué Jeremy. Comme lorsque vous vous disputez, Maxime et toi, et que je vous dis d'aller chacun dans sa chambre. Cela vous permet de vous calmer, de réfléchir à ce que vous avez fait, et quand vous ressortez, vous avez mis la dispute derrière vous et tout reprend normalement.

— Je le savais ! a crié Maxime. Je le savais ! Vous arrêtez pas de vous disputer, mais nous, vous nous forcez à nous réconcilier, et vous, qu'est-ce que vous faites ? — Vous vous séparez et papa nous quitte. Vous êtes des hypocrites !

Il s'est levé et s'est mis à pleurer. Je me suis approchée de lui et j'ai posé la main sur son épaule, mais il l'a repoussée violemment.

— Je ne vous quitte pas, a gentiment expliqué Jeremy. Je vous verrai tous les week-ends !

— Les parents d'Enzo, ils ont divorcé, nous a informés Louis. Enzo, il a deux maisons, deux chambres et plein de jouets. Mais il a qu'un doudou alors quand il l'oublie dans son autre maison, il est très triste.

— Ne t'inquiète pas, l'ai-je rassuré. Nous n'oublierons pas doudou et il sera toujours avec toi.

Lucas, lassé de la conversation, s'est mis à jouer aux billes sur la moquette du salon.

— Papa et moi vous aimons à l'infini et cette décision n'a rien à voir avec vous, leur ai-je juré. Mais parfois vos amis vous embêtent, non ? Parfois vous préférez être tranquilles dans votre chambre. Nous, c'est pareil, on a besoin d'être un peu tranquilles.

— Quand on verra papa ? a demandé Charles, alors que Maxime avait arrêté de pleurer et se tenait recroquevillé sur le canapé.

— Tous les week-ends, a répondu Jeremy avec empressement.

Nous avons mangé une pizza tous ensemble dans une atmosphère que nous voulions détendue pour masquer la gravité de la situation, mais les enfants n'étaient pas dupes. Jeremy et moi enchaînions les blagues et anecdotes pour couvrir le silence. Puis leur père est allé leur souhaiter bonne nuit. Les pleurs sonores de Louis et Lucas m'ont brisé le cœur.

C'est de ta faute.

Je me suis enfuie le plus loin possible des cris, dans la cuisine, pour ne plus les entendre, puis Jeremy est venu me dire au revoir. Il avait préparé une valise avec l'essentiel, certainement des costumes, des chemises, cravates. Je m'étais abstenue de proposer de le faire. Il m'a regardée du pas de la porte, et je me suis approchée. Nous nous sommes serrés dans les bras, et nous avons retenu nos pleurs. Ce qui nous arrivait était tellement illogique. Nous nous aimions, pourtant nous étions malheureux ensemble. Le lien qui nous avait unis était-il rompu à jamais ?

Je l'ai raccompagné à la porte d'entrée en silence puis je me suis dirigée vers les chambres des enfants.

Lorsque je suis allée souhaiter bonne nuit à Maxime, il pleurait sous sa couette. Cela m'a achevée. Je me suis allongée à ses côtés et lui ai fait un énorme câlin.

— Maxime, papa et moi t'aimons infiniment. On a juste besoin de faire une pause. Tu sais, comme dans un match de foot, lorsque l'entraîneur demande un temps mort pour ressouder les coéquipiers et les laisser reprendre leur souffle ? Nous, c'est pareil : on a besoin de se ressouder et de reprendre notre souffle. Tu comprends ?

Il n'a pas répondu. Je suis restée dans son lit jusqu'à ce qu'il s'endorme.

J'ai cherché du réconfort dans mon cahier d'exercices, mais au lieu de cela, la leçon a aggravé ma tristesse.

Pardonnez, pardonnez, pardonnez, Dieu vous pardonnera.

Des études scientifiques ont démontré le rôle positif du pardon sur la santé[1], notamment sa capacité à diminuer notre niveau de stress. Pardonner, c'est choisir d'être empathique et d'offrir notre compassion à quelqu'un qui nous a blessés. Faites-le pour votre bien-être, pour ne pas traîner votre rancune comme un boulet. Et la première personne à pardonner, c'est vous-même.

Quand vous êtes prête à pardonner, utilisez la technique suivante : lors d'une séance de méditation, visualisez cette personne (qui peut donc être vous-même). Il peut aussi s'agir de quelqu'un de décédé. Imaginez une conversation lors de laquelle vous lui expliquez ce que vous lui reprochez, puis à son tour, cette personne vous répond, se justifie, expose des circonstances atténuantes. Enfin, visualisez une scène où vous lui pardonnez.

Lorsque c'est possible, il est également très bénéfique de le faire en vrai, mais uniquement si vous en sentez profondément le besoin et l'envie.

Une autre technique consiste à écrire une lettre à cette personne, quitte à la brûler par la suite.

Pardonner ? Me pardonner ? Ça va être difficile.

J'ai appelé David. Voir mes enfants dans une telle souffrance face au départ de leur père m'a convaincue de rompre. Je n'avais plus le choix. Je devais sauver mon couple même si cela me

1. « Forgiveness: Your Health Depends on It », Johns Hopkins Medicine.

coûtait, car David me manquait. Je pensais à lui tout le temps, je revivais nos moments ensemble en boucle dans ma tête.

— David…, ai-je commencé, incertaine.

— Lisa. Que se passe-t-il ?

— David, on doit arrêter de se voir. Je suis désolée.

Nous sommes restés en ligne, puis il a mis fin à ce silence.

— Je comprends.

Il a raccroché et j'ai libéré enfin les sanglots coincés dans ma gorge depuis le début de la soirée.

27

La soirée de la veille m'avait tellement épuisée que je n'ai pas eu la force de me rendre à la salle de sport ce matin. De toute façon, sans Jeremy à la maison, je ne voyais pas comment continuer. Il faudrait que Charles réveille ses frères ou que je rentre plus tôt pour m'en occuper. Il était peut-être préférable d'arrêter, ce qui m'éviterait aussi de voir David aux entraînements.

En chemin vers le bureau, Carla m'a appelée et j'ai immédiatement regretté d'avoir décroché, mais trop tard.

Avant, elle m'envoyait un texto pour s'assurer que j'étais disposée à discuter !

— Alors, comment vas-tu ? Comment s'est passé ton cours de graphisme ? a-t-elle lancé sans attendre, d'un ton si joyeux que je me suis sentie agressée.

J'entendais son sourire de l'autre côté du combiné.

— Carla, je n'ai pas envie de parler aujourd'hui.

— Je suis désolée si tu ne vas pas bien. Mais n'oublie pas qu'on est toujours libre de choisir nos réactions face aux circonstances de la vie, a-t-elle ajouté avec une voix d'illuminée.

— Ça suffit, enfin ! ai-je hurlé, hors de moi. J'en ai marre de tes dictons à la con ! Ma vie se désintègre, plus rien n'est sûr, mon mari vient de quitter la maison. Tu as déjà ressenti la douleur de causer de la douleur ? Tu sais ce que c'est de se sentir coupable tout le temps, d'avoir l'impression de tout foirer ?! Qu'est-ce que tu connais de la vie ? Des souffrances ?!

Il y a eu un blanc. Que j'ai comblé avec hargne.

— Quelles sont tes préoccupations ? Est-ce que tu vas enfiler une robe noire ou bleu marine ? ai-je persiflé, sur un ton mauvais. Est-ce que tu devrais sortir avec Kevin ou Thomas ? Julien peut-être ?

— Tu as raison, parlons de tes souffrances et de tes préoccupations à toi ! m'a-t-elle répondu en criant à son tour. Un mari qui t'aime, quatre enfants en bonne santé, un bel appartement et un compte en banque fourni ! Mais quelle tuile ! Tu es une personne pourrie gâtée qui voudrait être heureuse sans faire les changements nécessaires, qui attend que ça vienne tout seul et qui rejette la responsabilité de ses actes sur les autres ! Tu fais ta liste de gratitude tous les jours ? Les exercices de pardon ? Ou tu t'accroches à tes croyances limitantes ? Et tout le reste, tu le mets en pratique ? Hein ? Hein ?

Sidérée, je n'ai rien pu répondre.

— Tu es la pire cliente que j'ai eue parce que tu ne t'es jamais donné la chance de réussir, a-t-elle déclaré, un peu essoufflée. Tu fais ce séminaire avec cynisme et en dilettante depuis le début. Pourquoi ?

— Pourquoi ?! ai-je aboyé. Mais parce que ce sont des foutaises et qu'on ne peut pas vraiment changer ! Je suis coincée dans ma vie ! J'aimerais bien être meilleure, confiante, patiente… Mais ce n'est pas le cas et ça me déprime encore plus de voir l'abîme entre la femme que j'aimerais être et celle que je suis !

— Pourtant tu es devenue sportive, ça signifie que tu peux changer, a-t-elle répliqué plus calmement.

— Non, justement, j'arrête le sport. J'arrête tout. J'ai plus la force. Ça suffit, ai-je déclaré en raccrochant.

Au même moment, j'ai reçu un autre appel, que j'ai accepté sans le vouloir.

— Bah alors, ma poule, t'étais où ce matin ? m'a demandé Julie avec entrain.

Je n'avais pas envie de parler, d'expliquer, de pleurer. J'allais bientôt arriver au parking de la Défense, il faudrait que je me gare et que j'affronte la journée au bureau. Je me suis contentée de soupirer.

— Ça ne va pas ?

— Ça va, ai-je balbutié, des sanglots dans la voix.

— J'ai compris. Je débarque ce soir avec Alex, on amène les sushis. 21 heures, le temps de mettre les enfants au lit, a-t-elle décrété.

— Non, ce n'est pas la peine, ai-je protesté, mais elle avait déjà raccroché.

Une fois au bureau, j'ai allumé mon ordinateur et j'ai attendu en priant pour qu'il ne m'obéisse pas.

Faites qu'il soit cassé et que je passe la demi-journée à le réparer.

Mais les dieux de l'informatique n'existent pas ou alors ils sont sourds. J'ai donc répondu aux courriels urgents, et comme à 10 heures Noémie n'était toujours pas arrivée, je l'ai appelée sur son portable.

— Vous pouvez me recontacter plus tard ? m'a-t-elle demandé avec aplomb.

Elle est gonflée.

— Noémie, vous avez plus d'une heure de retard, qu'y a-t-il ? ai-je demandé, oscillant entre inquiétude et mécontentement.

— Je suis dans le bureau d'Anthony, on fait passer des entretiens ! a-t-elle répliqué fièrement.

Rendue muette par sa réponse, il m'a fallu quelques secondes pour me reprendre.

— J'aimerais bien que vous me préveniez la prochaine fois, je vous rappelle que vous êtes toujours ma secrétaire, ai-je sifflé.

Et j'ai raccroché. Je devrais aller affronter Anthony. Il me privait de mes prérogatives et les avait réattribuées à une subordonnée.

Un message de Jeremy a détourné mon attention.

> J'emmène les enfants à Disneyland samedi. J'irai les chercher à leurs activités et je te les redéposerai dimanche.

C'est maintenant qu'il décide de se comporter en père idéal ?

J'ai failli lui répondre « Tu as demandé la permission à ton client ? », mais ça ne servait à rien d'ouvrir les hostilités, alors je me suis contentée de « Excellente initiative, ils seront ravis » et j'ai effacé le « Bon courage » qui s'était insinué en fin de phrase.

Julie est arrivée la première avec les sushis. Les enfants étaient couchés, j'avais eu le temps de ranger la cuisine et de déboucher une bouteille de vin. Nous nous sommes installées sur la table de la salle à manger.

— Sache qu'Alexandra s'est fait refaire les lèvres, m'a-t-elle annoncé. Les lèvres du visage, je précise puisqu'avec elle, tout est possible.

J'ai rigolé.

— C'est complètement exagéré, mais elle adore son nouveau look, a poursuivi Julie. Je voulais juste te prévenir pour que tu ne fasses pas une crise apoplectique en la voyant.

Elle a déballé les sushis, n'hésitant pas à ouvrir les placards pour prendre des plats ou couverts.

— Je fais comme chez moi, hein.

Je l'ai laissée agir à sa guise, assise, un verre déjà entamé, épuisée et soulagée qu'on s'occupe de moi. Lorsque j'ai ouvert la porte à Alexandra, elle arborait en effet une bouche de poisson.

— Comment tu me trouves ?

— Magnifique. J'adore, ai-je répondu en lui faisant la bise.

— C'est gentil. Je sais que tu n'en penses pas un mot, mais j'apprécie la bienveillance du mensonge, a-t-elle répliqué avec un sourire gonflé à l'hélium.

À table, Julie m'a lancé :

— Allez, vas-y, balance. Qu'est-ce qui ne va pas ? Pourquoi n'es-tu pas venue à la salle de sport ce matin ?

— Jeremy a quitté la maison, donc je vais devoir arrêter la course, je ne peux pas laisser les enfants seuls le matin, ai-je admis à regret.

Je ne voulais pas vraiment arrêter le sport, malgré ce que j'avais affirmé à Carla.

— Mince, ton mari est parti ? a relevé Julie avec empathie.

— Mince, tu vas devoir arrêter la course ! Il est là le problème ! s'est écriée Alex. Ton grand garçon a 12 ans ? Il peut être responsable des petits, et si tu veux, on commencera plus tôt pour s'assurer que tout le monde dort encore lorsque tu reviens. Ou je demande à ma fille Jade de venir de 6 h 30 à 7 h 30, c'est l'heure où elle rentre de boîte !

— Euh, si elle tombe de fatigue, elle risque de ne pas y arriver, ai-je objecté. Mais j'ai peut-être quelqu'un d'autre, en fait…

J'ai envoyé un texto à ma voisine, dont la fille avait punaisé dans le hall de l'immeuble une petite annonce dans laquelle elle se proposait pour du baby-sitting et du gardiennage d'animaux. Deux minutes plus tard, sa fille m'avait répondu qu'elle serait ravie de me dépanner les matins où j'en aurais besoin. J'étais soulagée.

— Maintenant que c'est réglé, tu veux peut-être nous parler de ton couple ? Vous vous séparez ? s'est enquise Julie avec douceur.

— Pour l'instant il habite chez son meilleur ami. Je ne sais pas si c'est temporaire, si c'est une vraie séparation. On l'a annoncé aux enfants hier, c'était horrible.

Je me suis arrêtée de parler pour ravaler un sanglot et essuyer une larme. Mes amies m'ont écoutée silencieusement.

— Tu l'aimes encore ? a demandé Julie, une main sur mon dos en signe de réconfort.

— Oui, mais je n'étais plus heureuse avec lui. Bon, parlons d'autre chose, ai-je supplié. Et toi ?

— Parlons d'autre chose, nous a-t-elle priées à son tour, en souriant.

— Alors parlons de moi ! s'est exclamée Alex. Je m'ennuie ferme. Il faut que je trouve une occupation. J'ai besoin d'utiliser mon cerveau, vous comprenez ? C'est pour ça que depuis trois mois, je suis un cours de marketing digital et de commerce en ligne. Ce que je recherche maintenant, c'est un produit à vendre. J'avais pensé à importer des cosmétiques du Japon, mais ça revient trop cher. Vous n'avez pas d'idée ? Il me faudrait quelque chose de pas cher à produire, pas lourd, ni volumineux, si je dois l'importer.

— J'ai peut-être une piste, ai-je hésité.

Julie et Alexandra m'ont regardée avec curiosité.

— Quand j'ai emménagé dans notre appartement, j'ai cherché un joli papier peint ou bien un tableau pour agrémenter les chambres d'enfants, mais je n'ai rien trouvé. Aujourd'hui, il y a des fresques autocollantes à poser, bon marché, mais pas très belles. Comme j'adore dessiner, j'avais pensé en créer moi-même, mais je ne connais pas le graphisme digital, ai-je ajouté, regrettant d'avoir raté mon premier cours pour être avec David.

— Mais c'est une super idée ! On peut voir tes dessins ? a demandé Alex, curieuse et enthousiaste.

— Euh, j'ai juste de vieux trucs, ai-je répondu avec réticence. Ça fait longtemps que je n'ai pas dessiné.

— J'aimerais les voir, a insisté Julie.

Je ne m'attendais pas à devoir montrer mes créations. J'appréhendais leur jugement. Peut-être que je n'étais pas aussi bonne que je le pensais. Je suis allée chercher les tableaux que j'avais accrochés dans la chambre des jumeaux.

— Wow, c'est magnifique ! se sont-elles exclamées à l'unisson.

— Tu es vraiment douée ! a poursuivi Alex. Je vois un énorme potentiel ! Regarde ce que j'ai trouvé.

Elle m'a tendu son téléphone, dont le navigateur affichait des sites de vente en ligne proposant des produits similaires, mais tous standardisés.

— Il y a plein de déclinaisons possibles, a-t-elle déclaré avec enthousiasme. On peut développer des produits pour des restaurants, des hôtels, des bureaux. Avec mes contacts et ton talent, on ferait un carton ! Alors, qu'est-ce que tu en dis ? On s'associe ?

Le cheminement de cette soirée était inattendu. Si j'acceptais la proposition d'Alex, j'engageais mon futur. Je la fixais essayant de deviner la direction que pouvait prendre ma vie.

— Au pire, on se plante, a-t-elle ajouté pour me convaincre. Mais crois-moi qu'on se sera beaucoup amusées en le faisant.

— Moi, je suis pour, a annoncé Julie. Vous feriez une équipe du tonnerre. Lisa, tu n'as rien à perdre, à part un peu de temps et un peu d'argent. Et tu entrouvres une porte de sortie pour quitter ton boulot que tu n'aimes plus de toute façon. Alors, qu'est-ce que tu en dis ? Tu as besoin d'un projet qui te fasse penser à autre chose qu'à ta vie familiale, non ?

— OK, me suis-je lancée. OK, on s'associe.

Alex m'a embrassée et a rempli nos verres.

Nous avons passé le reste de la soirée à parler de notre association. Elle serait responsable de notre site e-commerce, de notre marketing et de notre présence sur les réseaux sociaux ainsi que de toutes les démarches juridiques pour ouvrir la société. Moi, j'aurais la charge de la partie artistique.

— Bon, comment va-t-on appeler notre boîte ? a demandé Alex, les mains sur les hanches.

Elle s'était levée pour réfléchir à haute voix, avait fait la liste de tous ses amis susceptibles de redécorer leur lieu de travail, à commencer par un ami restaurateur, propriétaire de crêperies dans Paris.

— Il faut un nom qui rappelle vos deux prénoms, Alexa, Alix, Lisex, Lisalex, a proposé Julie. Lisalex !

— Ça me fait penser à un laxatif, ai-je répliqué.

— Je trouve que « les Bombasses » est très approprié, a sorti Alex, ce qui nous a toutes fait rire.

— De toute façon, le nom de la société ne sera pas le même que celui de notre produit. J'aime qu'il y ait nos deux prénoms. Lisalex, ça marche, ai-je finalement acquiescé.

— C'est bon pour moi, a également décrété Alex. Maintenant il faut qu'on se mette à bosser.

Julie est rentrée chez elle et Alex et moi avons échangé des idées jusqu'à minuit passé. J'ai amené des feuilles et des crayons de couleur, et j'ai fait des esquisses qu'elle a approuvées ou commentées pour que je les modifie. Nous étions lancées, et si Louis ne s'était pas réveillé, nous aurions continué longtemps. Nous nous sommes séparées en sachant que nous allions nous voir quelques heures après pour l'entraînement et j'ai emmené Louis dans ma chambre. Il pouvait dormir dans mon lit maintenant, il y avait de la place. Cette réalité a effacé toutes les fresques qui valsaient dans ma tête et mon enthousiasme s'est éteint face à des images de grand lit vide, d'enfants en pleurs et de mari accablé devant sa bière, faisant virevolter son alliance sur une table de bar-tabac.

28

Julie m'attendait en bas de chez moi pour marcher ensemble jusqu'au Bois.

— Ça va, ça s'est bien passé avec Alex, après mon départ ?

— Oui, c'était génial. On est en phase, elle a plein d'idées. Et ça me donne de quoi rêver, ai-je admis. Merci de vous être incrustées chez moi hier.

— Avec plaisir, a-t-elle répondu en souriant.

Nous avons fini le trajet, chacune dans nos pensées, les miennes focalisées sur des visions de David qui ne m'avait plus écrit depuis l'avant-veille. Je ne savais pas si j'allais le voir à l'entraînement.

En arrivant, j'ai retrouvé Alex qui m'a accueillie d'un tonitruant, « Salut, mon associée ! », accompagnée d'une tape dans la main. Son enthousiasme était communicatif.

— Les amis, a commencé Franck. J'ai deux nouvelles. La première, c'est que David a décidé de quitter notre groupe.

Des murmures de surprise se sont fait entendre. Ma gorge s'est nouée.

— La seconde, c'est que la date de votre premier semi-marathon approche et je veux avoir un compte rendu de chacun de vos entraînements. Ceux qui n'ont pas encore acheté de montre de sport ou qui ne se sont toujours pas connectés à l'application de suivi sportif, faites-le au plus tôt. Je voudrais vérifier quelques données pour m'assurer que vous êtes prêts.

Après nos 3 km d'échauffement, nous avons couru par intervalles d'une minute. La course m'empêchait de penser, j'étais concentrée sur mon souffle et les coups de sifflet qui nous marquaient le changement de cadence. Je me suis crue à l'école, avec les mimiques et grimaces de Julie derrière le dos de Frank.

Une fois chez moi, les enfants m'attendaient, prêts pour la journée grâce à l'aide de la voisine venue faire la baby-sitter. Puis nous avons préparé ensemble leurs sacs pour leur week-end à Disneyland.

Louis restait immobile dans un coin de sa chambre, alors que Lucas m'avait amené des vêtements et pyjamas pour lui et son frère.

— Pourquoi tu viens pas avec nous ? m'a finalement demandé Louis.

— Parce que c'est papa qui vous emmène, il a envie de passer du temps avec vous. Vous allez bien vous amuser. Depuis le temps que vous rêvez de voir Mickey !

— Mais pourquoi on peut pas y aller tous ensemble ? a-t-il insisté, buté.

Je l'ai serré dans mes bras. Le fait qu'on n'ait rien partagé en famille depuis si longtemps était certainement une des causes de la déliquescence de notre couple.

— C'est une très bonne question, mon chéri. Mais l'important, c'est qu'aujourd'hui, vous allez faire quelque chose de génial avec ton père et tes frères. C'est là-dessus que tu dois te concentrer.

Il s'est laissé convaincre et je les ai conduits au judo, aux échecs et au foot, puis je suis rentrée chez moi. Seule.

Avant de m'attaquer à Netflix, j'avais une priorité (outre le linge, la cuisine et le rangement) : contacter l'école de graphisme. Je leur ai écrit un e-mail avec mes excuses pour avoir raté le premier cours et la promesse d'assister à tous les autres. Puis je me suis installée devant *The Good Doctor*. Après une orgie de sang et de malades, et pour repousser le moment où je devrais me lever du canapé pour effectuer une tâche ménagère, j'ai allumé une vidéo du séminaire.

La vie est longue. La vie est très longue.

« Nous avons du temps, mais nous en perdons beaucoup. La vie est assez longue ; elle suffirait, et au-delà, à l'accomplissement des plus grandes entreprises, si tous les moments en étaient bien employés.[1] »

Ne vous plaignez pas de ne pas avoir assez de temps si vous le gaspillez. Prenez conscience de tout ce qui vous vole votre temps : un collègue bavard, certains sites web, les embouteillages, des services rendus à des amis qui profitent de vous, des réunions professionnelles qui s'éternisent plus que nécessaire, les pauses-cigarette, etc.
À quelle activité, ou passe-temps, qui ne vous fait pas progresser dans la réalisation de votre vie idéale, seriez-vous prête à renoncer ?

1. Sénèque, *De la brièveté de la vie*, traduction M. Charpentier, 1860.

Je pourrais arrêter de surfer sur les réseaux sociaux par exemple. Ça me déprime de voir des photos de vies parfaites, de vacances aux Maldives, de couples enlacés.

Combien de temps cela vous libère-t-il par semaine ?

Vingt minutes.

Vingt minutes et une, non, deux heures, plus précisément. Par jour.

C'est un cadeau. Ne le gâchez pas. Comment allez-vous l'utiliser ?

Netflix ?

On dit souvent que la vie est courte et que le temps passe vite, mais quand le dit-on ? Lorsque notre aîné entre au CP, ou lorsque la vie d'un être cher s'arrête de façon prématurée. Le temps passe vite *a posteriori*, quand on regarde en arrière.
Dans notre quotidien, alors que les minutes s'égrènent avec la même régularité pour tous, elles semblent interminables pour ceux qui souffrent. La vie est très longue quand on se sent coincé dans une relation avec un conjoint qu'on n'aime plus. La vie est très longue quand chaque journée ressemble à la précédente et, sans aucun doute, à la suivante. La vie est très longue lorsque l'on porte le poids de nos erreurs passées.
La vie est très longue, et vous seule décidez si c'est une bonne ou une mauvaise nouvelle.

La vie est longue ? Mais on s'acharne à nous dire qu'elle est courte et qu'il faut en profiter. Mettez-vous d'accord. Concrètement, quelles implications cette information a-t-elle pour moi ? Il faudrait que Carla m'explique.

Je l'aurais bien appelée, mais j'avais trop honte de la façon dont je lui avais parlé. Et selon toute probabilité, elle m'avait virée.

T'es quand même très forte, te faire renvoyer par ta coach, c'est du jamais vu. D'ailleurs elle te l'a dit : tu étais sa pire cliente.

Pour éviter de penser, je me suis levée et j'ai finalement rangé l'appartement, repassé le linge, cuisiné et mis au congélateur les plats pour toute la semaine, nettoyé les toilettes, changer les draps de tous les lits. J'ai déplacé les canapés du salon puis replacé les canapés du salon. J'ai passé l'aspirateur, essayé de lire un livre, sans succès, essayé de méditer, sans succès.

J'ai encore rangé les chambres des enfants. Me manquaient-ils ? C'était la première fois qu'ils allaient passer la nuit sans moi. J'évitais d'y penser pour ne pas m'inquiéter. Ce serait difficile pour les jumeaux, moins pour les grands. Mais pour moi ? Je me suis assise sur le lit de Louis, j'ai pris un petit nounours en peluche sur son lit. Doudou était dans son sac, heureusement. Que faisaient-ils ? Ils devaient être déjà arrivés. Où avaient-ils déjeuné ? Je me suis retenue de les appeler. Oui, ils me manquaient. Plus que ce que j'avais imaginé. J'avais tellement souhaité me retrouver seule, j'avais tellement rêvé de silence, mais maintenant, seule devant leurs jouets, je me sentais inutile, comme si ma place était forcément auprès de mes enfants.

Mais ça suffit enfin ! tu as une vie en dehors de tes enfants ! Va regarder une vidéo YouTube sur les bases de Photoshop.

J'étais installée dans la cuisine, devant un yogourt et mon ordinateur, lorsque David m'a appelée. J'ai souri instinctivement en voyant son nom s'afficher sur la messagerie secrète et mon ventre s'est serré.

— Je suis désolé de te déranger. Je sais que tu ne voulais pas que je t'appelle, mais… tu me manques trop.

Mon sourire s'est élargi. J'étais flattée et surprise. Le son de sa voix me procurait un rush de plaisir.

Comme je restais silencieuse, il a enchaîné :

— Tu vas bien, tu peux parler ? Tu préfères que je raccroche ? s'est-il enquis avec attention.

— Non, ai-je répondu. J'aime bien te parler.

— Qu'est-ce que tu fais ? a-t-il demandé.

— Je traîne. Jeremy a emmené les enfants à Disneyland pour le week-end, ai-je admis, le souffle plus rapide, pressentant ce qui risquait de suivre.

Mais il n'a rien fait. Aucune proposition.

— Je voulais juste t'entendre. Je ne veux pas te déranger plus longtemps, a-t-il finalement ajouté. À bientôt.

Il avait des sanglots dans la voix.

— Tu pleures ? me suis-je inquiétée.

— Mais non, enfin si, un peu. Je suis triste. J'aimerais tellement te voir une dernière fois. On ne s'est pas séparés. Quand tu es sortie de chez moi mercredi, j'étais sûr qu'on se reverrait. Je ne m'étais pas préparé à te perdre encore une fois. Mais je respecte ta décision. C'est juste que j'aurais aimé te dire au revoir correctement, pas au téléphone.

J'étais bouleversée de le sentir si blessé.

— Je peux passer si tu veux, ai-je proposé, sachant que c'était une erreur.

— Oh, ce serait super !

Je me suis changée, je ne voulais pas qu'il me voie dans le vieux survêtement que j'avais mis pour faire le ménage. Je ne me suis pas trop apprêtée, il ne s'agissait pas d'un rendez-vous galant, mais je voulais qu'il garde une belle image de moi. J'ai enfilé une jolie robe, des collants noirs en laine. Je me suis maquillée un peu, parfumée légèrement et je suis sortie. En route, j'ai repensé à la leçon « la vie est très longue », pour essayer d'y trouver une ligne de conduite à suivre avec David ou Jeremy, mais en vain.

On verra bien ce qu'il se passe.

Je suis arrivée chez David et il m'a serrée contre lui. Nous nous sommes installés sur l'énorme terrasse. Il faisait particulièrement froid en cette mi-janvier à Paris. Je me suis demandé pourquoi il ne s'était pas enfui vers les tropiques. Je l'aurais fait, à sa place. Était-il à Paris pour moi ? Il a posé un châle sur mes épaules, a allumé un joint. Cela m'a rappelé notre jeunesse et les disputes que nous avions à cause de sa consommation excessive de drogues et d'alcool. Mais il avait forcément dû la réduire avec les années.

Il nous a versé un verre de vin que nous avons bu en silence. J'étais alanguie sur une chaise longue, face à l'Arc de triomphe. David était à côté de moi. Il me dévisageait. Comme son regard insistant me perturbait, je me suis mise à parler, à lui raconter mon association avec Alex, et le nom bizarre de la société qu'on allait monter, mon idée d'autocollants et les clients potentiels. David m'a écoutée et s'est réjoui pour moi.

— Je suis sûr que vous allez cartonner. Tu as énormément de talent et Alex a l'air d'être une battante, une débrouillarde. Elle était dans la pub, non ?

— Oui, je l'aime beaucoup.

Puis nous sommes redevenus silencieux. Mes soucis reprenant leur place au centre de mon esprit.

— Je n'aime pas te voir triste, a-t-il murmuré.

— Je suis perdue, ai-je soudainement lâché. Jeremy a quitté la maison après avoir lu tes messages sur mon téléphone, et je ne sais pas si cela m'attriste ou me soulage. Je veux absolument préserver mes enfants, mais… je dépérissais, il fallait que quelque chose change. Alors effectivement, tromper mon mari avec toi n'était pas le tremblement de terre que je souhaitais dans ma vie, mais…

J'ai baissé la tête.

— Mais quoi ? a-t-il demandé gentiment en me soulevant le menton.

— Pourquoi es-tu revenu dans ma vie, David ? J'ai besoin de savoir, ai-je supplié.

— Parce que je n'ai pas arrêté de penser à toi depuis ce jour où tu m'as annoncé que tu choisissais Jeremy, a-t-il répondu, posant sa main sur ma cuisse, ses yeux verts me fixant intensément.

— C'était il y a quinze ans ? ai-je relevé, incrédule.

— Je n'ai jamais aimé quelqu'un comme je t'ai aimée, a-t-il poursuivi. Je n'ai même pas eu de relation amoureuse sérieuse. Je suis revenu à Paris pour toi ! D'ailleurs, je dois t'avouer autre chose.

De quoi parlait-il ? Comment était-il possible qu'il m'ait aimée toutes ces années en secret ?

— Notre rencontre, au bois de Boulogne, ce n'était pas un hasard, a-t-il murmuré. Julie t'a taguée sur Facebook et c'est apparu sur mon feed. Elle avait écrit quelque chose du genre « Qui veut se joindre à nous ? » et donné le lieu et l'heure des entraînements. Ça fait presque quatre mois que je cours alors que je déteste ça, juste pour te voir.

Il avait passé sa main sous ma robe et me caressait la jambe.

Je ne savais pas comment réagir à cet aveu. D'un côté, j'étais flattée par sa persévérance et ses efforts pour me revoir, mais d'un autre, je me sentais flouée. Il savait que j'étais mariée, que j'avais des enfants, et pourtant il avait cherché à prendre contact avec moi, dans l'intention de me séduire.

— Pourquoi es-tu là ? m'a-t-il demandé.

— Je ne devrais pas…

— Et pourtant tu es venue. Pourquoi ? a-t-il insisté.

— Avec toi, je me sens vivre, ai-je admis.

Il avait toujours sa main sur ma jambe, et il la faisait remonter plus haut sous ma robe. Je savais qu'il fallait que je l'empêche de continuer, mais mon corps s'était réveillé.

Je me sens vivre. J'ai le droit de vivre, non ? D'autant que la vie est longue, très longue.

Je ne pouvais pas renoncer au plaisir à même pas quarante ans, sous prétexte que j'étais mère et que mon mari voulait devenir associé, ou partner ou big boss ou que sais-je !

Va-t'en. Tu vas briser le cœur de tes enfants. Jeremy ne te le pardonnera jamais.

Mais mon corps frémissait déjà. Je me suis abandonnée à ses caresses, ses lèvres, ses doigts experts. Je ne pouvais plus bouger, même si j'avais voulu partir, je n'aurais pas pu. De toute façon, je ne le souhaitais plus. Je sentais l'air froid sur mon visage et sur mes jambes que David avait dénudées, alors que je brûlais à l'intérieur. Il a pris son temps et fait durer le plaisir. Nous n'avions pas d'enfants susceptibles de faire irruption, nous ne devions pas étouffer nos cris pour éviter de réveiller qui que ce soit. Nous étions absolument libres, libres de faire l'amour face à l'Arc de triomphe.

David m'a proposé de sortir dîner, mais il en était hors de question, je ne pouvais pas risquer de rencontrer une connaissance, alors nous avons commandé chinois et mangé sur la terrasse. Il m'a montré son projet de complexe immobilier à Berlin, et les autres bâtiments qu'il avait construits aux Philippines et en Indonésie. J'étais touchée par son désir de m'impressionner. Quand j'ai émis l'envie de rentrer chez moi, il m'a retenue :

— Tu ne restes pas dormir ici ? Tu es toute seule pourtant ! s'est-il étonné.

— Je ne préfère pas. La situation est assez compliquée comme ça.

Je me suis levée, mais il m'a attirée vers lui pour m'embrasser.

— Reste, s'il te plaît, a-t-il insisté. On peut passer la nuit ensemble.

— Non, je ne peux vraiment pas, ai-je refusé.

— OK, a-t-il répliqué froidement, toujours assis sur la chaise longue alors que je m'apprêtais à quitter la terrasse.

— Tu ne me raccompagnes pas ? ai-je quémandé.

Il a hésité, puis il s'est levé, m'a pris la main et m'a menée jusqu'à la porte. Nous nous sommes embrassés longuement, il m'a mordillé l'oreille, le cou, ses mains se sont promenées sur mon corps.

— Mais t'es pas possible, ai-je gloussé.

— Je n'y peux rien, tu me rends fou.

Je me suis détachée de lui en souriant et nous nous sommes séparés. J'étais légère, heureuse.

Le lendemain, mon mari et les garçons sont rentrés en fin de journée. Ils m'ont sauté dans les bras. Jeremy avait l'air épuisé.

— J'en peux plus, a-t-il soupiré sur le seuil de la porte, en laissant tomber les sacs dans l'entrée. Ils m'ont cassé…

J'ai rigolé. À quoi s'attendait-il en emmenant seul quatre enfants à Disneyland ?

— Allez vous débarbouiller, on passe à table dans peu de temps ! ai-je crié.

— C'était un enfer, a admis Jeremy en se dirigeant vers la cuisine pour que les garçons ne l'entendent pas. D'abord, personne ne veut faire la même chose. Donc on fait la queue pendant une heure, et tout le monde se plaint, sauf celui qui veut faire l'attraction. Ensuite, Louis a insisté pour voir tous les spectacles alors que les autres ont refusé catégoriquement, j'ai perdu Lucas deux fois, Charles a vomi une fois. Maxime a refusé de manger des glucides, donc ni pizza ni pâtes. Va trouver des salades au royaume de Mickey ! Et j'ai dû porter Louis sur mes épaules pendant des plombes. Les enfants ont eu froid parce qu'ils avaient laissé leurs gants et chapeaux dans la voiture, et Lucas a égaré sa doudoune ! Ne me demande pas comment ni pourquoi, je ne sais pas.

Il s'était préparé un café et le buvait debout, à côté de la machine, dépité. J'ai ri.

— Ça t'amuse ? a-t-il demandé en se tournant vers moi.

— Disons que pour une première sortie, seul, avec les quatre, tu n'as pas choisi la solution de facilité, ai-je reconnu.

— Je ne sais pas comment tu as fait jusqu'à maintenant. Je suis sincèrement désolé de t'avoir laissée te débrouiller tous ces week-ends et toutes ces soirées où je suis resté tard à travailler. J'avoue que c'est beaucoup plus simple de bosser face à un document Excel que de passer la journée avec ces quatre diablotins, a-t-il concédé.

— Ce sont des enfants, l'ai-je repris. C'est pareil dans toutes les familles, ce ne sont pas les nôtres qui sont particulièrement difficiles. Au contraire, on a beaucoup de chance, ils sont plutôt cool, et en bonne santé.

— Oui, tu as raison, a-t-il répondu pensif.

Nous avons dîné ensemble. Les enfants ont dit avoir passé un week-end fantastique, contrairement à leur père, et ils étaient intarissables, me décrivant avec précision tous les spectacles et attractions auxquels ils avaient participé. C'était un repas familial de fin de semaine, agréable et paisible. J'ai regretté qu'il ait fallu qu'on se sépare pour qu'on passe un si bon moment. Mais lorsque Jeremy nous a salués avant de partir, Lucas lui a attrapé la jambe et l'a empêché de bouger. J'ai dû m'agenouiller à sa hauteur pour l'apaiser, en lui promettant que son père reviendrait très bientôt.

29

Le mercredi suivant, je me suis enfin rendue à la formation de graphisme. Ma mère était d'accord pour rester tard avec les enfants, elle avait même insisté. Elle savait à quel point j'aimais le dessin et m'encourageait à tenter ma chance.

Je suis arrivée dans la salle de classe à 18 h 30 et je me suis faufilée discrètement. J'étais gênée d'avoir raté le premier cours, bien que personne ne m'en ait fait la remarque. Je me suis assise au dernier rang pour ne pas attirer l'attention, mais mon look « mère de famille, cadre supérieur » détonnait. Mon voisin aux bras tatoués m'a fait un signe de la tête et s'est présenté. Il était vendeur dans un magasin d'informatique et souhaitait se reconvertir dans le design. Il m'a tendu la main.

— Lisa, mère de quatre enfants, directrice des ressources humaines, en proie à des doutes existentiels, ai-je balbutié.

Ça l'a fait rire. Nous nous sommes assis, chacun devant un ordinateur, et le cours a commencé.

Pendant quatre heures, je n'ai pensé ni à David, ni à Jeremy, ni à mes problèmes au travail. J'étais concentrée sur cette feuille blanche qu'était l'écran d'ordinateur qu'il fallait remplir de couleurs et de formes. Les idées de dessin ont abondé dans ma tête, sans effort. Je n'ai pas quitté ma chaise même lors des deux pauses-café.

— T'es vraiment très douée, m'a affirmé mon voisin tatoué.

Je me suis sentie rougir.

— Tu me flattes. Tu dis ça pour que je ne sois pas mal à l'aise autour de vous autres, si jeunes.

— Jeunes ? J'ai vingt-cinq ans ! s'est-il exclamé avec horreur.

Il a regardé autour de lui, estimant mentalement l'âge des autres étudiants, puis il a examiné attentivement mon visage.

— Tu as plus de trente-cinq ans, mais tu fais moins de trente, alors que la plupart des élèves ici ont moins de vingt-cinq et font plus de trente. Qu'est-ce qui est mieux ?

J'ai rigolé.

— Tu es la plus douée d'entre nous, en tout cas.

Lorsque le cours s'est terminé, j'ai éteint à regret l'ordinateur et la voix dans ma tête m'a martelé des *à quoi ça sert ? Tu perds ton temps.* Mais je ne me suis pas laissé faire, et je lui ai répondu : *ça sert à me faire plaisir.*

Dans la voiture sur le chemin du retour, une leçon s'est enclenchée, me faisant remarquer que Carla me manquait. Il s'agissait des six clefs du succès :

1. Avoir une ou plusieurs excellentes raisons d'agir
2. Être persuadé qu'on est capable de réussir (ajuster ses modèles de pensée si nécessaire)
3. Être prêt à faire les sacrifices et efforts requis
4. Mettre en place de bonnes habitudes
5. Se fixer des objectifs intermédiaires, raisonnables
6. S'accorder une récompense après chaque victoire

J'ai longuement pensé à chacune de ces clefs. Ma motivation était claire, dessiner me rendait heureuse. En revanche, je doutais de mes capacités à réussir dans ce domaine. Il faudrait que je travaille sur cette croyance limitante. Je ne savais pas quels efforts seraient nécessaires pour réaliser mon projet, mais j'allais me mettre à fabriquer des autocollants, et je verrais où ça me mène. Bonne habitude : acheter une tablette et s'entraîner au moins une heure par jour. Premier objectif, s'inscrire à un cours. C'était fait. Deuxième objectif, aller au cours. C'était fait.

Je me dois deux récompenses.

Troisième objectif : créer des fresques en utilisant le logiciel que je venais d'apprendre.

Un coup de fil d'Amy m'a interrompue.

— Comment vas-tu, Lisa ? Merde je n'appelle pas trop tard ? s'est-elle exclamée.

— Non, c'est bon et ça va, ai-je répondu.

Savait-elle que j'avais trompé son frère ? Qu'il avait quitté notre appartement ?

— Je sais tout, a-t-elle déclaré. Je ne te juge pas, je veux juste savoir si je peux aider et si tu as besoin de quelque chose.

— C'est gentil. Aucune idée. Je n'arrive pas à voir plus loin que la fin de la journée, ai-je répondu, essayant de décrire mon état d'esprit.

— Je pense que je comprends. N'hésite pas à m'appeler. J'ai déjà fait le médiateur une fois, je peux le refaire, s'est-elle proposée.

— Merci.

J'ai raccroché et éteint la leçon.

J'ai pris le temps d'échanger quelques mots avec ma mère avant son départ.

— C'était bien ton cours, ma chérie ? s'est-elle enquise avec intérêt.

— Oui, absolument génial, ai-je répondu enthousiaste. Tout s'est bien passé ici ?

— Oui, mais Louis est un peu triste du départ de Jeremy, il m'en a longuement parlé avant de dormir. On n'en a pas vraiment discuté toi et moi, a-t-elle rajouté, après une hésitation.

J'ai froncé les sourcils, comme à chaque fois que j'évoquais la séparation, et haussé les épaules.

— Que dire ? Nous n'étions plus heureux. J'espère que c'est temporaire et qu'on va surmonter cette crise. Mais je n'arrive pas à y réfléchir pour l'instant.

— Je comprends, a répondu ma mère. Mais tu sais, Jeremy est un chic type. Il t'a toujours aimée. Il a toujours souhaité ton bonheur, tu sais ? Pas comme ton père, ou David, qui sont incapables de se préoccuper de quelqu'un d'autre que d'eux-mêmes.

— Pourquoi tu parles de David ? ai-je demandé, heurtée. Et tu ne le connais pas, il est très différent de papa. De toute façon ça n'a aucune importance !

Tendue, j'ai ouvert la porte pour l'inviter au départ.

Savait-elle que j'avais revu David ? Jeremy lui avait-il raconté ? Il l'avait bien dit à sa sœur.

— Bonne nuit, ma chérie, m'a souhaité ma mère en m'embrassant sur la joue affectueusement.

Il y avait de la lumière dans la chambre de Charles. Il était pourtant très tard.

— Charles, éteins tout de suite ! me suis-je écriée.

— Oui, c'est bon. Ah au fait, papa est d'accord pour que j'installe mon ordinateur dans ma chambre, m'a-t-il affirmé en éteignant sa lampe de chevet.

— Ah bon ? Il ne m'a rien dit. Tu sais pourtant que je suis contre, ai-je répliqué, hésitant à entamer une conversation sur un sujet important à presque 23 heures.

— Mais papa, il veut bien ! a-t-il répliqué en bâillant.

— Je dois en discuter avec lui. Bonne nuit.

— Bonne nuit.

Je m'étais toujours opposée à ce que les enfants aient un ordinateur dans leurs chambres. J'avais assisté à une conférence sur les dangers d'internet pour les jeunes, et une des recommandations était que l'ordinateur soit placé dans une pièce commune. Jeremy trouvait cet avis idiot, car selon lui, les téléphones représentaient la même menace. J'avais donc également interdit les téléphones dans les chambres, mais évidemment, je n'avais pas réussi à faire respecter cette règle.

J'étais déconnectée de la réalité digitale. Avant, on savait comment opéraient les prédateurs. On savait de quoi et de qui il fallait se méfier. Mais maintenant ? Tous les jours, un nouveau danger apparaissait. Charles qui jouait à Fortnite sur la Xbox communiquait avec ses copains à travers le jeu. Au début, je lui avais interdit de jouer avec des inconnus. Mais comme il s'agissait d'un jeu en réseau, et qu'ils étaient une centaine lors d'une même partie, la majorité de ses adversaires étaient forcément des inconnus. D'autre part, il jouait en équipe avec des amis et des amis de ses amis. Est-ce que les amis des amis étaient des inconnus ? J'étais dépassée. Le temps que je comprenne comment marchent Snapchat et TikTok, Omegle était sorti.

— Charles m'a dit que tu lui permettais d'installer son ordinateur dans sa chambre, ai-je dit à Jeremy que j'avais appelé aussitôt.

— Oui, a-t-il admis.

— Tu sais que je m'y oppose. Ce n'est pas juste que tu agisses derrière mon dos et que tu passes pour le gentil. Ça va être comme ça maintenant ? On va chacun essayer d'être celui qu'ils préfèrent ? Je refuse d'entrer dans cette compétition stupide, me suis-je indignée.

— Mais non, tu dis n'importe quoi. Il m'a appelé aujourd'hui, triste que je ne sois pas à la maison, et je n'ai pas su comment le réconforter.

— Si tu l'avais emmené manger une glace, il aurait été tout aussi heureux.

— Excuse-moi, je n'y ai pas pensé. Je ne regarde pas Super Nanny, a-t-il répondu, vexé.

— Eh bien, tu devrais. Ah, et si tu pouvais éviter de raconter à tout le monde ce qui se passe dans notre couple, ça serait sympa, ai-je ajouté durement.

— Si tu veux parler du fait que tu m'as trompé avec ton ex, je ne l'ai dit qu'à ma sœur, et crois-moi ça m'a coûté ! Je ne compte pas le répéter à qui que ce soit d'autre.

30

Mon Dieu, c'est quoi cette foule ?

Le départ du semi-marathon de Paris avait lieu quai d'Austerlitz, et déjà dans le métro, à la vue des centaines de participants, Julie et moi pouvions ressentir l'énergie électrisante de l'événement. Des bribes de conversation perçues, j'ai compris que beaucoup voyaient cette épreuve comme un entraînement au marathon de Paris qui aurait lieu le mois prochain. Pour eux, c'était une promenade agréable, l'occasion de courir 21 km sans risque de se faire écraser. Certains allaient même poursuivre la course pour arriver à 30 km, juste pour le fun.

— Julie, c'est pas pour moi. Je vais rentrer, lui ai-je dit, un nœud d'angoisse logé dans mon ventre.

— Lisa, relax. Tiens, regarde, Franck est là-bas avec Paul et Sophie, a-t-elle lancé, me prenant le bras pour me conduire à eux.

Comment les avait-elle aperçus au milieu de ces 30 000 coureurs ?

— Vous avez des nouvelles d'Alex ? Elle ne répond pas au téléphone, ai-je demandé inquiète.

Mais personne ne l'avait vue. *Si elle m'a plantée, je la tue.*

Nous avons fait des étirements, puis couru quelques centaines de mètres, comme si c'était le moment de gâcher nos forces. Ensuite nous avons vérifié nos écouteurs, nos playlists. Alex n'était toujours pas là. Et s'il lui était arrivé quelque chose ? Mon niveau de stress déjà élevé s'est mis à grimper. Julie a tenté de me rassurer.

— Que se passe-t-il, Lisa ? Alex sait exactement où est le point de rendez-vous, elle va venir. Ce n'est pas ce qui t'inquiète, je te connais. Vas-y, crache.

— J'ai peur, ai-je avoué.

— De quoi ? Quel est le pire qui puisse arriver ? a-t-elle demandé patiemment.

— Que j'abandonne avant la fin, ai-je répliqué, prenant conscience de ce qui me tourmentait au moment où je le formulais.

— Et ce serait si grave ?

— Oui. Parce que j'aurais honte de moi, ai-je lâché.

— Mais pourquoi ? Tu peux être très fière, au contraire. Regarde ce que tu as déjà accompli, c'est formidable. Tu es déterminée, tu n'as pas renoncé devant les difficultés. Tu es devenue une vraie athlète.

— Une athlète..., ai-je sifflé.

— Tu as couru 20 km récemment, tu t'entraînes trois fois par semaine. Tu es devenue une athlète, a répété Julie avec conviction.

C'est là qu'Alexandra a fait son apparition, en fuchsia fluorescent.

— Désolée, j'ai fait la queue aux toilettes, mais je n'ai pas pu entrer dedans, c'était trop dégueulasse, alors j'ai cherché un café ouvert.

Après quelques photos de groupe, nous nous sommes dirigés vers la ligne de départ.

C'était euphorisant : la musique, la foule, les encouragements des bénévoles, les spectateurs déguisés, la vue du château de Vincennes, les dizaines de milliers de sportifs. Pendant les premiers kilomètres Alex et moi avons discuté. Notre projet nous fournissait toujours un sujet de conversation. Nous y travaillions depuis deux mois, Alex, surtout, y passait beaucoup de temps. Elle avait fait toutes les démarches administratives pour ouvrir une société. Elle avait créé le site de commerce et l'avait mis en ligne. Elle s'occupait maintenant de la promotion sur les réseaux sociaux. Pour ma part, j'avais terminé une fresque que nous avions proposée à l'ami d'Alex, propriétaire de crêperies, ainsi que de nombreux dessins pour chambres d'enfants. Le résultat m'avait bouleversée.

— C'est bon, j'ai signé avec l'imprimeur, celui de la rue Réaumur, m'a-t-elle dit, pas encore essoufflée en ce début de course. Il faut que je te montre comment est sortie ta fresque avec la licorne. Elle est ma-gni-fi-que!

J'ai rougi de plaisir. Je maîtrisais désormais les logiciels de graphisme. Je m'étais offert une tablette que j'utilisais tous les jours.

— Gardez votre souffle, les pipelettes, nous a gentiment réprimandées Franck.

Paul et Sophie étaient loin devant nous. Julie nous précédait de quelques mètres, très concentrée sur sa cadence, la musique dans les écouteurs. Au bout d'une heure, Alex et moi l'avons imitée et avons poursuivi notre course en silence. Franck s'est assuré que nous prenions nos gels de glucide au huitième et au seizième kilomètre et que nous buvions assez d'eau. Lorsqu'il m'a vu peiner, vers la fin, penchée à cause d'un point de côté qui refusait de partir, il m'a réconfortée et encouragée.

— Je sais que tu as mal, mais tu vas y arriver, Lisa. Pense au prochain pas, et à celui d'après, bravo, tu es une championne. Tu te visualises dans ta baignoire tout à l'heure? Tu sens les huiles essentielles ? J'ignore ce qu'elle met dans mon bain, ma chérie, mais c'est un pur bonheur.

J'avais prévu de voir David après la course. Il m'attendait chez lui. Les enfants étaient avec Jeremy, comme tous les dimanches. Une routine s'était installée : les garçons dormaient chez lui les samedis. Il les ramenait le lendemain en fin de journée et nous mangions tous ensemble une pizza (enfin, une salade pour Maxime et moi). Cette situation qui aurait dû être temporaire m'arrangeait bien. Elle me permettait de travailler avec Alex, de faire de longues courses et de voir David. En revanche, j'avais complètement abandonné le séminaire. Carla avait bien tenté de me contacter, mais je n'avais pas répondu à ses appels. Tout allait bien dans ma vie finalement, je n'avais plus besoin d'elle.

Alex et Julie se sont approchées de moi.

— Encore 1 km Lisa, tu y es presque, on y est presque ! s'est exclamée Alex, autant pour m'encourager que pour se persuader elle-même qu'elle pouvait y arriver.

Certains participants marchaient, d'autres paraissaient épuisés, leurs foulées étaient lentes, mais ils tenaient bon.

Les derniers mètres, nous nous sommes donné la main et nous avons levé les bras en passant sous le portique, en signe de victoire.

Grande fierté suivie immédiatement d'une grande tristesse.

Cédric, le mari de Julie, et leur fille Pénélope s'étaient précipités vers elle pour l'embrasser, les enfants d'Alexandra, Jade et Benjamin, hurlaient de joie, une grande pancarte « Bravo maman ! On est fiers de toi » à la main, la petite amie de Franck était présente également, ainsi que les enfants de Paul et Sophie.

Personne n'était venu m'attendre à l'arrivée. J'aurais adoré ça pourtant, j'aurais levé les bras, les doigts en V, Jeremy et lcs garçons auraient couru vers moi, et moi, heureuse et épuisée, je me serais écroulée sur eux, pour un énorme câlin familial. J'étais fière, oui, mais seule. Jeremy n'avait pas proposé de venir avec les enfants et je n'avais pas osé le lui demander. Nos relations étaient cordiales, mais nous marchions sur des œufs, sans savoir si l'autre voulait briser ou maintenir le statu quo.

J'ai appelé ma mère pour la prévenir que j'avais terminé et que je me sentais (relativement, compte tenu de la situation) bien. Elle m'a répondu qu'elle était très fière de moi, même si elle n'avait aucune idée de l'effort et de la préparation que cela impliquait. Puis j'ai téléphoné à mon père.

— Ah, tu l'as fait finalement ? Franchement, vous faites chier, vous avez bloqué tout Paris, on ne pouvait pas circuler !

Pourquoi était-il incapable de me féliciter ? Avait-il si peu d'estime pour moi ? Ses propos m'ont terriblement blessée. À quel âge cesse-t-on de rechercher l'approbation de ses parents ?

Amy m'a envoyé un message. J'étais touchée qu'elle y ait pensé.

Après les au revoir et promesses de fêter cette étape majeure de notre préparation au marathon, je me suis rendue chez David.

— Ma championne, a-t-il dit en m'embrassant. Je suis fier de toi. Viens, je t'ai fait couler un bain.

Je n'en revenais pas. Il avait disposé des bougies partout et la mousse débordait presque. Je me suis glissée dans l'eau chaude. Mes muscles se sont détendus. Puis David m'a massée longuement et nous avons fait l'amour. J'étais heureuse, aux anges. Mais lorsque j'ai dû partir, il m'a retenue.

— Non, s'il te plaît. Reste.

— Je ne peux pas. Jeremy va bientôt ramener les enfants.

— Allez, je me suis tellement bien occupé de toi, tu n'as pas envie de rester encore ? Appelle-le, explique-lui que ce marathon t'a épuisée, trouve quelque chose.

— Je ne peux pas, je dois être rentrée pour les garçons, tu comprends ? ai-je répondu, un peu ennuyée par sa suggestion.

— Je comprends. Pars. Mais tu sais, a-t-il poursuivi, soudain grave, jamais personne ne t'aimera comme moi. Tu pourrais avoir une vie de reine si tu quittais ton mari pour de bon. Où est-il d'ailleurs ? Essaie-t-il de te reconquérir ? Il te laisse pourrir dans un boulot que tu détestes avec un boss qui te maltraite, au lieu de te protéger. Tu trouves que c'est un comportement normal pour un mari aimant ?

Il avait élevé la voix, son ton était tranchant subitement, ses yeux plissés me regardaient avec méchanceté.

Puis sa voix s'est brisée et il a gémi :

— On me réclame à Berlin, mais je suis là, à attendre que tu daignes me témoigner un peu d'affection… C'est dur, tu sais.

J'étais à la fois bouleversée et désemparée. C'était donc parce qu'il m'aimait qu'il s'était montré odieux ? Je l'ai pris dans mes bras et il s'est mis à pleurer.

Puis, comme s'il se reprenait soudain, il s'est redressé, m'a souri, les yeux humides.

— Pardon, c'est ridicule. Allez, ne te mets pas en retard !

— Je t'appelle demain, lui ai-je promis.

Après un dernier baiser, il m'a laissée partir.

31

Les mots de David résonnaient encore dans ma tête, et surtout son intonation mauvaise. J'étais confuse. J'ai respiré profondément pendant tout le trajet en voiture pour chasser la scène de mon esprit. Je suis arrivée chez moi en même temps que Jeremy et les garçons. Alors que les enfants se douchaient, Jeremy m'a demandé ce que nous comptions faire pour la scolarité de Maxime en section sportive.

— Tu l'as inscrit ?

— Non, et toi ? ai-je répliqué sournoisement, sachant pertinemment qu'il n'entreprenait aucune démarche administrative.

J'ai rangé les pièces de Monopoly oubliées sur la table, reste d'une partie qui s'était étalée sur plusieurs soirées.

— Je… Non, je ne m'en suis pas du tout occupé, a-t-il avoué, embarrassé.

Sans cesser de ranger, j'ai remarqué que Jeremy avait cette fois parfaitement saisi le sens caché de ma question. Visiblement, ses week-ends seul avec nos enfants lui offraient une sorte de stage accéléré en matière de charge mentale. Tant mieux.

— Je sais que j'avais trouvé cette idée absurde, a-t-il poursuivi, en tentant d'accrocher mon regard. Mais Maxime m'en a parlé et… je pense qu'on devrait y réfléchir.

Vraiment surprise cette fois, j'ai abandonné le Monopoly pour m'asseoir sur le canapé. J'ai expliqué à Jeremy que je m'étais fait envoyer une plaquette de présentation par le collège qui proposait la section sportive et nous l'avons épluchée ensemble. Puis après une discussion approfondie, nous avons finalement convenu de laisser notre fils choisir. C'était à la fois la meilleure et la pire des décisions. La meilleure, parce qu'il s'agissait de son avenir. La pire, parce qu'il avait à peine onze ans.

Le livreur nous a apporté les pizzas, que les enfants ont dévorées. Ils m'ont raconté leur week-end : anniversaire d'un copain pour Maxime, square avec les jumeaux, Charles avait fait du roller.

— Maman, mais tu n'as pas couru ton semi-marathon aujourd'hui ? m'a demandé Maxime.

— Si ! En entier !

Jeremy a applaudi avec enthousiasme et tous ont suivi. J'ai rougi de plaisir. Après le dîner, mon mari a lu une histoire aux jumeaux et terminé quelques exercices de maths avec Maxime, pendant que je rangeais la cuisine. Puis il est venu me dire au revoir.

— J'aimerais t'inviter à un *date*, m'a-t-il proposé. Qu'en penses-tu ? Es-tu libre demain soir ?

Troublée par cette initiative, j'ai hésité, mais le regard plein d'espoir de Jeremy et ses récents efforts m'ont convaincue. J'ai accepté.

32

J'ai essayé de joindre David toute la journée sans succès. J'étais inquiète, mais mon rendez-vous avec Jeremy m'occupait aussi considérablement l'esprit. Il m'avait envoyé trois messages pour me rappeler l'heure et le lieu de notre *date* et sa fébrilité m'émouvait. De plus, il avait bien fait les choses : il avait réservé mon restaurant japonais favori, rue de Longchamp. J'ai été touchée, mais triste également d'avoir attendu si longtemps pour qu'il prenne une telle initiative. La situation aurait-elle été différente aujourd'hui s'il m'avait accordé plus d'attention ? Il était déjà assis lorsque je suis arrivée. Il m'a regardée marcher jusqu'à sa table.

— Tu es très belle, a-t-il dit, se levant pour m'embrasser.

Nous nous sommes fait la bise, gênés comme deux inconnus lors d'un *blind-date*.

— Comment te sens-tu après ton semi-marathon ? Pas trop mal aux jambes ? a-t-il demandé.

— Non, ça va, ai-je éludé, embarrassée par le souvenir du massage de David.

— Bien, bien… L'entraînement a payé, alors…

— Oui. Oh, tu sais que Louis dort dans notre lit, ai-je lâché soudain, prête à tout pour changer de sujet. Je sais que ce n'est pas raisonnable, mais je n'ai plus la force de me battre. Je n'essaie même plus.

— Je comprends, chez moi aussi, il dort dans mon lit, m'a-t-il avoué avec un petit sourire.

Nous avons rigolé et ce moment de complicité nous a presque surpris.

— Tu me manques, a soudain déclaré Jeremy en attrapant ma main posée sur la table.

J'ai laissé échapper un soupir, sans retirer ma main.

— Je sais que tu n'étais pas heureuse ces derniers temps et j'accepte ma part de responsabilité. Tout reposait sur tes épaules, je comprends que tu aies craqué, a-t-il admis avec sérieux. Le fait de m'occuper des enfants les week-ends m'a fait prendre conscience de la quantité de travail que tu dois fournir, quand tu rentres à la maison après tes journées au bureau. J'ai changé. Ça pourrait être différent si on recommençait.

Comment le croire ? Il m'avait déjà promis de faire des efforts et nous étions toujours revenus au point initial. Et puis… et puis il y avait David. Incapable de lui répondre quoi que ce soit, j'ai baissé les yeux vers nos doigts enlacés.

— Je voulais t'annoncer quelque chose, a-t-il poursuivi après un silence gênant. Je n'ai pas été nommé associé, alors j'ai démissionné. J'en ai marre de sacrifier ma vie de famille pour cette boîte sans être récompensé.

J'ai levé la tête vers lui, stupéfaite.

— Quoi ? Tu as démissionné ?! Mais… pour faire quoi d'autre ?

— J'ai plusieurs options devant moi, mais je prends mon temps pour décider. Je cherche un boulot moins exigeant, moins stressant qui me permettra d'être plus souvent à la maison et de m'occuper des enfants, a-t-il déclaré, d'une voix ferme, le regard plein d'espoir.

— Mais qui êtes-vous et qu'avez-vous fait de mon mari ? ai-je plaisanté. Et où étiez-vous lorsque votre femme a pété les plombs ?

— J'étais au bureau, a-t-il répondu tristement les yeux baissés.

J'ai laissé volontairement le silence s'installer, puis il a repris :

— Quand je n'ai pas été nommé associé, j'ai eu l'impression qu'un pan supplémentaire de ma vie s'écroulait.

Cette allusion claire à notre séparation m'a fait de la peine. Imaginer Jeremy traverser cette période seul… comme moi j'avais dû traverser la nomination d'Anthony sans son appui. Cette fois, j'étais sûre qu'il avait compris combien je m'étais sentie délaissée. Sans hésiter, j'ai serré sa main dans la mienne. Il a soupiré, puis m'a souri faiblement.

— C'est moi qui veux démissionner, mais c'est toi qui le fais. Tu ne vas pas ouvrir un site de stickers muraux j'espère ?

Nous avons rigolé.

— Tu sais, c'est un mal pour un bien. Ça va me permettre de reprendre mon rôle de père, a-t-il ajouté en haussant les épaules. D'ailleurs, il faudra qu'on emmène Lucas chez un pédopsychiatre.

Un « Je te l'avais bien dit » menaçait de sortir, mais j'ai réussi à le contenir. J'ai bien fait, car Jeremy, comme un joueur de poker abattrait sa carte maîtresse, a posé sur la table la carte de visite d'un certain Dr Hubert, pédopsychiatre, spécialiste dans les troubles du comportement.

— J'aimerais revenir à la maison. Je t'aime. Je reconnais que j'ai merdé, qu'on a merdé. Mais je voudrais qu'on réessaie, a-t-il plaidé.

Mon cœur s'est aussitôt emballé. Il attendait une réponse que j'étais incapable de fournir. Il semblait vraiment avoir changé. Notre séparation lui avait fait comprendre le poids qui pesait en permanence sur mes épaules et les difficultés que je rencontrais à élever nos enfants sans son soutien. Mais comment savoir si je serais heureuse cette fois-ci ? Il faudrait que je me sépare définitivement de David, et ça lui briserait le cœur. Il avait déjà suffisamment souffert entre sa mère qui l'avait abandonné, et son père qui ne l'avait jamais vraiment aimé. Et les enfants avaient l'air d'avoir accepté la situation. Ils allaient chez Jeremy avec plaisir le samedi. Pourquoi tout chambouler ? J'avais enfin retrouvé un certain équilibre, entre la course, le site de vente d'autocollants qui se développait doucement. J'étais plus patiente avec les garçons, on lisait, on jouait, et comme ma mère me secondait, je n'étais plus débordée tout le temps. Et puis avais-je envie de renoncer à mes moments volés avec David ? Ces moments où je me sentais vivre, où je me sentais jeune, belle et sexy. Ces moments où j'existais, non plus en tant qu'épouse ou mère, mais en tant que femme. Pourrais-je ainsi vibrer dans les bras de Jeremy ou bien l'intensité de nos échanges avec David reposait-elle sur le fait qu'ils étaient interdits ?

Nos sushis sont arrivés et nous avons mangé silencieusement.

Quelle est ta vision d'une vie familiale idéale ?

Je n'avais jamais eu pour ambition de prendre un amant ou de divorcer. Lorsque je m'étais mariée, c'était avec la conviction de finir ma vie auprès de Jeremy, entourée de nos enfants et de nos petits-enfants.

— Je voudrais qu'on soit heureux et épanouis ensemble, ai-je finalement admis, qu'on s'épaule, qu'on rie, qu'on fasse l'amour, qu'on se manque quand on est loin l'un de l'autre et qu'on se donne du mal pour se faire plaisir…

Tout ce que nous avions échoué à faire déjà une fois. J'ai regardé Jeremy en me sentant triste et vaincue d'avance, comme si je décrivais un rêve inaccessible. Lui au contraire s'est animé.

— Lisa, tu nous décris au début de notre mariage ! Nous avons laissé dépérir notre relation amoureuse au profit de notre vie professionnelle et familiale, mais ce n'est pas forcément perdu, on peut redevenir ce couple.

J'étais émue par son enthousiasme, mais mon scepticisme a pris le dessus et je n'ai pas pu m'empêcher de me renfermer. Jeremy, visiblement accablé par ma réaction, a changé de sujet et nous avons terminé le repas en terrain neutre : les enfants, l'école, leurs activités et la logistique qui s'y rapportait.

— J'aimerais bien qu'on se revoie, rien que nous deux, a-t-il insisté, alors qu'on se tenait l'un en face de l'autre devant le restaurant, après le dîner.

Il s'était mis à pleuvoir. Une pluie fine de début de printemps accompagnée d'un vent frais. Le scooter d'un livreur était stationné sur le trottoir, la clef sur le contacteur. Mon blouson, que j'avais choisi uniquement parce qu'il affinait ma silhouette, laissait passer le froid. Jeremy et moi nous faisions face, sans savoir quelle attitude adopter. Nous étions encore mariés… et nous avions quatre enfants.

— D'accord, ai-je lâché.

Il a souri et nous nous sommes fait la bise.

Des images de notre rencontre ont peuplé mon esprit lors de mon retour chez moi. C'était dans les montagnes du Népal. David m'avait persuadée de l'accompagner, mais une fois sur place il avait été plus intéressé par une touriste australienne que par moi. J'étais restée paralysée de peur sur un pont suspendu et

Jeremy, que je ne connaissais pas à ce moment, m'avait calmée avant de m'aider patiemment à traverser. Nous nous étions ensuite retrouvés à divers endroits sur le chemin vers Everest Base Camp et nous avions fini par échanger nos coordonnées. Il habitait alors Paris, où il effectuait un programme d'échange universitaire.

Ce souvenir m'a aussi rappelé que j'étais toujours sans nouvelles de David. J'ai tenté encore une fois de le joindre, sans succès. Une question a brutalement fait irruption dans mon esprit tourmenté : Jeremy venait de me prouver qu'il avait changé, mais David… Avait-il changé ? Allait-il m'abandonner une nouvelle fois ou était-il en train de revenir sur ses pas pour m'aider à traverser ce foutu pont ?

Heureusement, Alex m'a appelée, me libérant de mes réflexions.

— Devine ! a-t-elle immédiatement demandé lorsque j'ai décroché le combiné.

— Alex, je déteste le jeu des devinettes, ai-je répondu, fatiguée et bouleversée par ma soirée.

— On vient de faire notre première vente ! s'est-elle écriée. Bon, c'étaient seulement 48 euros, mais tu te rends compte ? C'est génial ! D'autant que nous n'avons pas encore commencé nos campagnes de publicité. C'est du trafic organique, tu vois ?

Elle s'est mise à chantonner « Oh yeah oh yeah ». Je pouvais l'imaginer en train de se trémousser en une petite danse de victoire et son enthousiasme a fini par me gagner. Tout ce qui touchait à nos stickers muraux m'emplissait de joie. D'une part parce qu'il s'agissait de mes créations et d'autre part parce que c'était fait en collaboration avec Alex.

— Je voulais te demander aussi si ça ne te dérange pas que ma fille Jade nous aide un peu ? Gratuitement bien entendu, a-t-elle poursuivi, d'un ton plus posé. Elle a besoin de faire un stage pour valider son diplôme, et elle comprend beaucoup mieux que moi le fonctionnement des réseaux sociaux.

— Non, au contraire, c'est une super-idée, me suis-je empressée d'accepter.

Une fois chez moi, alors que je me démaquillais dans la salle de bains, j'ai reçu un message. Enfin David me répondait ! Je me suis précipitée vers mon téléphone, espérant qu'il me rassurerait sur son état.

Merci pour cette soirée. Tu es resplendissante. À très bientôt.

J'ai rougi, portant une main à mes lèvres. Si Jeremy avait décidé de me reconquérir, il s'y prenait bien.

33

Dès que je suis arrivée au travail, Anthony m'a convoquée et, persuadée qu'il répondait enfin à ma demande d'entretien, je me suis rendue sans attendre dans son bureau. Il m'y a reçue assis, sans m'inviter à faire de même. Qu'à cela ne tienne, j'ai pris place sur le fauteuil qui lui faisait face, bien décidée à défendre mon cas.

— Tiens, c'est pour toi, a-t-il lancé avec désinvolture, en me tendant une enveloppe cachetée, portant le logo de la société.

— C'est quoi ? ai-je demandé, curieuse.

— C'est ta lettre de convocation à ton entretien préalable à un licenciement, a-t-il simplement répondu, guettant une réaction sur mon visage.

Le rebord de ses lèvres était légèrement relevé. Était-ce une ébauche de sourire ?

— Tu me vires ?

J'ai automatiquement froncé les sourcils, mimique que je répétais trop souvent et qui allait bientôt me coûter une injection de Botox sur la ride du lion.

— Tu connais mieux la procédure que moi, a-t-il esquivé. Je ne peux pas te licencier avant d'avoir entendu tes arguments.

— Mes arguments ?!

C'est moi qui avais des remarques à lui faire concernant son comportement, l'heure tardive de ses courriels, l'empiètement de mes compétences !

— Lisa, la date et l'heure de l'entretien sont notifiées dans la convocation. Nous nous verrons à ce moment-là, a-t-il tranché. Tu veux bien signer ici pour que je puisse me remettre au travail ?

J'avais envie de le tuer. Il prenait plaisir à m'humilier encore et encore. Que pouvais-je faire ?

— J'aimerais que tu m'énonces d'abord les causes du licenciement, ai-je rétorqué.

— Je ne suis pas obligé de le faire, m'a-t-il rappelé.

Visiblement, il m'avait convoquée pour le plaisir de m'humilier une fois de plus en me remettant lui-même ce courrier. J'ai signé rageusement et me suis relevée, la lettre à la main, furieuse.

— Bonne journée, a-t-il lancé alors que j'avais déjà atteint la porte.

J'étais sonnée. Je suis descendue sur le parvis de la Défense m'acheter un pain au chocolat avant de lire ma lettre. Ce n'était pas la meilleure façon d'évacuer mon stress, mais c'était la méthode la plus rapide et j'avais besoin d'air. J'étais sur le point de me faire renvoyer et je ne savais pas pourquoi, puisque rien n'était mentionné dans le courrier froid et sans âme qu'avait dû rédiger la secrétaire d'Anthony. Ou la mienne ! Il faudrait que je négocie des indemnités. Pourrais-je me permettre de ne pas travailler jusqu'à ce que Lisalex soit assez profitable et qu'on puisse se payer un salaire décent ? Repensant à ses confidences trois jours plus tôt, j'ai appelé Jeremy, sachant qu'il serait le mieux placé pour comprendre ce que je ressentais à cet instant. Il a immédiatement décroché.

— Lisa, tout va bien ? Les enfants ont un problème ?

— Jeremy, je vais me faire virer, lui ai-je dit précipitamment.

— Oh… je suis désolé… Mais que s'est-il passé ? Pour quelles raisons ?

— Aucune idée, aucun motif n'est annoncé.

— On va surmonter ça ensemble. De toute façon tu voulais partir, m'a-t-il rappelé. Vois ça comme une opportunité, comme un nouveau départ !

Je croyais entendre Carla, ce qui m'aurait amusée si je n'étais pas si stressée.

Ce renvoi est une opportunité, un nouveau départ dans ta vie. Ce renvoi est une opportunité, un nouveau départ dans ta vie.

— Tu sais ce qu'on va faire ? a-t-il poursuivi, je vais venir à la maison tout à l'heure et les enfants et moi on va préparer un bon dîner pendant que tu te relaxes dans un bain. Qu'en dis-tu ?

Son attention me touchait. Je pouvais enfin compter sur lui, me confier. Il redevenait l'épaule sur laquelle m'appuyer.

— Ma mère aura certainement déjà préparé à dîner, ai-je répondu, mais j'apprécie l'intention. Ça me fera plaisir que tu manges avec nous et qu'on s'assied tranquillement dans le salon avec un verre de vin quand les enfants seront couchés.

— Ça me fera plaisir aussi. Ça va aller, Lisa, promis.

— Je dois y retourner. À ce soir, ai-je dit avant de raccrocher.

Je suis retournée au bureau, un peu calmée, mais je ne savais pas comment me comporter avec mes collègues. Qui était au courant ? Je n'avais rien à me reprocher donc rien dont je pouvais avoir honte. Alors je me suis mise au travail.

En milieu de journée David a enfin répondu à mon appel.

— J'étais inquiète ! me suis-je immédiatement exclamée.

— J'ai été occupé par le boulot. J'ai conclu un marché énorme, on pourrait fêter ça, non ?

Pendant que je le pensais au trente-sixième dessous, il travaillait et signait des contrats ? Sans prendre une minute pour m'envoyer un texto ? Cette situation avait pour moi un goût de déjà-vu.

— Il faut qu'on parle. Tu seras chez toi d'ici une heure ? Je peux passer ?

— Il faut qu'on parle ? a-t-il répété. Je n'aime pas cette phrase, mais viens quand tu veux, oui.

J'ai quitté le bureau plus tôt que d'habitude, sans aucun sentiment de culpabilité pour une fois.

Ma décision était prise : il fallait que je mette fin à ma relation avec David pour donner une chance à mon couple et ma famille. Le comportement de Jeremy récemment me poussait à croire qu'il avait compris la raison de mon mal-être et qu'il ne laisserait plus une telle situation se reproduire. J'avais espoir d'être heureuse avec lui. Je ne pouvais pas ignorer cette occasion d'avoir enfin un allié à mes côtés, un soutien, quelqu'un avec qui partager mes joies et mes peines. Et cet allié, c'était mon mari, le père de mes enfants.

Lorsque je suis arrivée chez David, il m'attendait sur le pas de la porte, pieds nus, jean un peu trop long, chemise ouverte, portable sur l'oreille, cheveux ébouriffés, beau, très beau. Il a mis fin immédiatement à sa conversation et m'a serrée longuement contre lui. Pas de baisers langoureux, il semblait avoir deviné la raison de ma visite. Il m'a menée sur la terrasse d'où il travaillait. Son ordinateur était ouvert sur la table couverte de papiers retenus par de grosses pierres pour les empêcher de s'envoler.

Nous nous sommes assis, et il m'a proposé un verre de vin que j'ai refusé.

— Je t'écoute, a-t-il lancé, un demi-sourire sur les lèvres.

— Il faut qu'on arrête de se voir, lui ai-je répondu, la gorge serrée. Je veux redonner une chance à mon couple, je le dois à mes enfants.

Son sourire a vacillé.

— Tu le dois à tes enfants ? Mais à toi, à nous, tu ne dois rien ?

— Mes enfants seront toujours ma priorité. Tu dois me comprendre.

— Seras-tu heureuse ? a-t-il demandé, l'air grave. C'est ma seule préoccupation. Si tu penses que tu le seras, alors *go for it*. Mais je n'y crois pas. Je sais que nous sommes faits l'un pour l'autre et je suis prêt à attendre encore quinze ans s'il le faut.

Il me fixait de ses yeux tristes que son sourire charmeur contredisait. J'aurais voulu replacer sa boucle rebelle, mais je craignais qu'un mouvement en entraîne un autre, puis un autre. Des notifications en provenance de son ordinateur ponctuaient le silence. Le soleil s'était presque couché et l'éventail des couleurs autour de l'Arc de triomphe incendiait de rouge le bleu du ciel. Il fallait que je m'en aille avant que je change d'avis. Je me suis levée et j'ai demandé à David de me raccompagner.

En passant devant mon dessin, j'ai silencieusement fait mes adieux au jeune couple amoureux qui se regardait les yeux dans les yeux.

Devant la porte, David m'a pris la main.

— Je voudrais que tu saches que je t'ai toujours aimée et que je t'aimerai toujours. Je respecte ta décision. Non, j'admire ta décision de préserver ta famille. Mais nous sommes faits l'un pour l'autre et je t'attendrai le temps qu'il faut pour que tu t'en rendes compte.

Il m'a embrassé le cou, tendrement, ses baisers remontant vers l'oreille. Ses mains caressaient mes cheveux. Je sentais une chaleur envahir mon corps, mon cœur battre plus rapidement. Je me suis éloignée de lui, précipitamment.

— Au revoir, David, ai-je lancé avant d'ouvrir la porte et de m'enfuir.

À l'abri dans l'ascenseur, mon pouls s'est calmé. *C'est la bonne décision. Ton défi maintenant, c'est de vivre avec Jeremy des moments aussi intenses que ceux que tu as vécus avec David. C'est possible.*

Dans la voiture j'ai écouté de la musique acoustique, j'avais besoin de calme. J'ai concentré mon attention sur la voix des chanteurs, sur les différents instruments, sur les paroles, les mélodies. Le brouhaha dans ma tête a diminué, les *David me manque déjà* et les *Je vais reconstruire ma famille* se faisaient moins sonores.

Lorsque je suis arrivée à la maison, les garçons étaient dans la cuisine avec ma mère et Jeremy. Louis et Lucas se sont précipités vers moi, lavés et en pyjama. J'ai embrassé tout le monde et me suis assise à table avec eux. Ma mère a filé pour aller jouer au bridge.

Les enfants se disputaient peu, ces dernières semaines, ou c'est moi qui le remarquais moins, quoi qu'il en soit l'atmosphère était détendue.

— Comment fait-on entrer un éléphant dans un frigidaire en trois mouvements ? a demandé Jeremy.

Les garçons ont immédiatement donné leur langue au chat.

— On ouvre la porte du frigidaire, on pousse l'éléphant, et on ferme la porte du frigidaire. Et comment fait-on pour faire entrer une girafe dans un frigidaire en quatre mouvements ?

Après quelques réponses incorrectes, Jeremy a donné la réponse :

— On ouvre la porte du frigidaire, on fait sortir l'éléphant, on y met la girafe et on referme la porte.

Tout le monde s'est esclaffé, moi compris.

Nous avons couché les enfants et nous nous sommes installés dans le salon. Jeremy portait un jean noir au lieu de son costume habituel, il avait l'air plus détendu. Ça lui allait bien de ne pas travailler.

— En fait, on va se retrouver tous les deux au chômage, ai-je lancé, d'un ton faussement léger.

Je savais que Jeremy ne rencontrerait aucune difficulté à trouver un emploi. Mon avenir, en revanche, était moins clair.

— Qu'est-ce que je vais faire, Jeremy ? me suis-je lamentée. Je pourrais certainement décrocher un poste en tant que DRH, mais je n'en ai plus envie. Je me suis mise à rêver depuis que je bosse avec Alex. Je veux dessiner, créer, avoir mes propres produits. Hier, elle m'a annoncé qu'on avait fait notre première vente sur le site, j'étais si contente ! Mais je ne sais pas quand ni même si on va réussir. Il faudrait qu'on vende de grandes quantités d'autocollants pour que ce soit rentable, ou bien s'adresser à des professionnels. Alex est en contact avec des restaurateurs et des hôteliers, mais rien n'est signé.

— Ça va marcher, j'ai confiance en toi, m'a rassurée Jeremy. Et on peut se le permettre financièrement. On est une équipe, n'oublie pas.

Ma mère m'avait asséné toute mon enfance que je devais m'assumer seule et ne jamais dépendre d'un homme, alors je refusais de laisser Jeremy m'entretenir, même pendant une durée limitée. De plus, je n'osais pas le lui dire, mais je ne pouvais m'empêcher de craindre que notre couple ne puisse pas tenir le choc. Soudain, Jeremy a tendu sa main vers moi et, après une courte hésitation, je l'ai saisie. Nous sommes restés un moment à nous regarder, il caressait ma main.

Son téléphone a vibré sur la table.

— Je vais éteindre ça, a-t-il dit en s'exécutant aussitôt.

Ma tête reposait sur le sofa, j'ai fermé les yeux quelques instants. Une musique bruyante a retenti dans la pièce. J'ai rouvert les yeux, surprise. Jeremy regardait une vidéo sur son portable, l'air intrigué, puis il a ouvert la bouche et m'a dévisagée, horrifié.

— Lisa, a-t-il crié, c'est toi ?! C'est toi !

Il m'a tendu le téléphone pour que je regarde à mon tour, le ventre noué par l'appréhension.

J'ai appuyé sur le bouton pour relancer la vidéo : un couple dans une cabine de toilettes. De la musique forte. L'homme est assis, la femme sur lui. Elle lui fait face. Sa jupe plissée bleu marine les dissimule, mais leurs mouvements ne laissent aucun doute.

J'ai senti mon cœur accélérer, les gouttes de transpiration dans ma nuque. On ne voyait pas les traits des amants, la vidéo avait été prise de hauteur, ça aurait pu être n'importe qui. Puis la femme a basculé la tête en arrière. L'écran du téléphone de mon mari affichait mon visage en transe.

J'ai couru vomir aux toilettes. Je me suis aspergé le visage, j'ai rincé ma bouche et je suis sortie affronter Jeremy. Il n'avait pas bougé du canapé. La musique de la vidéo indiquait qu'il la regardait en boucle.

— Éteins ça s'il te plaît, ai-je chuchoté, sans force.

Jeremy a reposé son téléphone sur la table basse et il a pris sa tête dans ses mains. Il pleurait. Qui lui avait envoyé cette vidéo ? Qui d'autre l'avait visionnée ?

Je me suis emparée de son portable et j'ai tenté en vain de reconnaître le numéro de l'expéditeur. Je l'ai enregistré dans la mémoire de mon téléphone et j'ai effacé le message. Nous sommes restés silencieux, jusqu'à ce que Jeremy me demande :

— C'était quand ?

— Un peu avant notre séparation, ai-je avoué, trop bouleversée pour mentir.

Mon mari vient de regarder une vidéo de moi en train de faire l'amour dans les toilettes d'une boîte de nuit. On entendait le piano des voisins du dessus, mais rien n'avait plus aucune importance.

Comme Jeremy ne parlait toujours pas, mon esprit s'est emballé. *L'expéditeur va me faire chanter. Il va diffuser la sextape sur le Net, nos amis vont la voir, mes enfants vont la voir, les parents des amis de nos enfants vont la voir. Mon père. Oh mon Dieu. Chut. Tais-toi, respire. Pas la peine de se faire des films. Et si Anthony l'avait vue ? Peut-être que c'est pour ça qu'il me vire ? Si Anthony l'a vue, tout Miniprice l'a vue.*

Je n'arrivais pas à me calmer. Des images de mes enfants en état de choc faisaient irruption dans mon esprit, mes collègues me pointant du doigt et rigolant férocement, mon père qui m'appelait, dégoûté, pour m'annoncer que ses employés avaient vu sa fille baiser dans les toilettes d'une boîte de nuit.

Je suis retournée vomir.

— Jeremy, parle-moi s'il te plaît, ai-je imploré en revenant.

— Qu'est-ce que tu veux que je dise ? Je ferme les yeux et je te vois, le visage transi, dans les bras de ton amant.

Il s'enflammait, son ton de voix s'est durci.

— Qu'est-ce que tu veux que je dise ? a-t-il répété agressivement. Comment veux-tu que je te pardonne ?! Je savais que tu m'avais trompé, mais ce n'était pas concret. Maintenant je l'ai vu, je t'ai vue !

Il hurlait carrément. Il s'était levé et déambulait dans le salon.

— Jeremy, s'il te plaît, parle moins fort, les enfants vont se réveiller, ai-je supplié.

Il s'est arrêté de parler, de marcher, de bouger. Il est resté dans la salle à manger attenante au salon. J'étais debout à quelques mètres de lui. Je n'osais m'approcher, de crainte qu'il ne se remette à crier. Son visage était figé dans une grimace de détresse. Puis il a semblé se souvenir de quelque chose :

— Tu l'as revu depuis qu'on s'est séparés ? a-t-il demandé d'un ton calme.

Devant mon silence, il a insisté.

— Lisa, réponds-moi s'il te plaît, dis-moi la vérité, a-t-il supplié.

— Oui, ai-je avoué la tête baissée pour éviter son regard.

— Lisa, a-t-il gémi, Lisa, je t'avais posé une condition, c'était que tu ne le revoies plus.

— Mais je ne savais pas si on allait se remettre ensemble ou divorcer ! me suis-je écriée. Je ne t'ai pas demandé si tu étais avec quelqu'un depuis que tu as quitté la maison, moi ! Tout ce qui compte, c'est qu'on a décidé de donner une vraie chance à notre couple aujourd'hui ! Qu'on tire les leçons de notre échec et qu'on redevienne heureux !

Après un long silence, il a pris son portable, attrapé ses clefs de voiture et s'est dirigé vers la porte d'entrée.

— Je veux qu'on divorce, a-t-il annoncé, avant de quitter l'appartement.

Assommée par ce qui venait de se passer, je me suis allongée sur le canapé pour essayer de dormir, en vain. Les images de la vidéo tournaient dans ma tête. *Quelle honte ! Tu t'es comportée comme une jeune nympho sans responsabilité ni cervelle. Tu as ruiné la vie de tes enfants. Ils ne voudront plus jamais te parler lorsqu'ils auront découvert l'existence de cette vidéo.*

Malgré l'heure tardive, désemparée, j'ai appelé David.

— Lisa, tout va bien ?

Il semblait inquiet.

— Non. Je pensais que tu avais détruit la vidéo qui avait été prise de nous dans les toilettes, ai-je gémi en pleurant.

— Bien sûr que je l'ai effacée ! s'est-il écrié.

— Mais quelqu'un l'a envoyée à Jeremy ! ai-je sangloté. Et je ne sais pas qui d'autre l'a visionnée. J'ai tellement peur qu'elle ait été diffusée sur le Net.

— Oh mon Dieu, Lisa… Le type qui nous a filmés l'aurait donc envoyée avant que je le chope ?

— Comment est-ce possible que Jeremy l'ait reçue ? ai-je riposté, affolée.

— Je ne sais pas, mais je te promets que je vais m'en occuper. Fais-moi confiance, tout va s'arranger.

Mais rien ne pouvait me calmer. Ma respiration était chaotique, je transpirais alors qu'une brise agitait les rideaux d'une fenêtre laissée entrouverte. J'arpentais le salon et la salle à manger dans l'espoir que le mouvement apaise mon esprit, mais rien n'y faisait. Une douleur au ventre me rappelait en permanence que ma vie risquait de basculer dans l'inconnu.

— Lisa ? Lisa, tu es là ? s'est inquiété David face à mon silence prolongé.

— Hum.

— Lisa, fais-moi confiance. Je vais retrouver l'expéditeur et je vais les anéantir, lui et sa vidéo. Je ne laisserai personne te faire du mal, tu comprends ?

— Mais le mal a déjà été fait. Jeremy m'a quittée pour de bon, ai-je murmuré.

Nous sommes restés silencieux. Je me suis allongée sur le canapé, trop fatiguée mentalement pour me tenir debout, mais trop tendue pour m'endormir. J'ai laissé quelques larmes couler sur mes joues.

— Je suis là pour toi, m'a juré David. Tu n'es pas seule. J'affronterai tout avec toi, tu comprends ? Tu pourras toujours te reposer sur moi.

— Il faut que tu trouves l'expéditeur et que tu nous débarrasses de cette vidéo, ai-je supplié avant de raccrocher.

34

Louis m'a trouvée allongée habillée sur le canapé. J'avais dû m'endormir vers cinq heures du matin. Mon portable était plein de messages de Julie et Alex qui me demandaient pourquoi je ne les avais pas rejointes ce matin pour courir.

— Maman, tu peux me préparer mon bol de choco, s'il te plaît ?

Malgré ma fatigue, je n'ai pas pu m'empêcher de sourire. Il était si poli, mais malheureusement si ponctuel.

— Viens faire un câlin, ai-je quémandé.

Il s'est allongé à côté de moi et je l'ai serré fort dans mes bras. Je serais restée comme ça une heure ou deux, mais Louis voulait son choco. Je me suis levée et j'ai exécuté les tâches qui m'incombaient.

J'ai amené les enfants à l'école comme si de rien n'était alors que j'avais l'impression qu'un ouragan avait ravagé toute ma vie. Je me suis répété en boucle « Tout va bien », jusqu'à ce qu'une phrase du film *La Haine* surgisse dans ma tête : « C'est l'histoire d'un mec qui tombe d'un immeuble de cinquante étages et qui se répète, jusqu'ici tout va bien, jusqu'ici tout va bien. » J'étais en chute libre. J'allais me fracasser. Je le sentais et je ne savais pas comment l'empêcher. J'ai pensé appeler Carla, j'avais besoin de son aide, mais elle m'avait virée, elle aussi avait été claire. J'étais sa pire cliente, avait-elle dit, à juste titre, je le voyais bien maintenant.

Je ne pouvais plus retourner au bureau. D'une part je craignais que la vidéo ait été diffusée au sein de l'entreprise et d'autre part mon corps refusait tout simplement de s'y rendre. Je suis donc allée chez mon médecin qui n'a pas hésité à me signer un arrêt maladie.

— Avec une tension aussi basse que la vôtre j'ai du mal à croire que vous soyez en vie, a-t-il plaisanté.

Après la consultation, je suis rentrée me reposer. David m'a appelée.

— Je sais ce qu'il s'est passé avec la vidéo, a-t-il annoncé sans même dire bonjour.

— Quoi ?

— Elle a été postée sur un site de voyeurisme. Le type qui nous a filmés a certainement eu le temps de le faire, ou il l'a envoyée à quelqu'un avant que je lui prenne son téléphone.

Je suis sortie de mon lit pour marcher dans mon appartement, le portable collé à l'oreille.

— Quel site ? ai-je demandé. Et cela n'explique toujours pas comment Jeremy l'a reçue.

— Une de vos connaissances doit être un abonné. Il t'a reconnue et il a envoyé la vidéo à Jeremy, a supposé David.

Quel cauchemar. Je me suis assise à la table de la cuisine avec un pot de glace et une petite cuillère et j'ai commencé à manger sans attendre que la glace fonde un peu.

— Lisa, tu es toujours là ?

— Tu peux m'envoyer le lien vers le site ? ai-je demandé.

— Si tu y tiens. J'ai dû ouvrir un compte sur quatre sites de voyeurisme français avant de trouver le bon, a-t-il précisé, un rire dans la voix.

— Ça ne me fait pas rire.

— Excuse-moi. Tu veux passer chez moi ? m'a-t-il proposé. Je peux te montrer exactement où la vidéo est hébergée.

— Non, je ne préfère pas, ai-je refusé, trop chamboulée pour quitter mon appartement.

Et si quelqu'un me reconnaît dans la rue ?

Mais arrête, tu n'es pas une star de porno non plus.

Tout en restant en ligne avec moi, il m'a envoyé le nom du site, ainsi que ses codes d'accès et, une fois connectée, j'ai pu retrouver la vidéo. Mon ventre s'est noué. Heureusement, elle n'était pas postée sur la première page, certainement parce qu'elle n'avait pas reçu beaucoup de visites et qu'elle était déjà assez ancienne. *Non, pas de carrière pour toi dans le porno.*

J'étais un peu soulagée.

— Tu peux faire disparaître la vidéo de ce site ? ai-je demandé, sans trop y croire.

— Je peux essayer.

— Merci, merci beaucoup, David.

— Je te l'ai dit, je serai toujours là pour toi, a-t-il répété, avant de raccrocher.

J'ai passé la journée à manger du chocolat et à regarder la télé. Je ne voulais pas sortir. J'étais trop épuisée mentalement pour le faire, et à part un bref message à Julie et Alex prétextant un gros rhume, je n'avais contacté personne. Ma mère s'est étonnée de me trouver là lorsqu'elle est rentrée avec Louis et Lucas. Eux étaient enchantés.

— Maman est un peu malade, ai-je menti.

— Que se passe-t-il ? s'est inquiétée ma mère. Tu as de la fièvre ?

Que pouvais-je lui raconter ?

— Rien de grave. J'ai juste besoin de quelques jours de repos.

Je suis retournée dans ma chambre, et je l'ai laissée en charge des enfants. Elle est venue me voir avant de partir.

— Lisa, que se passe-t-il pour de vrai ?

Elle s'est assise sur le lit auprès de moi, et j'ai pleuré dans ses bras, incapable de lui dire pourquoi. Elle n'a pas insisté, et m'a juste bercée.

— Tu veux que je m'installe chez toi quelques jours ? a-t-elle proposé.

— Oui s'il te plaît, ai-je acquiescé, reconnaissante.

35

La nouvelle de mon futur licenciement avait fait le tour des employés et lorsque je suis arrivée le jour de la convocation à mon entretien, tout le monde m'évitait, gêné, comme si j'étais porteuse d'une maladie contagieuse. Je me sentais mieux après plusieurs jours passés à me reposer, et ma mère qui avait pris soin de moi. Mais j'avais toujours un nœud d'angoisse au ventre.

Je suis entrée dans le bureau d'Anthony. *Mon Dieu, s'il vous plaît faites que ce licenciement n'ait rien à voir avec la vidéo. Je ne pourrai pas le supporter s'il l'a visionnée.*

À peine m'étais-je assise qu'il a immédiatement attaqué.

— Lisa, tu travailles dans une société du nom de Lisalax.

— Lisalex, l'ai-je corrigé instinctivement.

Il a souri.

— Tu ne nies pas donc. Cette société possède un site de commerce en ligne, ce qui constitue une double faute grave de ta part : d'une part il s'agit d'un cumul d'emplois, et d'autre part de concurrence déloyale !

Il se basculait sur son fauteuil de Premier ministre, dos à la vue sur Paris, un stylo dans la main. Sur son bureau, aucun papier, aucune trace de vie, à part son ordinateur et son portable. Il n'avait mentionné ni sextape, ni site porno, j'aurais presque pu me détendre.

— Cumul d'emplois ? C'est une blague ! me suis-je exclamée. J'y passe à peine deux heures par semaine, sur mon temps libre. Il s'agit tout au plus d'un hobby, certainement pas d'un emploi. Quant à l'accusation de concurrence déloyale, elle ne tient pas la route. Nous vendons des autocollants muraux, ce que Miniprice ne commercialise pas.

— Comment savoir si vous n'allez pas commercialiser d'autres produits une fois que vous aurez votre plate-forme ?

— Quelle plate-forme ? me suis-je révoltée. Tout ce que j'ai fait, ce sont quelques dessins. Une amie s'est mis en tête de les vendre sur un site internet sous la forme de stickers muraux. C'est tout. Il n'y a rien dans mon contrat qui m'empêche de créer ou de distribuer des produits.

— Nous vendons chez Miniprice des articles de décoration, par conséquent c'est de la concurrence.

— C'est absurde, ai-je protesté.

— Et tu es cofondatrice de cette société concurrente, a-t-il insisté. D'autre part, le matériel de travail que nous mettons à ta disposition, ordinateur ou adresse mail, ne doit en aucun cas être utilisé à des fins personnelles, et pourtant j'ai la preuve que tu l'as fait.

— Je voudrais voir ces preuves.

Je n'avais plus rien à perdre.

Anthony a pris le téléphone, appuyé sur un bouton et demandé :

— Noémie, s'il vous plaît, envoyez-moi les copies des e-mails personnels que Lisa a expédiés à partir de notre serveur.

Noémie ? Pourquoi ?

Quelques instants plus tard, Anthony a tourné son écran d'ordinateur vers moi et j'ai pu voir deux e-mails adressés à Alex dans lesquels je mentionnais des adresses d'imprimeurs et des devis pour différentes tailles et quantités d'autocollants. Rien d'autre ne figurait sur ces courriers, ni le nom de Lisalex, ni le nom de notre site. Rien. Anthony avait dû fouiller dans chacun de mes e-mails pour y débusquer le moyen de me renvoyer sans frais. Car il s'agissait de cela. Un licenciement pour faute grave impliquait que je n'avais pas droit à des indemnités.

La conversation a pris fin sur un très formel « Je t'informerai de ma décision dans les plus brefs délais » et je suis partie. J'ai un instant envisagé d'aller saluer les collègues avec qui j'avais de bonnes relations, mais personne ne m'avait contactée depuis le jour où j'avais reçu ma lettre de convocation. Si j'en avais eu la force, je serais allée voir Noémie et je lui aurais dit ce que je pensais d'elle, mais j'étais trop écœurée par son comportement, et par les êtres humains en général.

Dans la voiture, avant de démarrer, j'ai pris une profonde inspiration, comme si je manquais d'air, et j'ai répondu à un appel de Jeremy.

— Lisa, je voulais te prévenir que j'ai entamé une procédure de divorce, a-t-il débité à toute vitesse, comme un discours appris par cœur. Je suis désolé, mais je n'arriverai pas à effacer de ma mémoire ces images de toi avec lui. Je vais également demander la garde des enfants, et je compte les emmener aux États-Unis, où je vais retourner m'installer.

— Quoi ?! ai-je crié. Tu n'es pas sérieux !

Je tremblais, mes joues brûlaient, je sentais les larmes se presser dans mes yeux.

— Aucun juge n'acceptera que tu m'enlèves mes enfants, ai-je répliqué outrée.

— Mon avocat pense le contraire, a-t-il rétorqué à voix basse.

Il ne semblait pas furieux, juste très fatigué.

— Jeremy, tu ne peux pas me faire ça, ai-je supplié.

— Lisa, je préfère arrêter cette conversation ici. Tu devrais prendre conseil auprès d'un avocat.

Et il a raccroché. J'ai immédiatement composé son numéro une fois, deux fois, trois fois, mais il n'a pas répondu.

J'étais désespérée. J'avais besoin qu'on me prenne dans les bras, qu'on me rassure, qu'on me dise que tout allait s'arranger. J'ai foncé chez David.

J'ai sonné et il m'a ouvert, étonné de me voir.

— Lisa, qu'est-ce que tu fais là ? Je ne t'attendais pas, m'a-t-il dit en me laissant sur le pas de la porte.

— Tu ne me laisses pas entrer ? ai-je demandé, blessée par sa froideur.

— Si, mais c'est juste que je suis en train de travailler, tu tombes mal, s'est-il expliqué, l'air gêné.

Je l'ai poussé et suis entrée dans son appartement. Il me cachait quelque chose. Quelqu'un peut-être. J'ai traversé le salon et je me suis dirigée vers la terrasse, tout semblait normal. David me suivait.

— Viens dans la cuisine, je te sers un verre, a-t-il proposé.

Mais je ne l'écoutais pas. Personne sur la terrasse. Son ordinateur était ouvert sur la table, où des dossiers étaient éparpillés. Je me suis approchée. Sur l'écran apparaissait le plan d'un des immeubles qu'il construisait à Berlin. Un post-it jaune au milieu des papiers blancs a attiré mon attention. Il comportait l'adresse mail d'Anthony.

— Pourquoi tu as l'adresse mail de mon boss ?! me suis-je exclamée en brandissant la note sous le nez de David.

— Je travaille avec lui, m'a-t-il répondu précipitamment.

— Ça m'étonnerait bien…

— Lisa, calme-toi.

Il a essayé de me prendre dans ses bras, mais je me suis débattue.

— De quoi m'accuses-tu enfin ? a-t-il demandé.

— Je ne sais pas encore, ai-je répliqué en sortant mon portable de ma poche.

J'ai appelé le numéro de l'expéditeur de la vidéo que j'avais gardé en mémoire et soudain j'ai distingué une sonnerie. J'ai couru en direction du bruit, foncé vers la chambre, David sur les talons, ouvert un tiroir pour y trouver un téléphone avec mon numéro qui s'affichait sur l'écran.

— Comment as-tu pu me faire ça ?! ai-je hurlé.

— Lisa, Lisa..., répétait David en essayant de s'approcher de moi.

— C'est ignoble ce que tu as fait ! Tu as brisé mon foyer, tu as brisé ma vie ! C'est pour ça que tu es revenu en France ? Pour m'anéantir ?! lui ai-je demandé, la voix tremblante de rage.

— Mais non enfin, je t'aime, a-t-il affirmé, faisant quelques pas dans ma direction, alors que je reculais. Tu n'es pas heureuse avec ton mari, mais tu ne l'aurais jamais quitté à cause de tes enfants !

— À cause de mes enfants ? Non, « pour » mes enfants. Tu ne comprends donc pas que leur bonheur est plus important que le mien ? Je ne dors plus depuis que j'ai vu cette vidéo. Je me sens comme une merde. Et tu m'as dénoncée à Anthony aussi, hein ? Je vais me faire virer pour faute grave, sans pouvoir recevoir des indemnités et Jeremy me méprise au point de vouloir m'enlever les enfants ! Voilà ce que tu as fait ! Tu voulais que je me retrouve seule, sans ressources, sans enfants, c'est ça ?

Je me suis sentie défaillir. J'avais la nausée, des sueurs. Je me suis retenue au meuble de la télévision pour garder mon équilibre. Il fallait que je parte. J'avais du mal à respirer. J'ai pris une profonde inspiration.

— Tout ce que j'ai fait, c'est par amour ! Je t'aime depuis toujours, a-t-il répété, agressif. Et oui, je suis venu en France pour te récupérer. Tu n'as rien à faire avec cet imbécile. C'est moi que tu aurais dû choisir ! J'étais venu te chercher avant ton mariage et tu m'as ignoré, tu l'as préféré à moi.

Il était hors de lui.

— Et ton ego n'a pas supporté, c'est ça ? ai-je demandé soudain prise de dégoût.

« Ce genre d'homme n'aime personne, à part lui-même », m'avait prévenue ma mère, quand je lui avais présenté David, très vite après l'avoir rencontré. Je lui en avais voulu. Je ne comprenais pas qu'elle ait pu avoir un avis si rapide sur lui qu'elle connaissait à peine. Mais elle savait. Parce que David ressemblait à mon père.

— Pourquoi es-tu revenu maintenant, pourquoi avoir attendu quinze ans ?

— C'est le décès de mon père qui a provoqué en moi un déclic. Je… j'ai réalisé que je devais construire ma vie avant qu'il soit trop tard.

Et moi, j'étais la pièce manquante, comme dans un jeu de construction : l'ancienne fiancée, l'épouse parfaite. Je me suis dirigée vers la porte, j'en avais assez entendu.

— Lisa ! a crié David. Tu crois vraiment que tu pourras t'en sortir toute seule ? Tu n'as plus de boulot, ton mari va te quitter et te prendre tes enfants ! Tu vas te retrouver à la rue et là tu te mordras les doigts de m'avoir repoussé une deuxième fois !

Je me suis enfuie.

36

— Il faut que tu manges, ma chérie, a dit ma mère en entrant dans ma chambre avec un petit déjeuner.

Elle s'était installée chez moi depuis plus d'une semaine, et en revenant de ma visite surprise chez David, trois jours auparavant, je m'étais terrée dans ma chambre, trop abattue pour m'alimenter, ou même communiquer.

— J'ai dit aux enfants que tu étais contagieuse, mais tu leur manques. Ça ne peut plus durer, a-t-elle ajouté en s'asseyant à mes côtés. J'ignore ce qu'il s'est passé, tu ne veux rien dire, mais sache que tu es entourée, que tu es aimée et que beaucoup de personnes souhaitent t'aider. Ton téléphone n'a pas arrêté de sonner. Tu as notamment reçu plusieurs appels d'une certaine Carla, et elle vient de t'envoyer un très beau poème que je vais te lire.

Je n'avais pas la force de m'y opposer.

« *L'être humain est une maison d'hôtes.*
Chaque jour, une nouvelle arrivée.
Une joie, une dépression, une méchanceté,
Une prise de conscience momentanée arrive comme un visiteur inattendu.
Accueille-les et procure-leur de la distraction !

Même s'il s'agit d'une foule de chagrins,
Qui violemment vident ta maison de ses meubles.
Pourtant, traite chaque invité honorablement,
Il pourrait bien faire de la place pour une joie nouvelle.
La pensée sombre, la honte, la malveillance,
Accueille-les à la porte en riant, et invite-les à l'intérieur.
Sois dans la gratitude pour quiconque arrive,
Car chacun a été envoyé comme guide par le plus vaste.[1] »

— Accepter toutes mes émotions, les ressentir sans essayer de les réprimer ou de les juger ? Autrement dit, si je suis triste, je dois pleurer, et si j'ai honte, je dois raconter. Si je suis en colère, je dois crier. Mais serai-je un jour de nouveau heureuse pour pouvoir sauter de joie ?

— Tu devrais appeler cette Carla. Elle t'a également envoyé un très gentil message d'excuse. J'ignore ce qu'elle t'a fait, mais elle en est vraiment désolée, et elle t'apprécie beaucoup. En attendant, ma chérie, je rentre chez moi. Je viens de déposer les enfants à l'école, le dîner est prêt, tu n'auras plus qu'à le réchauffer. Je n'irai pas chercher Lucas et Louis au centre de loisirs. Tu le feras, je sais que tu en es capable.

Elle m'a serrée contre elle et j'ai pleuré.

— C'est bien, ma fille. Pleure, sors tout, m'a-t-elle encouragée en me caressant les cheveux.

Après son départ, j'ai pris une longue douche, j'ai enfilé mes vêtements de sport et je suis sortie courir. J'ai couru jusqu'à épuisement, et à bout de forces, je me suis écroulée dans l'herbe. J'ai pleuré sur ma vie en ruine, la trahison de David et la fin de

1. Rumi, « La Maison d'hôtes ».

mon mariage. J'ai pleuré de peur qu'on m'enlève mes enfants, d'angoisse de me retrouver seule et sans argent, j'ai pleuré ma vie « d'avant », la vie où j'étais mariée, directrice des ressources humaines, maman à plein temps. J'ai pleuré la mort de mon futur, tel que je l'avais imaginé, moi vieillissante aux côtés de Jeremy, de nos enfants, et des enfants de nos enfants.

Puis je suis rentrée, épuisée, mais un peu calmée. J'ai répondu brièvement aux messages qu'on m'avait laissés depuis trois jours. J'ai proposé à Alexandra et Julie, qui s'inquiétaient pour ma santé, de passer après le dîner. Puis j'ai demandé à Amy de m'appeler dans la journée. Pour finir, j'ai contacté Carla. Son message m'avait touchée.

> J'ai cherché à te secouer, mais j'aurais dû m'y prendre autrement. J'espère que tu vas bien et qu'après tout ce temps tu es prête à me pardonner. Moi aussi j'ai été la pire cliente d'un coach à un moment donné de ma vie. Je sais exactement ce que tu ressens.

— Lisa, je suis tellement heureuse que tu m'appelles ! s'est-elle immédiatement écriée en décrochant.

— Carla, je dois te présenter mes excuses. Je t'ai parlé d'une façon abominable alors que tu voulais juste m'aider, ai-je déclaré.

— Non, c'est moi qui ai été très indélicate, a-t-elle répliqué.

Je lui ai tout raconté, tout. Je n'ai cherché ni à minimiser mes fautes ni à me positionner en victime.

— Quelles sont les émotions que tu ressens en ce moment ? a-t-elle demandé.

— D'abord de l'inquiétude. J'ai très peur que Jeremy m'enlève les enfants. Et puis de la honte. Et de la colère, ai-je ajouté après avoir réfléchi.

— OK. Prenons l'inquiétude. Rends-toi compte que tu t'inquiètes pour quelque chose qui pourrait, ou non, avoir lieu dans le futur. Quelle est la probabilité pour que cela arrive ?

— Je ne sais pas à quel point Jeremy est sérieux.

— De toute façon, la probabilité pour qu'un juge te retire la garde des enfants et en plus accepte que ton mari les emmène à l'étranger me semble minime, a-t-elle décrété, rassurante. D'autre part, lorsque tu t'inquiètes, c'est parce que ton esprit s'emballe et que tu te fais des films noirs. Quand ça t'arrive, essaie de revenir à l'instant présent. Où es-tu ? Que se passe-t-il exactement autour de toi. Y a-t-il un danger imminent ? Pratique tes exercices de respiration si tu ne peux pas méditer. Tu comprends ?

— Oui, ai-je répondu attentive.

— Et dernier point au sujet de l'inquiétude, a-t-elle poursuivi. Si tu t'inquiètes, c'est parce que tu aimes tes enfants et que leur bonheur est ta priorité absolue. Ta vie n'aurait tout simplement pas de sens s'ils étaient loin de toi. Ce sont des aspects positifs de ta personnalité, quelque chose dont tu peux être fière. Cette peur, au lieu de te paralyser, elle doit te propulser. Tu vas tout faire pour garder tes enfants, à commencer par trouver le meilleur avocat. Et puis maintenant que tu sais qu'ils te sont peut-être comptés, les moments passés avec tes enfants seront d'autant plus intenses.

Cette dernière phrase m'a secouée. « Les moments avec tes enfants sont peut-être comptés. » J'ai inspiré profondément, comme si une inspiration normale ne m'apportait pas assez d'oxygène. Au moment où je le faisais, je me suis rendu compte que depuis quelques jours j'effectuais ces profondes inspirations régulièrement. Un sujet d'inquiétude à rajouter sur la liste ?

— Est-ce que tu comprends que tu peux observer tes sentiments sous une lumière positive ? a poursuivi Carla.

— Mais que faire de ma honte ? J'ai honte parce que j'ai blessé des gens que j'aime, et ça, je ne sais pas si je pourrai me le pardonner, ai-je avoué.

— Tu as honte parce que tu ne t'es pas comportée en accord avec tes valeurs. Donc tu as des valeurs. C'est positif.

— Donc je peux être fière de ma honte, ai-je plaisanté.

— Elle prouve que tu as une morale, a-t-elle répondu sérieusement. Et tu peux absolument te pardonner, c'est même primordial que tu le fasses. Ça prendra du temps, mais le séminaire te donne des outils pour y arriver.

— Le séminaire… Parfois je me dis que c'est à cause de lui que j'en suis là. Je me suis mise à rêver à une vie meilleure, comme si on pouvait tout avoir. Tu penses qu'on peut tout avoir ? l'ai-je questionnée, sincèrement curieuse.

— Ça dépend uniquement de ta définition de « tout ». Oui, on peut être épanoui dans tous les domaines, personnel, professionnel, familial et social. En revanche, non, on ne peut pas ressusciter les morts ni faire repousser une jambe amputée.

— Je comprends.

— Je vais te lire un poème, j'aimerais que tu l'imprimes. Ça s'appelle la prière de la sérénité, elle est récitée dans les réunions des alcooliques anonymes :

Dieu, donne-nous la grâce d'accepter avec sérénité les choses qui ne peuvent être changées,
le courage de changer celles qui devraient l'être, et la sagesse de les distinguer l'une de l'autre.

— Je la lis souvent, a-t-elle poursuivi, et j'ai aussi deux mantras : « C'est ainsi » et « C'est ainsi pour l'instant ».

— OK…

— Au lieu de ruminer à cause de quelque chose sur quoi je n'ai aucune influence, je me dis « C'est ainsi ». En revanche, quand je fais face à une difficulté temporaire, je me dis « C'est ainsi pour l'instant ».

— Tu as des difficultés, toi ?

— Lisa, tu ne sais pas tout de moi...

— Tu as raison. Je ne sais rien.

— Y a-t-il un autre sujet que tu aimerais aborder ? a-t-elle demandé avec douceur.

— David. Je pensais qu'il m'aimait, mais il est incapable d'aimer, ai-je répliqué.

— S'il en est incapable, pourquoi être en colère contre lui ? Pourquoi lui reprocher quelque chose qu'il ne peut pas faire ?

— Il a envoyé à mon mari une sextape de moi, quand même ! Et je me demande même si ce n'est pas lui qui s'est arrangé pour qu'on soit filmés, ai-je ajouté, soudain prise de soupçons. Il m'a fait renvoyer de mon boulot d'une façon humiliante qui va me laisser sans indemnités !

— Je ne dis pas qu'il ne s'est pas mal comporté, je te demande ce que la colère t'apporte. Et surtout, est-ce que cette colère ne serait pas dirigée contre toi également ?

J'ai réfléchi.

— Si, certainement, sous la forme de la honte. Je suis aussi furieuse contre Jeremy, mais je suppose qu'il veut me faire souffrir comme je l'ai fait souffrir.

— À propos de la colère, j'ai encore une citation formidable. Après, j'arrête, mais c'est juste pour te dire que tu n'es pas seule, d'autres ont vécu ce que tu as vécu et ils ont trouvé des solutions. Alors j'y vais : « La colère, la rancœur et la haine sont des poisons que l'on absorbe en s'attendant à ce qu'ils tuent quelqu'un d'autre. » J'adore, c'est de Sadhguru.

— De qui ?

— De Sadhguru, je te le ferai découvrir, si tu veux. Je dois y aller. Tu es sur le bon chemin.

— Le chemin du bonheur ? Il est plein de cailloux, le chemin du bonheur.

— Plein de cailloux et de crottes de chien, a précisé Carla avant d'éclater de rire.

Moi, j'ai repris le cahier d'exercices et j'ai même regardé la leçon.

Vos délires

« Ce qui trouble les hommes, ce ne sont pas les événements, mais l'idée qu'ils se font des événements. » Épictète
Lorsque vous êtes déprimée, notez et examinez les pensées qui vous obsèdent. Vos raisonnements contiennent-ils une ou plusieurs de ces « distorsions cognitives[1] » ? Notez des exemples.

Tout ou rien :

J'ai tout raté dans ma vie.

Conclusions hâtives (vous lisez dans les pensées des autres ou prévoyez l'avenir) :

Je vais me retrouver à la rue, sans argent, sans enfants.

1. Dr Aaron T. Beck, Dr David D. Burns.

Minimisation/dramatisation :

J'ai foutu ma vie en l'air et je ressemble à un hippopotame.

Fausses obligations (ce qui devrait ou ne devrait pas être) :

Je devrais être sportive, mince, avoir une carrière éblouissante au lieu d'être au chômage.

Étiquetage :

Je suis une mère indigne.

Blâme :

Tout ce qui m'arrive est la faute de David.

Ignorer le positif :

Alex s'intéresse à mes dessins parce qu'elle n'a rien d'autre à faire.

En effectuant cet exercice et en relisant ce que j'avais noté, j'ai compris à quel point j'étais injuste envers moi-même et à quel point ma vision de la réalité était erronée.

D'abord, j'avais tendance à noircir le tableau et ne prêter attention qu'à mes manquements, en mettant de côté mes qualités ou mes réussites. Ensuite, j'avais un discours très négatif envers moi-même. Je n'affirmerais jamais à une amie qu'elle ressemblait à un hippopotame, alors pourquoi me le dire ? Quant à blâmer David ou le séminaire pour la situation dans laquelle je me trouvais, c'était absurde et faux. J'avais pris de mauvaises décisions, j'en subissais les conséquences, mais il fallait que j'apprenne de ces erreurs, et aujourd'hui j'allais agir en fonction de mes valeurs, de mes ambitions, et de la personne que je souhaitais devenir. D'autre part, la conversation avec Carla m'avait donné de l'espoir. J'avais compris que si j'étais déprimée, cet état d'esprit (car c'est un état d'esprit) serait temporaire si je faisais les efforts conscients de contrôler mes pensées et mon dialogue interne.

J'aurais voulu poursuivre les leçons, mais il était l'heure d'aller chercher les jumeaux. Ils m'ont sauté au cou dès qu'ils m'ont vue. J'ai senti leurs bras m'enlacer et leurs cheveux se frotter sur ma joue. J'ai respiré leur odeur et j'ai laissé leurs rires me réconforter.

— T'es belle, maman, m'a complimentée Louis.

Je me suis mise à genoux sur le trottoir devant leur école et j'ai pris un enfant dans chaque bras. Nous sommes restés enlacés. Des larmes ont coulé sur ma joue.

De retour à la maison, nous avons joué dans leur chambre, puis Maxime est rentré et il m'a laissée l'embrasser. Je savais que bientôt je n'en aurais plus le droit, bientôt il serait un ado boutonneux, à l'hygiène douteuse, qui aurait honte de sa mère, alors j'ai profité de cet instant. J'ai essayé de me concentrer sur le moment présent et d'empêcher mes pensées de m'entraîner dans l'avenir, ou dans le passé. Je voulais être ici. Maintenant. Charles est arrivé plus tard et je l'ai également serré longtemps dans mes bras jusqu'à ce qu'il se détache de mon étreinte.

Alors que les petits étaient dans leur bain et que le dîner était prêt, Amy m'a appelée.

— Lisa, tu vas bien ? Jeremy m'a dit que tu n'étais pas en forme depuis plusieurs jours.

— Ça va mieux, merci, ai-je répondu.

— Je voulais te prévenir que mon père est très malade, m'a-t-elle confié doucement. En plus de ses problèmes de cœur, on lui a découvert un cancer de la prostate.

— Mince, Amy, je suis désolée ! Je ne savais pas. Comment tenez-vous le coup ? ai-je demandé.

— Ma mère est en dépression, mais elle est traitée et elle va mieux. En revanche, mon père s'est mis en tête de céder sa société à Jeremy. Il affirme qu'il ne pourra mourir heureux qu'à la condition que son fils reprenne les rênes de son entreprise, l'œuvre de sa vie, a-t-elle soupiré.

— Je comprends maintenant pourquoi ton frère veut retourner aux États-Unis, ai-je soufflé. Mais il menace d'y emmener les enfants. Tu crois qu'il est sérieux ?

— Non, je ne pense pas. Nous n'avons pas du tout évoqué cette possibilité. Il est partagé entre son sens du devoir envers notre père et la famille qu'il a fondée. Mais je ne crois pas qu'il essaiera de t'enlever les garçons. Ce serait absurde et ignoble de sa part et mon frère n'est pas un salaud.

— Non, Jeremy n'est pas un salaud, ai-je répété, en l'espérant de tout mon cœur.

— Entre nous, a poursuivi Amy, je crois qu'il t'aime toujours. Il est juste très blessé.

Nous sommes restées silencieuses, chacune perdue dans ses pensées. Je sentais que ma vie était une fois encore à une intersection et que je ne savais pas quelle direction elle allait prendre, mais j'allais faire en sorte qu'elle aille dans la direction de mon choix. Après un court échange, nous nous sommes promis de nous rappeler bientôt.

En début de soirée, Alexandra et Julie sont passées. Elles avaient amené une bouteille de vin, des amandes, des noix et des fruits. Pas de gâteaux ni biscuits pour nous avant le marathon.

— Je sais que je vous ai un peu abandonnées ces derniers jours, mais j'ai vécu des moments difficiles, ai-je commencé.

J'avais décidé de ne pas leur parler de la sextape, ni de David. C'était trop frais dans ma tête. Un jour peut-être arriverai-je à en rire, mais ce n'était pas encore le moment. Loin de là.

— En deux mots, je me suis fait virer pour faute grave, j'ai été manipulée par quelqu'un que j'aimais, et mon mari menace de m'enlever les enfants pour s'installer avec eux aux États-Unis.

— Merde ! s'est exclamée Julie.

— Quel connard ! a renchéri Alex. Tiens, je t'envoie immédiatement le numéro d'une excellente avocate.

— Merci, je vais en avoir besoin. Je suis restée couchée plusieurs jours, sans réussir à sortir du lit, mais c'est passé, ai-je affirmé avec plus de confiance que je n'en ressentais. Maintenant, je regarde vers l'avenir. Je souhaite absolument reprendre les entraînements et être prête pour le marathon, mais j'avoue que psychologiquement ça me semble un effort insurmontable tant je me sens vidée.

— On est là pour toi, on va t'aider, est intervenue Julie en s'approchant de moi.

Nous étions assises autour de la table de la salle à manger, à picorer dans le bol d'oléagineux. Julie et Alex se sont levées pour m'enlacer.

— Merci, les filles, j'ai de la chance de vous avoir, ai-je reconnu. Mon autre problème, c'est que sans indemnités de licenciement, je vais devoir chercher un emploi dans une entreprise, même si j'aurais préféré me dévouer à Lisalex.

— Mais Lisalex va cartonner, est intervenue Alex. On pourra bientôt se payer un salaire. Les ventes aux particuliers ont commencé, et Jade et moi sommes débordées au bureau.

Je l'ai regardée, pleine d'espoir.

— Je précise que le bureau c'est la table de mon salon et elle est recouverte d'autocollants, a-t-elle rigolé. Et j'ai des pistes pour de gros projets. Mais pour ça, j'ai besoin de toi. Je dois présenter des esquisses au directeur de restauration d'une chaîne d'hôtels. Ils veulent redécorer tous leurs salles de restaurants.

— Je ne sais pas…, ai-je hésité.

— Depuis que je travaille sur ce projet, a-t-elle poursuivi, je me sens revivre. J'apprends des tonnes de choses, dans des domaines qui me passionnent comme le marketing, la vente, l'art, la décoration.

Elle s'était levée et gesticulait.

— Vous vous souvenez de moi avant ? J'avançais sans but, en pensant que ma vie était finie et qu'il fallait que je trouve un mari au plus vite pour me fournir un statut et une raison de vivre. C'est terminé, tout ça. Lance-toi dans ce projet à fond, donne-lui sa chance, Lisa !

Elle me regardait fixement, un peu exaltée, attendant ma réaction.

— Mais je n'ai aucune énergie. Aucune envie, ai-je gémi. Je ne peux pas m'engager auprès de toi, j'ai peur de te décevoir.

— Me décevoir ?

— Si je fais une autre « crise », ai-je expliqué.

— Tu n'as pas fait de crise. Juste une mini-dépression. Ça arrive à tout le monde, a repris Alex. Je suis restée des semaines au lit après mon déménagement au Japon. Ce qui aide, c'est d'être actif, résoudre des problèmes, se sentir utile. Viens travailler chez moi, passe une journée et vois si ça te plaît. On va bien s'éclater, ET on va devenir millionnaires !

Julie et moi avons explosé de rire.

Au moment de nous séparer, Julie m'a fait promettre de me joindre à elles le lendemain matin pour une course de 10 km au Bois.

— Je serai en bas de chez toi à 6 h 30, a-t-elle lancé, sans vraiment me laisser le choix.

— Je ne pense pas, ai-je décliné. Je me sens encore faible et je n'ai pas la force ou l'envie de m'engager.

— Ce n'est pas négociable, s'est interposée Alex. Demain, 6 h 30. C'est exactement de ça que tu as besoin ! Appelle ta petite voisine pour la prévenir !

J'ai souri. Je savais qu'elles avaient raison et je leur étais reconnaissante d'insister de la sorte. Elles m'empêchaient de m'apitoyer sur mon sort et de sombrer dans une déprime plus profonde. Après leur départ, j'ai envoyé un texto à la fille de ma voisine, puis j'ai regardé une leçon du séminaire.

Je suis assez

Nous passons notre temps à admirer des photos retouchées de mannequins et à nous dénigrer, car nous ne tenons pas la comparaison. Pourquoi cet acharnement et ce manque d'empathie envers nous-mêmes ? Nous nous comparons à un idéal auquel nos parents auraient voulu que nous nous conformions, à nos collègues, à des personnalités médiatiques que nous ne connaissons même pas. Ces personnes nous semblent avoir tellement plus de succès que nous, être tellement plus heureuses, alors qu'elles sont peut-être au bord du gouffre. Cette attitude nous est-elle bénéfique ou néfaste ? À force de comparaison, nous sommes amenés à penser que nous ne sommes pas assez. Pas assez intelligents, aimés, beaux, riches... Mais ça suffit. À partir de maintenant, vous prenez conscience que « Vous êtes assez ». Comment y arriver ?

Écrivez sur votre miroir avec un bâton de rouge à lèvres : « Je suis assez.[1] » Puis, à chaque fois que vous passez devant, ou à tout moment de la journée, vous répétez : « Je suis assez. » Parfois, les nombreux obstacles de la vie érodent notre confiance en nous et nous font douter, mais aujourd'hui, vous relevez la tête et vous affirmez haut et clair : Je Suis Assez. Vous n'avez rien à prouver ni à envier à personne.

Je suis assez ? C'est marrant cet exercice.

J'ai pris un bâton de rouge à lèvres (pas le Dior, fallait pas déconner quand même) et j'ai écrit sur le miroir de ma salle de bains :

JE SUIS ASSEZ.

1. Marisa Peer, *I Am Enough: Mark Your Mirror and Change Your Life*, 2018.

37

Ce matin, j'ai réussi à m'extirper de mon lit pour aller courir avec Alex et Julie, malgré mon manque d'entrain. J'ai réfléchi à l'exercice que j'avais fait la veille, le mantra « Je suis assez ». Si j'étais « assez » belle, sportive, en bonne santé, à quoi bon courir ? Alors j'ai compris que je ne courais plus pour perdre du poids. Je courais pour ressentir le bien-être d'après un effort physique, la fierté d'avoir surmonté des difficultés et d'être sortie de ma zone de confort. Et bien entendu, je courais pour retrouver mes amies.

Mais cela n'a pas été facile. J'ai dû me faire violence. Le réveil à 6 h 15 a été rude, et j'ai été tentée de me rendormir comme je le faisais depuis plus d'une semaine. Mais à la place j'ai médité en concentrant toute mon attention sur le mantra « Je suis assez forte ».

Après être rentrée à temps pour emmener les enfants à l'école, je me suis rendue chez Alex pour travailler. Je ne savais pas à quoi m'attendre.

— Lisa, bienvenue chez Lisalex, m'a-t-elle accueillie.

Elle m'a menée jusqu'au salon.

— Tu te souviens de Jade ? Vous vous êtes vues lors du semi-marathon.

— Coucou, a lancé la fille d'Alex avec un sourire.

Elle était penchée sur la table de la salle à manger sur laquelle des dizaines d'autocollants et d'enveloppes de toute taille étaient éparpillés. Elle semblait contrôler ce désordre.

— Viens, Lisa, approche-toi. N'aie pas peur du bordel! s'est-elle écriée. Regarde, de ce côté, ce sont les autocollants qui ont été commandés. Là, à gauche, les bordereaux de livraison, et ici, tu as les enveloppes. Il faut juste mettre les autocollants dans les enveloppes et écrire l'adresse du destinataire.

J'étais heureuse de savoir que ces personnes avaient payé pour avoir, sur leur mur, une de mes créations. Je me suis mise immédiatement à la tâche. Alex s'était assise dans un autre coin de la pièce, devant son ordinateur. Elle gérait nos campagnes marketing digitales.

Pour notre pause-déjeuner, nous sommes sorties toutes les trois manger une salade. Jade m'a fait part de nos projets d'expansion et des magasins qu'elle était en train de créer sur Amazon, eBay et Etsy.

— Tu sais, Lisa, j'adore tes dessins, a-t-elle déclaré.

— Merci, ai-je répondu, particulièrement flattée par ce compliment de la part d'une jeune femme de vingt-trois ans.

— Et on peut adapter ce produit à tellement de marchés, a-t-elle continué. Par exemple, pour décorer les murs du service pédiatrique d'un hôpital, ou la salle de conférence d'une start-up, avec des phrases de motivation du type « La détermination d'aujourd'hui mène au succès de demain », ou même les halls de gares pour qu'ils ne soient pas si déprimants!

Son enthousiasme était communicatif. Sa mère écoutait, fière, et en silence pour une fois. Nous avons parlé de nos coûts, et de la nécessité de débusquer un imprimeur moins cher, de différentes façons de pousser nos acheteurs à laisser des commentaires positifs sur nos produits, et des avantages de Facebook par rapport à Instagram, ou l'inverse, je ne sais plus.

Puis nous sommes retournées dans « nos bureaux ». J'ai travaillé sur la proposition que nous devions faire pour la chaîne d'hôtels. Ils voulaient des décorations murales adaptées à la région dans laquelle se trouvait l'établissement. J'ai mis de la musique dans mes écouteurs, je me suis excusée auprès de Jade et Alex et, pendant plus d'une heure, je me suis sentie flotter, détachée de la réalité, de toute sensation et de la notion de temps. En état de flow. Après avoir terminé une ébauche, je l'ai montrée à mes partenaires, j'ai noté leurs commentaires et je me suis remise au travail. Si je n'avais pas programmé l'alarme de mon téléphone pour 16 h 30, je n'aurais pas émergé à temps pour aller chercher les jumeaux.

Avant de partir, je me suis rendu compte que je m'étais sentie bien, à ma place au milieu de mes dessins, des cigarettes électroniques de Jade et la voix stridente de sa mère. La sensation que j'étais exactement à l'endroit où je devais être. Est-ce ça, le bonheur ? J'ai hésité à leur faire part de mes émotions. Aurais-je l'air ridicule ? Finalement, je me suis contentée de leur lancer « À demain ».

Dans la voiture en chemin vers la garderie, j'ai repensé à David qui m'avait prédit que je ne m'en sortirais pas… Et des images m'ont assaillie. J'ai revécu la scène où je découvrais le portable duquel il avait envoyé la vidéo à Jeremy. La soirée dans la boîte de nuit. Avait-il été l'instigateur de cette vidéo ? David et moi faisant l'amour sur une chaise longue de sa terrasse face à l'Arc de triomphe. David me traitant de minable peureuse à

300 m du sol sur un pont suspendu du Népal. Jeremy me menaçant de m'enlever les enfants. Comme je me sentais sombrer, j'ai appelé l'avocate conseillée par Alexandra pour prendre rendez-vous avec elle. Cela m'a immédiatement donné l'impression de reprendre le contrôle sur mes émotions. Puis, j'ai mis en route une leçon du séminaire.

Les deux sources de bonheur

Il existe plusieurs sources de bonheur réparties en deux catégories : l'une est externe, l'autre interne. Si vous pensez que votre bonheur dépend d'éléments extérieurs qui vous rendront heureuse une fois acquis (de l'argent, une belle voiture, une promotion, un conjoint, des enfants), votre bonheur sera de courte durée, car une fois que vous les aurez obtenus, vous vous habituerez à cette nouvelle situation. C'est le principe de « l'adaptation hédonique.[1] » Alors s'insinue en vous l'idée que vous avez besoin d'autre chose pour être heureuse. S'ensuit une course sans fin vers le prochain objet de votre désir.

C'est exactement ça. J'ai concentré mon attention sur les sources extérieures : enfants, mari, carrière, argent… Et le bien-être qu'elles m'ont apporté s'est érodé à cause du temps, des disputes, de la frustration.

---

1. P. Brickman et D. Campbell, « Hedonic Relativism and Planning the Good Society », *Adaptation-level theory: a symposium*, New York, Academic Press, 1971, p. 287-305.

La source interne de bonheur dépend de votre capacité à apprécier la réalité telle qu'elle est, à trouver de la joie dans des moments presque anodins, et à donner un sens à votre vie (une mission qui légitime votre présence sur terre et contribue au bien-être d'autrui). Pour cultiver cette source, nous vous invitons dans un premier temps à prendre conscience des « instants de joie » que vous vivez et à les noter. Qu'est-ce qu'un instant de joie ? À vous de voir : le rire d'un enfant, un compliment, l'odeur de la rose, une place de parking en bas de chez vous, les chaussures dont vous rêviez en soldes. La liste est infinie et dépend uniquement de vous.

Instants de joie ? Les compliments de Jade sur mon travail, être en état de flow, voir tous les autocollants commandés sur la table ce matin, Louis qui m'a dit que j'étais belle.

Je suis allée chercher les jumeaux. J'ai distribué les croissants en commençant par celui de Louis. Fatale erreur.

— Pourquoi lui en premier ? s'est aussitôt exclamé Lucas.

— Cela n'a pas d'importance, mon chéri, à qui je donne le croissant en premier. Tiens, voilà le tien, ai-je tenté de l'apaiser, en vain.

Une crise a suivi.

— Moi d'abord ! Moi d'abord ! Moi d'abord ! Moi d'abord ! Moi d'abord !

Je suis restée calme. Peut-être parce que j'avais couru et médité le matin même, peut-être parce que travailler avec Alexandra et Jade m'avait mise de bonne humeur, à moins que ce soit parce que nous n'étions pas en retard, que nous n'avions nulle part où aller et qu'il n'y avait personne autour de nous. Je n'ai pas immédiatement pensé qu'il s'agissait d'un caprice. J'ai attendu avant de réagir. Je l'ai regardé hurler « Moi d'abord » et j'ai décelé une vraie détresse sur son visage, comme s'il était victime d'une grande injustice (maman a donné son goûter à Louis en premier donc elle l'aime plus que moi ?) ou bien faisait-il face à une réelle difficulté (c'est trop difficile pour moi d'attendre mon tour).

Je l'ai pris contre moi.

— Tout va bien, mon chéri, maman est là, ai-je murmuré dans son oreille.

— Moi d'abord ! Moi d'abord !

Je l'ai serré plus fort.

— Chut, ai-je chuchoté.

— Moi d'abord ! Moi d'abord !

Les hurlements entrecoupés de pleurs se sont espacés et transformés en gémissements, en complaintes.

— Moi d'abord...

Louis pleurait aussi, mais silencieusement. Il tendait son croissant à son frère qui ne s'en était pas rendu compte.

J'étais à genoux sur le sol, à leur hauteur, indifférente au regard choqué des passants. Je les ai tous deux pris dans mes bras, en continuant de murmurer à l'oreille de Lucas des mots pour l'apaiser.

Il s'est calmé. Je les ai embrassés et je me suis relevée.

— Bravo, mon chéri, tu as réussi à te calmer. Tiens, voilà ton croissant.

— Merci, maman, a-t-il fait en l'attrapant, toute trace de crise oubliée.

Je me suis sentie légère, mon attention portée sur le moment où Lucas s'était calmé et non sur la crise qui avait précédé. Je venais de vivre un grand instant de joie.

Nous avons marché jusqu'au square, et là-bas, nous avons joué à cache-cache, au chat et à la souris, à la marelle, à un -deux-trois soleil. Je les ai même suivis dans les toboggans. Je me suis amusée, vraiment. J'étais présente, mon portable éteint, mes soucis en sourdine, et mes sens en éveil.

De retour à la maison, les jumeaux sont allés dans le bain sans rechigner, ils avaient certainement reçu assez d'attention, et Charles et Maxime, que Jeremy était allé chercher au foot et échecs, sont rentrés quelques instants après nous. Ma mère a appelé.

— Ma chérie, je sais que tu dois être dans la préparation du dîner, s'est-elle excusée, mais je voulais savoir comment tu allais.

J'ai souri, touchée par sa sollicitude.

— Je vais bien, maman, merci. D'ailleurs je me suis mise à travailler à mon propre compte avec Alexandra, et je prie pour que ça marche. Quoi qu'il en soit, mes horaires sont flexibles et je pourrai être avec les enfants en fin de journée, dorénavant. Mais j'espère que tu viendras nous visiter et dîner avec nous de temps à autre.

— Bien entendu, avec plaisir. Demain je vous prépare mes fameux spaghettis à la bolognaise, a-t-elle répondu avant de raccrocher.

Au moment du dîner, alors que je venais de servir de l'omelette (fini les prises de tête pour le repas du soir : je visais maintenant l'efficacité et le gain de temps), Maxime m'a demandé :

— Il te manque, papa ?

Charles, assis à côté, lui a donné un coup de pied sous la table, certainement pour le faire taire, ce qui a entraîné une riposte de la part de Maxime, suivie d'un autre coup de Charles. Je les ai ignorés.

— Tu veux de la salade ? ai-je questionné Lucas.

— Non merci.

Il ne mangeait pas de légumes, mais j'avais décidé de ne pas m'en inquiéter, sans cesser de lui en proposer sous différentes formes.

Lorsque j'ai senti une accalmie chez les grands, j'ai répondu à la question de Maxime.

— Oui, il me manque papa, et notre vie de famille me manque aussi.

Je n'allais pas lui avouer que le Jeremy qui me manquait, ce n'était pas celui de ces dernières années, mais celui de notre rencontre, qui me faisait rire tous les soirs avant de s'endormir et tous les matins au lever. Mon prince, mon sauveur, mon amant, mon meilleur ami. Celui qui riait jusqu'aux larmes quand je faisais mes imitations d'Anthony, qui n'était pas encore mon boss. Celui dans les bras duquel je pleurais après une réflexion désobligeante de mon père. Celui qui amenait Charles bébé à ma mère, alors que je refusais de la voir suite à une remarque anodine mal interprétée par ma dépression post-partum. Celui qui se réveillait les nuits pour m'apporter un verre d'eau et me tenir compagnie quand j'allaitais. Le Jeremy dans le regard duquel je me trouvais belle.

— À moi aussi, il me manque, a répliqué Maxime, tout de suite imité par ses frères.

Je me suis levée pour débarrasser, mais surtout pour qu'ils ne voient pas les larmes dans mes yeux. Je les retiendrai pour l'instant, mais je les laisserai couler plus tard, lorsque je serai seule dans mon lit. J'avais fini de réprimer mes émotions.

— Charles, tu peux aider les jumeaux à se laver les dents et leur lire une histoire le temps que je range la cuisine ? ai-je demandé.

— Oh, pourquoi toujours moi ? a-t-il grommelé.

— Charles, tu peux m'aider à ranger la cuisine, pendant que Maxime va laver les dents des jumeaux et leur lire une histoire ? ai-je répliqué, sûre d'obtenir ce que je voulais.

— Non, c'est bon, j'y vais, a-t-il acquiescé alors que Maxime rangeait déjà les assiettes dans le lave-vaisselle.

Depuis que je les avais mis à contribution, j'avais compris quelles étaient les tâches qu'ils rechignaient le moins à faire, et leur participation au bon fonctionnement de la maison était devenue essentielle.

Une fois au lit, mes pensées m'ont empêchée de m'endormir. J'ai laissé les larmes couler sur mes joues.

Des souvenirs de David et de Jeremy ont envahi ma tête. Je n'aurais pas été infidèle si j'avais été épanouie, mais j'assumais mon entière responsabilité dans cette histoire. David ne me manquait pas. Ce qui me manquait, c'était la sensation de liberté et de joie que je ressentais lorsque j'étais avec lui. Maintenant, j'allais faire l'effort conscient de rechercher ces émotions à l'intérieur de moi et en compagnie de gens qui m'aimaient vraiment.

J'ai fait ma liste de gratitude :

Mes enfants sont en bonne santé.

J'ai un toit au-dessus de ma tête et de quoi subvenir à nos besoins pour l'instant.

Ma mère est devenue ma meilleure amie.

Julie, Alexandra, Amy.

Lisalex, notre site de vente en ligne, nos clients.

Le sport fait dorénavant partie de ma vie.

Comme je n'arrivais toujours pas à m'endormir, j'ai consulté mes messages. Aucun de Jeremy malheureusement, mais celui de Carla m'a fait réfléchir :

> Contrairement à ce qu'a énoncé Descartes, c'est lorsque je ne pense pas que je suis, à savoir que les seuls moments où nous sommes vraiment présents, les moments où « nous sommes » sont ceux où l'on ne pense absolument à rien, où notre esprit est silencieux et nos cinq sens sont en éveil. « Je ne pense pas donc je suis.[1] »

---

1. Eckhart Tolle, *Le Pouvoir du moment présent*, éd. J'ai Lu, 2010.

38

CELA faisait deux mois que je travaillais chez Alex. Nos ventes ne nous permettaient pas encore de nous verser un salaire correct et je devais puiser dans mes économies, mais j'avais des réserves et, surtout, bon espoir que nous décrochions des contrats. Mes rapports avec Jeremy se limitaient au strict nécessaire concernant la logistique autour des enfants. Il avait loué un appartement à côté du nôtre, car John était rentré. Mais au moins, il n'avait plus mentionné son intention d'emmener les garçons aux États-Unis, même si lui avait fait déjà trois voyages là-bas. Amy m'avait rassurée à ce sujet, ainsi que l'avocate avec qui j'avais pris contact. Je ressentais un certain calme.

Ce matin, à peine arrivée chez Alex, elle m'a annoncé une nouvelle qui allait me décevoir :

— Ne le prends pas mal, ce n'est pas la fin du monde, m'a-t-elle prévenue, mais mon pote, le propriétaire des crêperies, ne veut pas de nos fresques.

J'avais passé des dizaines d'heures à peaufiner les dessins, et le résultat m'avait semblé excellent. Ma moue désappointée accompagnée d'un soupir a alerté Alex.

— Ton dessin était époustouflant, c'est juste que son décorateur l'a convaincu que ce serait plus joli d'accrocher des dizaines d'assiettes aux murs. Je lui ai dit que c'était ridicule, mais que faire ? Nos projets vont être refusés, une fois, deux fois, dix fois, et puis on remportera un super-contrat, qui nous permettra d'encaisser les refus passés et futurs.

Je n'ai pas eu le temps de répondre que Julie m'a appelée.

— Lisa, je sais que tu es au travail, mais j'ai besoin d'aide, a-t-elle plaidé, le souffle coupé. Mon mari est en province et je saigne. Je suis enceinte, je ne voulais pas en parler parce que j'avais trop peur que ça me porte la poisse. Ça n'a servi à rien, a-t-elle constaté amèrement. Je suis en train de faire une fausse couche.

Elle s'est mise à pleurer.

— J'arrive, ai-je répondu.

J'ai raccroché et lancé à Alex :

— J'emmène Julie chez le gynéco, elle est en train de faire une fausse couche.

— Merde, je ne savais pas qu'elle était enceinte. Tu veux que je vous accompagne ?

— Non, Jade est en cours aujourd'hui, il faut que quelqu'un s'occupe des commandes, ai-je rétorqué en courant vers la porte.

Julie m'attendait en bas de chez elle, des lunettes noires sur le nez, appropriées en cette fin mai ensoleillée, mais qui avaient pour but de cacher ses yeux rougis, et une tunique au-dessus du pantalon pour dissimuler d'éventuelles fuites. Elle a pris soin de poser une serviette sur le siège avant de s'asseoir.

— Je m'en fous si tu salis ma voiture, tu sais, lui ai-je dit, en l'embrassant.

— Moi pas, a-t-elle répondu en esquissant un pauvre sourire.

Nous avons roulé en direction du cabinet de son gynéco. Elle pleurait, le visage tourné vers la fenêtre.

— Je suis à dix semaines de grossesse. J'ai su que j'étais enceinte peu de temps après le semi-marathon, mais je voulais attendre la première écho avant de l'annoncer.

Elle avait posé sa tête sur l'appuie-tête et fermé les yeux. J'ai respecté son besoin de silence.

Dans la salle d'attente, une fois Julie prise en charge par le médecin, mes souvenirs de jeune maman ont refait surface. Après la naissance de Charles, j'avais découvert que s'occuper d'un nouveau-né était beaucoup plus difficile et moins gratifiant que ce que j'avais espéré. Mon instinct maternel n'avait pas fait son apparition immédiatement. Je ne comprenais pas pourquoi Charles pleurait. On m'avait dit que les bébés avaient plusieurs pleurs, un pour exprimer leur faim, un autre lorsqu'il faut changer leur couche, un quand ils sont fatigués. Mais j'étais incapable de les différencier.

À chaque fois que Charles criait alors qu'il avait mangé, fait son rot, et que sa couche était changée, je paniquais. Je ne comprenais pas qu'il était fatigué et que ce dont il avait besoin, c'était de son lit et d'un peu de calme. Comme je ne pouvais pas supporter d'entendre ses cris, je le mettais au sein pour le faire taire, ou je le promenais dans sa poussette, même au milieu de la nuit, pendant des heures.

Parfois Jeremy ou moi le baladions en voiture juste pour l'endormir. Dès qu'on éteignait le moteur, il se réveillait et se remettait à pleurer. Et moi aussi, je pleurais. Tout le temps. Je pleurais parce que je me sentais incompétente, je pleurais parce que j'étais éreintée, je pleurais parce que j'avais mal aux seins à cause des crevasses, je pleurais de déception de vivre ces moments de jeune maman dans un tel état de tristesse. Puis avec la naissance de Maxime, grand prématuré, ce fut l'angoisse permanente. Est-ce que mon bébé allait s'en sortir, aurait-il des séquelles ? J'ai passé les premiers mois de sa vie à l'hôpital et j'ai négligé Charles. Comme ma mère travaillait à l'époque, ma belle-mère et Amy étaient venues habiter chez nous. Finalement, avec la naissance des jumeaux, je n'ai absolument pas eu le temps d'éprouver la supposée béate félicité d'une jeune maman. Il a fallu mettre en place une organisation familiale efficace et jongler entre les besoins de deux bébés et ceux de leurs deux frères aînés.

Julie est sortie du cabinet du médecin les yeux rougis. Son instinct avait raison, elle était effectivement en train de faire une fausse couche. Le gynécologue lui a donné un médicament pour accélérer le processus. Je l'ai raccompagnée chez elle et je lui ai tenu compagnie jusqu'au retour de son mari.

— Merci d'être restée avec moi tout ce temps, m'a-t-elle dit en me serrant contre elle lorsque Cédric est entré.

— Je suis désolée que tu aies dû passer par ça.

— C'est la vie, c'est comme ça. Je ne peux rien y faire. Au moins je serai en super-forme pour courir le marathon, a-t-elle ajouté, trouvant un aspect positif à sa situation.

— Merci d'avoir été là pour nous, m'a murmuré Cédric.

Alors qu'on se disait au revoir sur le pas de la porte ouverte, un livreur est apparu.

— Des fleurs pour Mme Julie Dumont, de la part de Lisa et Alexandra, a-t-il annoncé d'un ton interrogatif.

— Oui, c'est ici, a répondu Cédric en me souriant et en attrapant le bouquet des mains du coursier.

Je suis retournée travailler.

— Comment va-t-elle ? s'est immédiatement enquise Alex.

— Elle s'en remettra, elle est très forte, ai-je affirmé. Mais c'est vraiment injuste, elle essaie de tomber enceinte depuis tellement longtemps.

Alex a acquiescé de la tête en soupirant.

— Les fleurs que tu lui as envoyées étaient très belles. C'était une délicate attention de ta part.

— C'est le moins qu'on puisse faire, a-t-elle répondu.

Je n'arrivais pas à dessiner. Mon processus de création était têtu, il ne se déclenchait que si ces deux conditions étaient présentes : environnement paisible et esprit calme. Or mes pensées s'agitaient. Julie, sa fausse couche, son désir si fort d'avoir un autre enfant, Jeremy, sa menace d'emmener les nôtres aux États-Unis. Je l'ai appelé.

Il ne répondait qu'occasionnellement, et seulement aux textos qui portaient sur nos enfants et la logistique.

— Jeremy, je suis heureuse que tu décroches, ai-je déclaré sincèrement.

Je me suis éloignée du salon où se trouvait Alex, et me suis installée dans la cuisine.

— On peut parler ? ai-je demandé avec appréhension.

— Oui, a-t-il dit simplement.

Je ne savais plus quoi dire ni pourquoi je l'avais appelé. Mes larmes se sont mises à couler. Je ne pouvais pas articuler un mot et, heureusement, Jeremy ne m'a pas pressée. Je savais qu'il était toujours en ligne, car j'entendais son souffle. Je me suis mouchée, et enfin, j'ai pu parler.

— Tu me manques, ai-je finalement murmuré. Tu nous manques.

Il n'a pas répondu, mais je savais qu'il écoutait.

— On peut se voir ? ai-je demandé.

— D'accord. On peut commander une pizza dimanche, comme on avait l'habitude de le faire, et on pourra discuter lorsque les enfants seront couchés.

— Super, ai-je répondu dans un soupir de soulagement.

Je suis retournée aider Alex à des tâches administratives, puis je suis allée chercher les jumeaux à la garderie. J'ai pris soin de sortir les deux croissants du sachet en même temps et de les offrir à Lucas et Louis simultanément. Enfin, après un arrêt au parc, nous sommes rentrés à la maison où ma mère nous attendait.

Je l'ai prise dans mes bras pour la remercier de sa présence. Elle avait commencé à rapetisser. Au début je ne m'en étais pas rendu compte, mais quand je l'étreignais c'était flagrant. Elle qui avait toujours été de ma taille m'arrivait dorénavant au milieu du front.

— J'ai parlé à Jeremy, m'a-t-elle confié une fois les enfants dans leurs chambres. Vous lui manquez.

— Il t'a dit pourquoi nous nous étions séparés ? ai-je demandé, inquiète.

— Non, et je n'ai pas cherché à savoir. Ce sont vos affaires.

— Je l'ai trompé avec David, ai-je lâché impulsivement, le regrettant aussitôt.

Mes yeux se sont emplis de larmes de honte. J'ai compris que j'avais aussi besoin du pardon de ma mère. Elle m'avait toujours mise en garde contre lui, et je ne l'avais jamais écoutée. Elle m'a serrée contre elle à son tour, sans jugement, avec toute sa bienveillance.

— J'ai été tellement conne, maman, ai-je sangloté.

— Lisa, c'est un manipulateur professionnel. Tu avais peu de chances de t'en sortir une fois qu'il t'avait désignée comme sa proie, a-t-elle chuchoté.

Ses mots m'ont réconfortée. J'étais coupable, certes, mais également victime.

— Papa aussi, c'est un manipulateur professionnel ? ai-je demandé, consciente que ma mère ne l'avait jamais critiqué devant moi.

— Oui, et plus que ça. Ton père a besoin de rabaisser les autres pour se sentir bien. Si les autres sont nuls, il peut être quelqu'un, à ses propres yeux. Tu comprends ?

— Oui, très bien, dis-je lentement. C'est pour ça qu'il déteste me voir réussir ?

— Exactement, ta réussite professionnelle est terrible pour lui. Il se l'approprie et se vante auprès de tout le monde, mais au fond, elle le renvoie à ses failles. S'il te rabaisse, ce n'est pas parce qu'il pense que tu ne vaux rien, au contraire, c'est parce que ton succès est un danger pour lui, alors il essaie de l'amoindrir.

— Tu pleures, maman ? a demandé Louis depuis le couloir.

— Oui, je pleure. Ce n'est pas grave de pleurer. Parfois même ça fait du bien.

Le soir, alors que je me démaquillais, l'inscription « Je suis assez » sur mon miroir m'a fait m'interroger.

Je me suis rendu compte que j'avais toujours essayé de prouver que j'étais « assez » sans y croire vraiment. J'avais investi énormément de temps et d'énergie pour réussir de hautes études de droit et de commerce qui ne me convenaient pas. J'avais épousé l'homme le plus convoité de ma promotion avec la peur qu'il réalise que je n'étais pas assez bien et qu'il me quitte.

D'ailleurs lorsqu'il avait fini par me tromper, cela ne m'avait pas vraiment surprise. Mes pires doutes sur moi-même étaient avérés : je n'étais pas assez bien pour lui. Ce qui m'avait étonnée, c'est qu'il ait souhaité rester marié et qu'il préfère notre famille (Charles, Maxime et moi à l'époque) à la liberté d'être de nouveau célibataire ou en couple avec une jeune et jolie stagiaire. Je pense que j'ai été reconnaissante qu'il accepte de nous reprendre et qu'il décide d'avoir un autre enfant pour ressouder notre mariage. Quelle bêtise ! Un enfant ne ressoude pas un mariage. Un enfant, c'est un tel sacrifice que ça ne peut que briser un couple qui n'est pas assez fort. En admettant que les deux conjoints survivent aux premiers mois et aux nuits blanches, à la fatigue physique et mentale, à l'isolement, à l'anéantissement de toute vie sociale et sexuelle, au jonglage financier, et aux excrétions de toute sorte et couleur issues des différents orifices du corps du bébé, le plus dur reste à venir : l'éducation. Alors quand en plus il s'agit de jumeaux… Non, ils ne pouvaient pas nous souder.

Mais, je suis assez ! Je suis une assez bonne amie, une assez bonne mère, j'ai même été une assez bonne épouse. Je suis une assez bonne dessinatrice également. Même si la fresque pour les crêperies n'a pas été retenue, je la trouve magnifique. Pourtant je ne me suis jamais donné la peine de me féliciter.

D'où venait ce manque d'estime de soi ? Peut-être que lorsque mon père nous avait quittées, je m'étais sentie « pas assez ». Pas assez intelligente, ou gentille, drôle, intéressante, digne d'amour. En tout cas, pas assez pour que mon père reste. Jusqu'à cette conversation avec ma mère, je pensais qu'il avait des raisons concrètes de me critiquer. Je ne comprenais pas qu'il avait besoin de me rabaisser pour pouvoir se sentir supérieur.

À partir d'aujourd'hui, tout ça va changer ! « Je suis assez. » Et je m'aime, aussi. Oui, je m'aime, malgré mon comportement de ces derniers mois. Je m'aime malgré mes faiblesses et mes lacunes, malgré le mal que j'ai causé à mes proches. Je m'aime, car je suis une bonne personne qui cherche à s'améliorer et à devenir une meilleure mère, une meilleure fille, une meilleure amie, et surtout un meilleur être humain.

Une fois couchée, j'ai rempli mes listes de gratitude, de petites victoires et d'instants de joie.

Depuis que je lisais *Découvrir un sens à sa vie* de Viktor Frankl, un survivant d'Auschwitz, ma liste de gratitude s'était considérablement allongée et j'y ajoutais des éléments que je tenais jusqu'à maintenant pour acquis (nous mangeons à notre faim, nous sommes en sécurité, nous dormons dans des lits…). Quant aux instants de joie que j'avais vécus aujourd'hui ?

Conversation avec Jeremy (il accepte qu'on se rencontre).

Nous lui manquons.

Réaction de ma mère quand je lui ai avoué mon infidélité.

Câlins avec les enfants.

39

Déjà ? Si tôt ? Pourquoi ? Voilà les trois pensées qui m'assaillaient habituellement quand j'entendais le réveil sonner les matins où j'étais censée courir. Aujourd'hui, après m'être souvenue que nous devions courir 36 km, la plus longue distance avant le marathon, j'avais sérieusement envisagé de rester sous la couette. Les garçons dormaient chez Jeremy ce dimanche, alors pourquoi ne pas faire de grasse mat' ?

Les sonneries des textos ont commencé à se succéder. J'ai pensé à mes amies que j'allais rejoindre, au jean exagérément cher que j'avais prévu d'acheter le lendemain, comme récompense de la longue course d'aujourd'hui, au marathon qui avait lieu dans six semaines, et surtout à l'exemple que je donnais à mes enfants en relevant ce défi (stupide ?). J'ai pensé à Julie qui avait besoin de mon soutien.

Elle n'avait pas couru depuis sa fausse couche et elle avait hâte de s'y remettre.

Elle m'attendait en bas de chez moi, souriante et de bonne humeur comme à son habitude.

— Tu vas bien ? Tu es sûre que tu peux courir ? ai-je demandé, inquiète.

— Oui, oui. J'ai vu mon médecin, a-t-elle répondu, confiante.

— 36 km quand même…

— 36 km, c'est rien du tout. L'autre jour au bureau, ils ont fait venir une conférencière, une jeune fille, toute menue toute mignonne, qui nous a raconté comment elle faisait des compétitions Iron Man. C'est, de mémoire, 4 km de natation, 180 km de vélo, et ils terminent par un marathon. Ça prend 14 heures en moyenne. Tu imagines ?

Julie s'emballait, elle parlait plus vite, son pas s'était accéléré, ce qui ne m'arrangeait pas, nous n'avions même pas encore commencé à courir.

— La fille nous montre des photos d'elle pendant sa dernière compétition, et là, on se rend compte qu'elle a une prothèse à la jambe. On était tous sous le choc, ça ne se voyait pas avec les vêtements qu'elle portait. La nana nous raconte qu'à 18 ans elle a eu un accident de voiture. Sa mère est morte sur le coup et elle, elle a dû subir plusieurs opérations. Puis les médecins ont dû l'amputer.

— Mon Dieu, quelle tragédie, ai-je répondu le corps parcouru de frissons.

— Oui. Elle a sombré dans la dépression pendant deux ans, et finalement le sport l'a sauvée, a conclu Julie avant de redevenir silencieuse, et de décélérer.

Nous sommes restées perdues dans nos pensées jusqu'à notre arrivée au point de rendez-vous. Alexandra nous y attendait déjà et, après quelques étirements, nous avons commencé notre course. Nous nous sommes vite arrêtées de parler pour préserver nos forces et nous avons mis nos écouteurs dans l'espoir que la musique nous soutienne dans notre effort. Malheureusement, j'avais oublié de préparer une playlist spéciale « énergie » et, malgré tout son talent, Céline Dion n'a pas réussi à me donner des ailes.

Nous avons couru les premiers 10 km sans difficulté, et je m'en suis félicitée. Plusieurs mois auparavant, j'avais pris la décision de devenir sportive, et j'avais persisté, malgré le froid, la pluie, la fatigue ou le désespoir. Je m'étais forcée à me lever les matins où mes yeux refusaient de s'ouvrir et mon corps de bouger. Je m'étais extraite de mon lit tiède alors que tout mon être me suppliait d'y rester encore un peu, juste un peu. Et aujourd'hui je récoltais les fruits de cette persévérance. Je courais dorénavant une heure avec la même facilité que je marchais dix minutes par le passé. J'avais minci, je me sentais forte, physiquement, mais surtout mentalement. Pour passer le temps et détourner mon esprit de la fatigue, je me suis mise à imaginer mon rendez-vous avec Jeremy qui devait avoir lieu le soir. Nous ne nous voyions que rarement, et toujours en coup de vent. Je savais que la santé de son père se détériorait et que Jeremy essayait de trouver un acquéreur pour sa société, ce qui expliquait ses déplacements.

J'avais songé à une solution que j'allais peut-être lui suggérer : que nous emménagions tous aux États-Unis. C'était un sacrifice pour moi, car j'avais retrouvé un équilibre entre Lisalex et les enfants, mes rapports avec ma mère étaient excellents, et je n'avais *a priori* aucune raison de quitter la France. Mais ce nouveau départ nous permettrait peut-être de sauver notre couple et… ce serait aussi une manière pour moi de faire comprendre à Jeremy que, malgré ce que mon infidélité avait pu lui faire penser, notre famille était plus importante que tout le reste à mes yeux. Je n'avais pas peur, je savais que je m'adapterais, et que j'arriverais à être heureuse là-bas.

Après près de quatre heures, nous avons terminé à bout de souffle. Je me suis écroulée par terre, éreintée, mais ravie. Nous nous sommes félicitées et nous sommes rentrées chacune chez soi. C'était la dernière longue course avant le marathon.

Nous avions décidé de fêter cet objectif atteint par une sortie au restaurant dans la semaine, mais ce dimanche, nous avions chacune nos obligations familiales.

Je serais bien restée dormir après ma douche, mais ma belle-mère avait insisté pour que je vienne déjeuner, même sans les garçons, et je n'avais pas eu le cœur de refuser. Je la plaignais depuis que j'avais compris le genre d'homme qu'était mon père. Ça ne devait pas être facile de vivre avec lui.

— Bonjour, papa, ai-je proclamé joyeusement alors qu'il ouvrait la porte.

— Bonjour. Liliane m'a dit que les enfants étaient chez Jeremy, a-t-il grogné.

— Oui.

— Donc vous n'allez pas vous remettre ensemble ? Ma pauvre, à ton âge et avec quatre mioches, je ne sais pas qui voudra de toi.

— Je n'ai besoin de personne, merci, ai-je répondu en souriant.

C'était vrai. Je n'avais besoin de personne. Je venais de courir 36 km et je m'étais lancée en tant que coresponsable d'une société qui me permettrait peut-être de vivre de ma passion. J'avais des amies sincères, une mère qui était aussi une alliée, des enfants en bonne santé avec qui une communication respectueuse s'était installée, que j'aimais et qui m'aimaient en retour, même s'ils ne me le disaient pas souvent.

— J'espère au moins qu'il va te verser une sacrée pension alimentaire, a ricané mon père. Il t'a trompée, c'est ça ? Je le savais. Hein, Liliane, je t'l'avais dit que c'était un coureur, ce Jeremy. J'ai le flair pour les détecter !

— Comment ça va au travail, papa ?

J'allais mettre fin à ces repas dominicaux. Mon temps était trop précieux pour que je le gaspille avec des gens qui ne le méritaient pas. En lavant la vaisselle, j'ai prévenu Liliane que je ne viendrais pas dans les prochains mois, mais que si elle voulait voir les enfants, elle serait la bienvenue chez moi.

— Qu'est-ce qu'il y a ? Tout va bien ? s'est-elle inquiétée.

— Oui, mais j'ai besoin de prendre mes distances avec papa, ai-je répondu sincèrement.

Il m'a semblé que si elle avait pu, elle aurait fait de même.

Je suis allée voir mon père. Il regardait la télé avec Christophe. J'ai approché une chaise et me suis assise à côté de son fauteuil.

— Papa, il faut que je te parle, ai-je lancé, avec une pointe d'anxiété.

— Je t'écoute, mais fais vite, a-t-il répondu, ma série va commencer.

— Je voulais juste te dire que je ne viendrai pas déjeuner ici ces prochains mois.

Je ne souhaitais pas le blesser, simplement mettre fin à mes obligations envers lui.

— Je vois. Tu es trop bien pour rendre visite à ta famille en banlieue ? a-t-il ironisé.

— Non, c'est juste qu'à chaque fois que tu t'adresses à moi c'est pour me rabaisser, et là j'en ai assez.

— J'en ai assez, a repris Christophe, en m'imitant. Mais c'est nous qui en avons assez, surtout de ton mari d'ailleurs. Il nous soûle à nous parler de son boulot pendant des heures.

J'ai rigolé.

— Christophe, c'est impossible de caser plus de trois mots dans une conversation avec toi ou papa !

— Je parle trop maintenant ? Fille ingrate, s'est indigné mon père. Tu te crois mieux que tout le monde parce que tu habites dans le 16e. Qui a financé ton école de commerce, hein ? Tu ne serais rien sans moi.

Il s'était levé, et Christophe et moi l'avons suivi.

— J'ai obtenu une bourse à HEC ! me suis-je exclamée hors de moi. Je ne t'ai jamais rien demandé. Tu dois me confondre avec Christophe qui vit toujours à vos crochets. D'ailleurs, il en est où ton projet de pizzeria ?

— Il va très bien mon projet, je te remercie, s'est-il indigné.

Nous étions debout, le visage de Christophe rouge de colère. Cette conversation pouvait s'enflammer ou prendre fin. J'ai choisi la deuxième option. Je n'avais plus besoin de prouver à mon père que je valais mieux que mon frère. Son approbation n'avait plus d'importance.

— Tant mieux, ai-je répondu sincère et calmée. Je te souhaite bonne chance et bonne continuation.

Je me suis dirigée vers Liliane et l'ai serrée dans mes bras pour lui dire au revoir, espérant faire passer dans cette étreinte un peu de la force que j'avais récemment acquise, puis je me suis retournée vers mon père.

— Je te remercie de m'avoir menée à l'autel et de m'avoir toujours incluse dans votre vie. Tu aurais pu m'abandonner, mais tu as choisi de garder le contact. Je pense que tu l'as fait par respect pour les valeurs que tes parents t'ont inculquées, davantage que par amour pour moi, mais je ne t'en veux pas. C'est ainsi. Aujourd'hui, je t'affranchis de toute obligation paternelle à mon égard et par conséquent je m'affranchis de toute obligation filiale à ton égard.

Il m'a observée, étonné. Il devait se demander si c'était une blague, si j'allais lui réclamer quelque chose, s'il y avait un motif dissimulé derrière ce monologue. Il est resté silencieux, et je me suis dirigée vers la porte. Devais-je lui faire la bise ? Un câlin ?

Lui serrer la main ? Comment se sépare-t-on de l'homme qui est censé être notre rempart, l'homme dans les yeux duquel on doit puiser notre confiance en soi ? Je lui ai souri. Un sourire sincère, sans amertume ni rancune. Et je suis partie.

Les enseignements du séminaire m'ont fait prendre conscience que si mon père n'avait pas su me donner de l'amour, ce n'était pas à cause de moi ou de mes défauts. Bien entendu, grandir sans le regard ébloui d'un père compromet le développement émotionnel d'une fille, mais cela ne le rend pas impossible. Aujourd'hui, je souhaite me reconstruire et m'entourer de gens qui m'encouragent et me soutiennent.

Jeremy a ramené les enfants dans la soirée. Lui d'ordinaire soigneusement vêtu, rasé de près et avec une coupe de cheveux impeccable, avait dorénavant un look décontracté qui le rajeunissait, mais de nouvelles rides autour des yeux trahissaient son âge et surtout une grande fatigue. Ils ont pénétré dans l'appartement tous les cinq en riant.

— Vous êtes de bonne humeur ! me suis-je exclamée en serrant chaque enfant dans les bras, après avoir fait la bise à Jeremy.

— C'est papa, il rappe super bien, s'est écrié Maxime, admiratif.

— Un talent que je ne connaissais pas après tant d'années communes ? ai-je interrogé Jeremy.

— Tu vois, tu as encore beaucoup de choses à découvrir sur moi, a-t-il émis avec un sourire en coin.

Ça m'a émue.

— Au bain, les jumeaux, ai-je ordonné pour changer de sujet et cacher mon trouble. Jeremy, tu commandes les pizzas.

Le dîner s'est déroulé bruyamment, comme c'est à prévoir avec quatre enfants, mais mon niveau de tolérance face au désordre, aux cris et à la saleté avait augmenté ces derniers mois et j'arrivais dorénavant à apprécier ces moments en focalisant mon attention sur les rires plus que sur les pleurs, sur un échange complice entre frères plutôt que sur leurs disputes, sur un câlin plutôt que sur une insulte. Maxime a pris une part de pizza, malgré les recommandations de son entraîneur, et je l'ai imité. J'avais couru 36 km ce matin quand même !

Une fois les garçons couchés et la cuisine rangée, Jeremy et moi nous sommes installés dans le salon avec un verre de vin. Je me suis tournée vers lui.

— Pourquoi as-tu menacé d'emmener les enfants aux États-Unis ? Étais-tu sérieux ? C'était horrible de faire ça ! ai-je lancé soudainement.

— Je sais, et je m'en veux. C'était ignoble de ma part, et j'en ai eu tellement honte que je n'ai pas osé en reparler, a-t-il avoué. J'étais blessé et mon avocat m'a remonté contre toi. C'est lui qui m'a conseillé cette tactique pour que tu renonces à toutes exigences financières en échange des enfants.

Il avait fait le signe de guillemets dans les airs, au moment de prononcer le mot « échange ».

— Depuis j'ai viré cet avocat, a-t-il poursuivi, et je ne l'ai pas remplacé.

Après un bref silence, j'ai repris la parole.

— Ta sœur m'a dit que ton père était très malade et qu'il souhaitait que tu lui succèdes à la tête de son entreprise. Je comprends que tu sois tiraillé entre lui et les enfants.

Je me suis tue. Mes doigts jouaient nerveusement avec un élastique pour les cheveux. Jeremy avait relevé ses sourcils, en signe d'interrogation et ses yeux cherchaient les miens.

— Je suis prête à ce qu'on te suive là-bas. Je ne sais pas si tu veux qu'on se remette ensemble, et si notre couple tiendrait, mais quoi qu'il en soit, nous serons à tes côtés pendant cette période difficile.

— Tu serais prête à abandonner ta mère, tes nouvelles copines, ta société, ton groupe de running pour moi ? a-t-il interrogé, étonné.

— Sous certaines conditions, oui, ai-je répondu. Tu dois promettre que tu seras autant impliqué que moi dans notre vie de famille, notamment pour tout ce qui touche à l'école et aux activités extrascolaires. Je veux travailler et développer ma carrière et j'aimerais également proposer à ma mère de nous accompagner, si elle est d'accord. Il faudra lui obtenir un visa adéquat.

— Tu es sérieuse ? a-t-il demandé, toujours incrédule.

— Oui, très. Je ne peux pas revenir en arrière et effacer le tort que je t'ai causé, mais je peux agir aujourd'hui pour embellir ou faciliter ton avenir, ai-je expliqué.

Nous nous sommes regardés intensément. La question de notre couple n'avait pas vraiment été abordée et cette incertitude nous rendait maladroits l'un avec l'autre.

— Et nous… ? a amorcé Jeremy.

— Nous…, ai-je répété. On pourrait peut-être essayer de se redécouvrir et peut-être… de se séduire à nouveau ?

Il m'a tendu la main, que j'ai saisie, puis il s'est approché de moi et m'a embrassée. Il m'a caressé les cheveux, le visage, délicatement, tout en continuant de m'embrasser, et puis il s'est éloigné, le visage grave.

— Je vais y aller. Je ne veux rien précipiter. On s'appelle demain, d'accord ? a-t-il demandé en se levant.

J'ai souri. Bien joué, ai-je pensé, et je l'ai raccompagné à la porte. Nous nous sommes embrassés une dernière fois, puis il est parti.

40

Je me suis levée heureuse ce lundi matin. Le corps endolori par la course de la veille, mais heureuse. Un message de Jeremy m'attendait sur mon portable, « J'ai hâte de te revoir », qui n'a fait qu'intensifier ce sentiment de plénitude. Les enfants se sont très certainement disputés dans la voiture en chemin vers l'école, mais je n'y ai pas prêté attention. Après les avoir déposés, j'ai branché la plus récente leçon du séminaire. Il était question de notre contribution au bien-être général.

> De nombreuses études ont démontré les effets positifs du bénévolat sur la santé, alors n'hésitez pas : aidez-vous en aidant les autres. Impliquez-vous au sein d'une association caritative, défendez une cause importante à vos yeux, ou offrez vos services à ceux qui en ont besoin. Si vous ne le faites pas pour eux, faites le pour vous.

Quand je suis arrivée chez Alex ce matin, elle et Jade dansaient de joie.

— On va signer avec la chaîne d'hôtels ! Tu captes ? C'est un gros contrat. Tu vas faire des autocollants pour 253 salles de restaurant !

Alex criait presque.

— 253 ?!

Tu n'y arriveras pas. 253, c'est énorme. Tu n'auras jamais assez d'idées, assez de bonnes idées. Et tu n'auras pas le temps, avec le déménagement et tout ça. La voix dans ma tête… Elle m'était familière maintenant. Je comprenais son fonctionnement. En l'occurrence, elle essayait de me protéger d'une déconvenue. Je l'ai remerciée silencieusement, et lui ai rappelé que j'avais changé : je ne laissais plus la peur dicter mes décisions.

C'est bon, je vais les dessiner ces 253 fresques et elles seront absolument magnifiques. J'ai énormément de talent, et c'est l'occasion de le montrer. En plus je vais m'éclater à le faire !

J'ai laissé ma joie exploser, sans retenue.

— Yes, yes ! ai-je crié, en exécutant une danse de la victoire, complètement ridicule.

— Les vieilles, est intervenue Jade. Maintenant que cette société va être riche, il va falloir penser à aider ceux qui en ont besoin.

— Lâchez-nous, toi et ta bonne conscience, a répliqué sa mère.

— Non, c'est intéressant ce que tu dis, ai-je répondu. Je t'écoute.

Elle a parlé d'engagement social et de la contribution qu'elle voulait apporter au bien-être d'autrui. Elle nous a affirmé que le bonheur ne valait la peine d'être vécu que s'il était partagé. Nous avons réfléchi aux personnes qui pourraient bénéficier du succès de notre entreprise. Il fallait que ce soit lié à l'art ou à la création.

— Et si on offrait du matériel de dessin aux enfants des régions montagneuses du Népal ? ai-je lancé.

Alex et Jade m'ont regardée, intriguées.

— Ça nous paraît évident de donner à nos enfants des crayons de couleur, de la peinture, des feuilles, ai-je poursuivi, me laissant porter par cette idée. Mais il y a des millions de petits qui n'ont pas accès à tout ce matériel. Je sais que ça ne va pas changer leur vie et qu'ils ont peut-être besoin de nourriture ou d'ordinateurs, mais moi le dessin m'a vraiment aidée dans mon enfance.

— Pourquoi le Népal ? a demandé Jade.

— Lorsque j'y étais, une conférencière nous avait dit, à nous, les randonneurs, qu'il ne fallait pas distribuer de bonbons aux enfants, mais plutôt leur donner des stylos ou des cahiers. Les bonbons causent des ravages sur leurs dents et les dentistes sont très rares, surtout dans les régions montagneuses, alors que les stylos et cahiers leur sont utiles pour l'école, mais très chers.

— J'adore ! s'est écriée Jade. Je vote pour.

Nous avons approfondi l'idée et puis j'ai changé de sujet, car je devais leur faire part de ma décision de quitter la France.

— Les amies, j'ai quelque chose à vous annoncer. Je sais que c'est inattendu, mais je vais m'installer aux États-Unis, ai-je ajouté sans préambule.

— Quoi ? Quoi ? se sont exclamées Jade et Alex en même temps.

— Mon beau-père est très malade, alors on va l'épauler et l'entourer. Et puis Jeremy va reprendre sa société.

— Vous vous êtes remis ensemble ?! s'est immédiatement écriée Jade, friande d'histoires d'amour qui se terminent bien.

— On se fait la cour, ai-je admis en rougissant.

Jade et Alex m'ont prise dans leurs bras.

— Je suis très heureuse pour toi, a affirmé Alex. Même si ça m'embête que tu nous quittes.

— Je ferai en sorte que Lisalex ne soit pas affectée par ce changement. Je serai disponible tous les jours pour des vidéo-conférences, et avec l'argent qu'on va gagner grâce à cette chaîne de restaurants, je pourrai faire des allers-retours régulièrement, non ?

— Oui, absolument, a-t-elle acquiescé.

Nous nous sommes remises au travail, et la journée s'est déroulée dans le calme, ponctuée par des textos de Jeremy.

J'aimerais te préparer un dîner romantique chez moi.
Tu peux trouver une baby-sitter ?

Je peux demander à ma mère de rester plus tard.

J'avais espéré que tu puisses découcher…

Je m'en occupe.

C'était bizarre et excitant de planifier une nuit en dehors de la maison, mais avec mon mari. Je ressentais le plaisir de l'interdit sans la culpabilité.

Lors de la première pause que je me suis accordée, j'ai appelé ma mère.

— Maman, je voulais te dire que Jeremy et moi avions décidé de nous redonner une chance. Mais… son père a un cancer de la prostate et nous allons nous installer à New York à côté de ses parents, lui ai-je annoncé très vite.

— Oh ! Oh… Eh bien, je suis heureuse que vous ayez pris cette décision, a-t-elle répliqué à ma grande surprise. Pauvres Robert et Barbara… vous faites bien de vous rapprocher d'eux. Ils ont besoin de vous.

— Ce n'est pas tout, maman. J'aimerais que tu viennes avec nous. Jeremy m'a affirmé qu'on pourrait t'obtenir une green card. Qu'en penses-tu ? ai-je demandé, pleine d'espoir.

— Je suis touchée que tu me le proposes, a articulé ma mère, visiblement sous le choc. Mais j'ai besoin d'y réfléchir avant de te répondre, je ne m'attendais pas du tout à ça !

La baby-sitter est arrivée en début de soirée, et je suis allée me préparer pour mon rendez-vous romantique. Nous avions convenu qu'elle passerait la nuit chez moi et que je rentrerais le lendemain. J'ai enfilé une robe rouge moulante, des collants et des escarpins assortis et des sous-vêtements sexy qui piquent. Je me suis maquillée sans excès, mais avec soin, et j'ai fait un brushing, tant bien que mal, luttant contre l'excitation qui faisait trembler mes mains.

En chemin, j'ai écouté une leçon du séminaire qui tombait à pic.

> Ce dont on ne prend pas soin s'abîme. Si vous n'arrosez pas vos plantes, ne cirez pas vos meubles ou n'amenez pas votre voiture chez le garagiste, leur état va se détériorer. Il en va de même pour tout : vos relations, votre carrière, votre santé, vos finances, votre moral...

Jeremy m'a accueillie en jean et tee-shirt blanc, chaussé de bottines en cuir noir que je ne connaissais pas. Il avait dressé la table pour deux, allumé des bougies, et déposé un splendide bouquet de fleurs. La voix apaisante de Norah Jones ondoyait depuis les enceintes.

— Tu es magnifique, m'a-t-il complimentée.

— Merci, tu n'es pas mal non plus, ai-je répliqué, flattée.

Nous nous sommes embrassés et sommes restés enlacés pendant très longtemps, comme pour exprimer notre pardon, notre amour, notre soulagement aussi.

Puis nous nous sommes assis pour dîner. Il avait cuisiné un saumon en papillote avec du quinoa, et préparé une salade verte en entrée.

— Première fois que je goûte au quinoa, a-t-il admis. Je ne sais même pas ce que c'est. Je suis rentré dans un magasin bio et j'ai demandé quel était leur best-seller du moment.

J'ai apprécié le geste.

— Je ne mange pas bio, juste plus sainement. Mais je te remercie d'y avoir pensé, et j'adore le quinoa.

Il m'a versé du vin et il a repris :

— J'ai annoncé à Amy et à mes parents notre intention de nous installer à côté d'eux. Tu peux imaginer leur joie. Et mon père a entamé les procédures pour me céder les parts de sa société et que je le remplace en tant que CEO. Depuis il me met en copie de tous ses e-mails. J'ai l'impression qu'il m'a lancé dans le grand bain sans brassards. Mais je suis confiant, a-t-il terminé en souriant.

— Moi aussi. Je suis sûre que tu vas t'en sortir. Il faudra juste que tu fixes des limites, et des horaires où tu n'es pas joignable, lui ai-je rappelé, prudente. Et que tes week-ends soient sacrés !

— Je te le promets.

Il a tendu sa main vers moi sur la table et je l'ai prise. Nous nous sommes souri.

— Amy va nous aider à trouver une maison à louer et inscrire les enfants à l'école, a-t-il poursuivi.

— Oh mon Dieu, on va vraiment le faire ! me suis-je exclamée, avec un rire nerveux.

— Tu penses que c'est une mauvaise idée ? s'est alarmé Jeremy.

— Pas du tout. J'ai juste un petit coup d'angoisse, mais ça va passer. Je m'inquiète, c'est normal. Je me demande comment vont réagir les enfants, s'ils vont s'intégrer facilement, si je vais surmonter les méandres administratifs, scolaires, si on sera heureux…

Mon esprit s'emballait. J'ai inspiré profondément 1, 2, 3, 4, 5, expiré lentement 1, 2, 3, 4, 5, en souriant à Jeremy, sa main toujours dans la mienne, puis nous avons repris le cours du dîner.

Dans la cuisine, après avoir terminé la vaisselle, il m'a attirée vers lui et m'a embrassée… Puis il m'a entraînée dans la chambre. Nos corps se sont retrouvés, ils se connaissaient si bien.

Nous nous sommes endormis dans les bras l'un de l'autre, puis à 6 h 30, mon réveil m'a annoncé qu'il fallait que je file, et j'ai quitté Jeremy encore ensommeillé, après un grand câlin.

Le soir même, il s'est réinstallé à la maison. Nous sommes allés ensemble chercher les jumeaux à la maternelle, puis Charles et Maxime sont rentrés.

— Papa ! s'est exclamé Charles. Qu'est-ce que tu fais ici ? On n'est pas samedi.

— Je suis revenu, a-t-il simplement répondu, ouvrant ses bras pour que Charles s'y blottisse.

— Pour toujours ? a demandé Louis.

— Oui, pour toujours, ai-je affirmé avec tendresse.

Puis nous les avons réunis dans le salon.

— Venez, on a quelque chose à vous annoncer, a commencé Jeremy.

— C'est bon, on a compris que vous vous êtes remis ensemble, a frimé Maxime.

— C'est autre chose : on va tous s'installer à New York à côté de grand-pa, grand-ma, et d'Amy, Oliver et les cousins.

— Quoi ? se sont étonnés les plus grands. On va vivre à New York ?!

Puis ils ont crié de joie.

— On va à New York, on va à New York!

Ils dansaient. Je ne m'attendais pas à une telle réaction de leur part. N'étaient-ils pas anxieux ? Tristes de quitter leurs amis ?

Au moment de les mettre au lit, je suis restée longtemps avec chacun d'eux pour parler des chamboulements qui venaient d'avoir lieu dans leur vie : le retour de Jeremy et l'annonce de notre départ. Ils avaient l'air sincèrement heureux. Louis et Lucas ne comprenaient pas vraiment l'ampleur du changement, mais ils étaient contents de voir leurs grands-parents bientôt et d'avoir leur père à la maison.

Maxime était fou de joie. Apparemment, de nombreux joueurs de football européens s'étaient installés aux États-Unis, le plus fameux étant David Beckham. Ils avaient pour ambition de développer le football (ou plutôt le soccer) là-bas, notamment auprès des garçons. Charles était aux anges. Il adorait ses cousins, ses grands-parents, la maison dans les Hamptons et le style de vie qui allait avec. Il nous avait depuis longtemps annoncé son intention de faire des études d'ingénieur au MIT : ce déménagement le rapprochait de son objectif.

Avant de m'endormir, j'ai dressé la liste de ce pour quoi j'étais reconnaissante.

Jeremy est revenu, et il est là, allongé à mes côtés dans notre grand lit.

Notre couple est sorti renforcé de cette crise.

Les enfants sont heureux qu'on déménage.

On a signé un important contrat pour Lisalex. Je vais pouvoir vivre de ma passion.

Je suis en excellente condition physique.

Nous sommes tous en bonne santé.

41

Le Graal (également connu sous l'appellation de « bonheur »)

Ce séminaire prend fin, mais pas votre voyage. Nous espérons que vous avez pris conscience des immenses ressources qui se trouvent en vous et que vous les utilisez en parcourant allègrement le chemin du bonheur, car vous l'avez certainement compris : le bonheur n'est pas une destination, il se cultive en chemin.

Ils sont tous là et moi j'ai envie de m'enfuir. Je pourrais feindre une crise cardiaque ? Un évanouissement ? J'ai mal au ventre. Qu'est-ce qui m'a pris de m'inscrire à ce foutu groupe de running ?!

Je suis masochiste, c'est ça ? J'aime souffrir ? Parce que je vais souffrir là, clairement. 42,2 km, c'est pas humain.

Franck a pris la parole. C'était la troisième année consécutive qu'il organisait lui-même un marathon pour « ses » sportifs. Nous étions une cinquantaine, motivés, préparés, entraînés, excités. C'était le jour J, l'événement en prévision duquel nous avions investi tellement de temps et d'énergie. L'ambiance était très différente du semi-marathon qui avait eu lieu avec des dizaines de milliers de personnes.

Je me tenais à côté d'Alex et Julie.

— Les amis, je suis très fier. Certains d'entre vous s'entraînent avec moi depuis plusieurs années, mais d'autres, comme Lisa, Alex, Paul, Sophie et Julie, sont nouveaux.

Il s'est tourné vers nous.

— Nous avons fait connaissance en octobre dernier, il y a neuf mois, et regardez-vous maintenant : des athlètes prêts à courir leur premier marathon. Vous avez montré de la détermination et du courage. Vous vous êtes entraînés sous la pluie, dans le froid, alors que le soleil n'est pas encore levé et que les gens normaux dorment. Vous êtes la preuve que les seules limites qui existent sont celles que nous nous fixons.

Puis en s'adressant au reste du groupe :

— Je suis honoré par votre confiance et reconnaissant de l'opportunité que vous m'offrez de vous aider à vous dépasser. Certains vont tout donner pour battre des records personnels, d'autres vont s'amuser, mais quoi qu'il en soit, respectez le programme de course que nous avons élaboré ensemble, et n'ayez aucune inquiétude quant à votre capacité à atteindre votre objectif. Allez, on y va.

Et on s'est mis à courir.

Au bout de 10 km, nous sommes arrivés à notre premier ravitaillement. Sur une table, des bouteilles d'eau, des gels énergétiques, des fruits épluchés, comme nous l'avait promis Franck, mais également Cédric et Pénélope et d'autres conjoints ou amis de coureurs. Ils nous attendaient avec de grandes pancartes d'encouragement. Ils se sont mis à scander nos noms lorsque nous sommes passés devant eux. Julie a hurlé de joie en les voyant. Elle les a embrassés, et a repris sa course avec nous, reboostée.

— Tu savais qu'ils seraient là ? Je pensais que les familles attendaient à la ligne d'arrivée, au bois de Boulogne, s'est étonnée Julie.

— C'est comme ça pour tous les marathons que Franck organise, s'est mêlé un des coureurs. C'est sa petite amie qui est en charge de ces stands de ravitaillement. Je sais que mes enfants et ma femme seront au trentième kilomètre.

— Économisez votre souffle et arrêtez de parler, nous a répondu Franck avec un clin d'œil. Il allait d'un groupe à l'autre, prodiguant un mot de réconfort ou offrant un gel de glucide.

Est-ce que mes enfants seraient là aussi ? Ma mère s'occupait d'eux aujourd'hui et elle avait promis de les amener au bois de Boulogne pour attendre mon arrivée. Jeremy était aux États-Unis pour organiser notre emménagement et seconder son père.

Plusieurs personnes étaient postées au stand de ravitaillement suivant. Certains étaient venus déguisés, avec des instruments de musique, des serpentins et des ballons. Je ne les connaissais pas, mais leur enthousiasme m'a donné de la force. Ça tombait bien, je commençais à fatiguer.

Jade et Benjamin, les enfants d'Alex, se tenaient au stand suivant, avec une pancarte sur laquelle on pouvait lire : « BRAVO LES 3 VIEILLES ».

Nous avons ri, nous sommes ravitaillées et avons poursuivi notre course. Franck nous a rejointes. Il était le seul à pouvoir encore parler. Je lui ai demandé de me raconter sa vie depuis sa naissance. J'avais besoin de penser à autre chose qu'à la douleur dans mes mollets et mes cuisses. Au moins, je n'avais pas de point de côté. À peine cette pensée a-t-elle effleuré mon esprit qu'une douleur du côté droit est apparue. J'ai espéré une appendicite pour pouvoir être évacuée, mais non, juste un foutu point de côté. Il me restait encore 10 km à courir.

Je vais pas y arriver. Je vais arrêter, c'est trop dur. Ça sert à rien. J'en peux plus. J'en peux plus. Tu as atteint le mur. Tu savais que c'était un risque. Maintenant tu fais comme pendant les visualisations.

Franck nous avait enseigné une technique que j'utilisais lors de mes séances de méditation : il fallait s'imaginer en train de courir le marathon, ressentir la douleur, prévoir les difficultés et visualiser comment nous allions y faire face.

Tu continues, tout simplement, un pied devant l'autre, tu imagines la ligne d'arrivée, tu respires, et tu changes de disque. Je vais réussir. Ça va aller. Je veux, je vais terminer ce marathon. C'est important pour moi, je me suis tellement entraînée.

Julie a posé une main dans mon dos pour me pousser gentiment.

Tu peux le faire. Tous les efforts de ces derniers mois vont payer maintenant, dans cette foulée, et dans la prochaine, et dans celle d'après.

Franck s'est mis à chanter *We Are The Champions*. Ça nous a fait sourire, mais je trouvais qu'il était trop tôt pour crier victoire. D'autres participants avaient déjà fini, ceux dont l'objectif était de faire la course en moins de trois heures. C'étaient les « sub 3 ». Moi je voulais juste terminer. Je respirais difficilement.

Arrivées au trente-cinquième kilomètre, j'ai aperçu de loin Louis, Lucas, Maxime, Charles, ma mère… et Jeremy ! Sa présence m'a surprise et redonné un surplus d'énergie. Il avait certainement avancé son retour pour pouvoir être de retour à Paris aujourd'hui. Il savait à quel point ce marathon était important pour moi et il voulait partager avec moi cet événement. Mon cœur s'est empli d'amour. Louis et Lucas soutenaient une énorme pancarte indiquant « Maman, on t'aime », avec des dessins et des autocollants. Ils avaient dû y travailler longtemps. Ils scandaient : « Maman ! Maman ! Maman ! » J'en ai eu les larmes aux yeux. Ma mère nous a distribué de l'eau, des sourires et des encouragements, Jeremy m'a lancé un baiser de la main et Maxime s'est mis à courir à côté de moi.

— Je suis trop fier de toi, maman, a-t-il crié avant de retourner près de son père.

J'ai couru les 7 derniers km dans un état de transe, insensible à la fatigue, ignorant la douleur, et ne pensant qu'à la ligne d'arrivée au bois de Boulogne.

Nous avons terminé ensemble, Julie, Alexandra et moi, nous tenant les mains, levées en signe de victoire, puis nous nous sommes affalées dans les bras des membres de nos familles respectives qui avaient quitté le stand de ravitaillement pour nous retrouver au bois de Boulogne.

— Ma chérie, bravo, c'est extraordinaire ce que tu viens d'accomplir ! m'a félicitée Jeremy en me serrant fort contre lui.

— Je croyais que tu étais à New York ! ai-je répondu, comblée.

— Je suis rentré plus tôt pour te soutenir.

Les jumeaux, qui ne m'arrivaient pas à la taille, attrapaient mes jambes. Jeremy les a pris dans ses bras pour qu'ils puissent m'embrasser. Charles et Maxime se sont joints à notre gros câlin familial. Ma mère nous regardait en souriant. Je l'ai embrassée.

— Merci pour tout, maman. Sans toi, je n'aurais pas réussi.

— Tu peux être très fière de toi, a-t-elle répondu.

— Je le suis, maman, je le suis, ai-je répliqué sérieusement.

Un pique-nique avait été organisé. Une grande table avait été dressée, des ballons et des banderoles habillaient les arbres. Seuls mes accouchements et mon mariage m'avaient procuré une joie si intense. D'ailleurs, tous ces événements requièrent à peu près le même temps de préparation.

Je suis passée de groupe en groupe. J'ai fait la connaissance d'autres participants et de leurs familles. Puis j'ai aperçu Julie qui discutait avec un couple. La femme, qui se tenait dos à moi, portait un short court qui laissait apparaître une jambe magnifiquement sculptée, et une autre, amputée au niveau du genou, qui se terminait par une prothèse sportive. C'était certainement la triathlonienne dont Julie nous avait parlé. Je me suis approchée pour me présenter et, lorsqu'elle s'est retournée vers moi, elle s'est écriée :

— Lisa, ça me fait tellement plaisir de te voir, enfin !

— Carla ?

Stupéfaite, je contemplais ma coach, peinant à réaliser qu'il s'agissait bien d'elle.

— Vous vous connaissez ? a demandé Julie.

— C'est l'amie que je suis venue féliciter pour son premier marathon, a répondu Carla en m'entraînant à l'écart. Je sais, ça surprend…, a-t-elle poursuivi, en souriant.

— Je ne savais pas… J'ai dû dire des choses horribles… Je m'en veux tellement, ai-je balbutié.

— Au contraire, j'adore l'honnêteté des gens avant qu'ils voient ma jambe. Après, ils sont différents avec moi. Comment te sens-tu ? a-t-elle demandé, joyeuse.

— Je plane tellement je suis heureuse. C'est grâce à toi, l'ai-je remerciée.

— Non, c'est toi qui t'es tapée tous les mois d'entraînement et qui viens de courir pendant plus de quatre heures, grâce à ta détermination. Tu peux être fière. Tu as parcouru un chemin exemplaire, du burn-out au marathon. Tu as fourni les efforts nécessaires, en écoutant les leçons, faisant les exercices, prenant conscience de ton discours interne, notant et analysant tes pensées, en sortant t'entraîner au lieu de rester sous la couette, choisissant une salade au lieu d'une part de gâteau, ou la méditation plutôt que Netflix.

Elle s'était enflammée, j'en étais presque gênée. Est-ce que je méritais vraiment tous ces compliments ? Oui. Je les méritais.

— Je ne sais pas où je serais si je ne m'étais pas inscrite à ce séminaire, ai-je prononcé pensive, essayant de visualiser le cours qu'aurait pris ma vie.

Jeremy, les enfants, ma mère et moi sommes tous rentrés en métro. En montant les escaliers pour sortir, je me suis fait la réflexion que je devais savourer cet instant. Tout allait magnifiquement bien et je voulais en prendre note, consciemment. C'est alors que j'ai constaté que Lucas avait quitté mon champ de vision. J'ai gravi les dernières marches rapidement et je l'ai appelé. J'étais si inquiète que je ne faisais pas attention à l'endroit où je mettais mes pieds, jusqu'à ce que je sente quelque chose de mou sous ma chaussure : j'avais marché sur une crotte de chien.

— Merde !

— C'est bien le cas de le dire ! s'est exclamé Maxime. Il a éclaté de rire, suivi par les autres.

— C'est pas drôle ! Je ne vois pas Lucas !

— Je suis là, maman. T'as marché dans du caca ! a-t-il pouffé.

Soulagée, je me suis jointe à leurs rires.

Tout va bien, très bien

Il est l'heure de votre évaluation de fin de séminaire. Refaites l'exercice de la première leçon, avec la roue des domaines de vie. Comparez les résultats obtenus aujourd'hui avec ceux obtenus en début de séminaire. Dans quels domaines avez-vous progressé ? Dans quels domaines souhaitez-vous encore vous améliorer ?

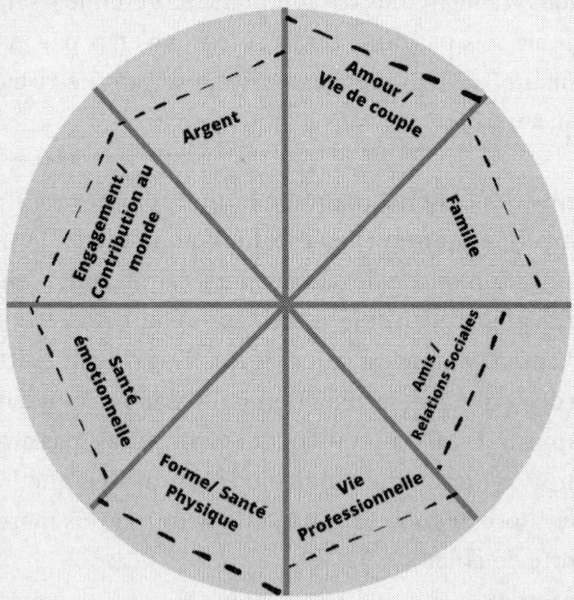

Amour/vie de couple : *Début du séminaire : 5. Fin du séminaire : 9.*

Jeremy et moi sommes redevenus complices et amoureux. Je ne pensais pas que ce serait possible. On sort, il me surprend par des fleurs envoyées au bureau ou un texto coquin. Je n'ai plus aucun contact avec David, mais notre histoire est une boussole. Je veux vivre avec Jeremy ce que j'ai vécu avec lui. Pas tous les jours, mais souvent, car même si je suis consciente de la pression des contraintes familiales, j'exigerai que notre couple existe aussi en tant que tel et non uniquement en tant que «parents de Charles, Maxime, Louis et Lucas».

Famille : *Début du séminaire : 2. Fin du séminaire : 8.*

Jeremy participe à la vie familiale au même titre que moi, que ça concerne l'organisation du quotidien ou notre déménagement. Ma mère a décidé de nous suivre aux États-Unis. Sa présence et son soutien sont des piliers de mon bien-être.

Mon père n'a pas donné signe de vie depuis notre dernier déjeuner familial, mais je lui ai envoyé un message pour le prévenir que nous allions quitter la France. J'ai passé quelques jours dans l'attente d'une réponse, puis dans la déception de ne rien recevoir. Ma blessure cicatrise doucement. Je suis triste lorsque je pense à son indifférence, mais c'est ainsi pour l'instant. Je sais que la tristesse va s'atténuer. Et puis ce n'est pas grave d'être triste.

Amis/Relations sociales : *Début du séminaire : 8. Fin du séminaire : 7.*

J'étais dans le déni lorsque je me suis attribué un 8 dans ce domaine de ma vie. Même avec un 7, je sens que j'ai progressé. Alex est bien plus que mon associée, ou ma partenaire de course. Elle fait dorénavant partie de ma famille de cœur, ainsi que Julie. Elles vont me manquer, mais je viendrai à Paris pour superviser le travail avec la chaîne d'hôtels. J'ai décidé de m'inscrire à un groupe de running proche de mon nouveau lieu de résidence, pour courir et dans l'espoir d'y forger des amitiés et des relations sociales.

Vie professionnelle : *Début du séminaire : 9. Fin du séminaire : 8.*

J'avais attribué un 9 à ma carrière chez Miniprice ? Ah, c'était avant qu'Anthony devienne DG. C'était tout de même excessif. Maintenant que je suis vraiment épanouie dans le domaine professionnel, je me rends compte à quel point je ne l'étais pas.

Lisalex marche bien, mais même si nous avons signé un gros contrat, et que notre boutique sur Amazon cartonne, comment savoir si les commandes vont continuer ou cesser du jour au lendemain ? Puisque rien n'est sûr, autant faire ce que j'aime.

Forme/Santé physique : *Début du séminaire : 1. Fin du séminaire : 9.*

Les changements que j'ai effectués dans ce domaine sont phénoménaux, au point que moi-même je n'en reviens pas. Le matin avant de sortir m'entraîner, j'ai une sorte de pincement au cœur et la même pensée qui surgit : tu n'y arriveras pas. Comme si je ne pouvais pas croire que j'ai vraiment changé. Mais après dix minutes de course, la voix dans ma tête est obligée d'admettre qu'elle a tort et elle se tait. Je ne suis plus obsédée par mon poids ou mon alimentation et je me trouve belle comme ça.

Yeah ! Incroyable. Je viens d'écrire que je me trouvais belle ! Quel progrès ! Finalement ma transformation intérieure est bien plus impressionnante que ma transformation extérieure.

Santé émotionnelle. *Début du séminaire : 4. Fin du séminaire : 8.*

Je me sens bien, apaisée, confiante en moi et en mon avenir. Je médite tous les jours, je contrôle mieux mes pensées, j'assume mes émotions.

Engagement/contribution au monde *: Début du séminaire : 0. Fin du séminaire : 8.*

D'abord je me rends compte que je ne méritais pas un 0 en début de séminaire.

Toutes mes activités au sein de Miniprice pour combattre le harcèlement auraient dû me valoir au moins un 7. D'ailleurs, avec le recul, je me demande si ce n'est pas cet engagement et son effet positif sur mon moral qui m'avaient permis de tenir si longtemps dans cette entreprise.

Aujourd'hui, je comprends qu'il est primordial pour moi de mêler une dimension sociale et d'altruisme à mon activité professionnelle. Mon travail ne profite pas qu'à moi. Plus nous engrangeons des bénéfices, plus grand est le nombre d'enfants qui ont accès à du matériel scolaire.

Nous avons créé une association « Un Dessin pour tous » à laquelle nous reversons 10 % de nos profits.

J'ai pris contact avec des bénévoles au Népal qui sont chargés de l'acquisition et de la distribution du matériel de dessin dans les régions montagneuses. Ils sont absolument formidables. Alexandra n'est pas encore attachée émotionnellement à ce projet. Elle voit les intérêts dont nous pouvons bénéficier en termes de publicité et de ventes, mais pas en termes de développement personnel. En revanche, Jade est très impliquée. Elle me pousse à organiser un voyage là-bas pour faire connaissance avec les bénévoles, et vérifier que le matériel arrive bien dans les écoles et les familles qui en ont besoin.

J'y pense et j'envisage même d'y emmener Charles et Maxime. Ce sera certainement fin septembre ou en octobre, après la mousson. Cela leur sera bénéfique de voir dans quelles conditions vivent les enfants du tiers-monde. J'espère aussi que cela leur fera apprécier ce qu'ils ont, et comprendre qu'on peut être heureux avec peu de confort. Dès que j'aurai les dates des vacances scolaires de leur nouveau lycée, je réserverai nos billets d'avion. En attendant, les bénévoles m'envoient des photos des enfants recevant le matériel, et de leurs dessins.

Grand instant de bonheur à chaque fois !

Argent. *Début du séminaire : 8. Fin du séminaire : 8.*

Après avoir craint pour ma sécurité financière, je me sens maintenant en confiance, car je sais que j'ai le talent, l'expérience et la détermination nécessaires pour trouver du travail si Lisalex devait fermer. D'autre part, je n'ai plus peur de dépendre financièrement de Jeremy, car j'ai confiance en lui, en nous. Et dorénavant, je sais accroître mon bonheur en me focalisant sur ses sources internes, et non externes.

ÉPILOGUE

Mais qu'est-ce qui m'a pris de me lancer dans cette stupide aventure ? Le Népal ? Ça semblait une bonne idée pourtant. Jade voulait qu'on rencontre nos partenaires de « Un Dessin pour tous » et j'avais pensé que ce serait une magnifique expérience pour Charles et Maxime. Franchement ? Magnifique expérience ? Ils n'arrêtent pas de se plaindre. Bon, c'est vrai que dormir dans une étable hier, c'était pas cool. Même Jade a un peu rechigné. Alex va bien se moquer de nous quand on va lui raconter, à notre retour. Dans l'étable, j'ai dû faire semblant : « Quelle aventure ! Dormir à côté des yaks, c'est quand même unique ! Ils vont nous tenir chaud ! » Mais intérieurement, j'ai maudit l'organisateur du voyage. Les enfants refusent de se doucher lorsqu'il n'y a pas d'eau chaude, et je ne les force pas. Moi, en revanche, je m'y astreins. D'une part pour donner l'exemple, d'autre part parce que c'est paraît-il très bon pour la santé. Mais surtout, c'est un défi personnel duquel je sors renforcée à chaque fois : si je peux prendre une douche froide au Népal, je peux tout faire. Tout, sauf traverser un pont suspendu apparemment.

C'est le moment fatidique. Le moment où tout le travail que j'ai effectué sur moi-même devrait prouver son efficacité. Je regarde le pont. Il me regarde. Je savais qu'on allait s'affronter. Je pensais que j'étais prête. J'ai envie de pleurer.

Pourquoi je m'impose ça ? Pourquoi ? J'ai pourtant visualisé cette scène tous les jours depuis que j'ai réservé nos billets : moi traversant un pont suspendu à des centaines de mètres. Traversant ? Que dis-je ? Gambadant. Gaillardement ! Mais je suis prise d'angoisse. Le nœud dans mon ventre se transforme en nausée. Je me revois, presque vingt ans auparavant, au même endroit. David nous avait abandonnées, ma peur et moi, après m'avoir traitée de pleurnicheuse. Jeremy, qui se trouvait juste derrière moi avec un groupe d'amis, était arrivé à ma hauteur et, alors que les autres me dépassaient, il m'avait parlé, rassurée. Puis il avait pris ma main et, petit pas après petit pas, nous avions traversé le pont ensemble. Mais Jeremy n'est pas là aujourd'hui. J'ai refusé qu'il nous accompagne, justement pour que je puisse surmonter cette épreuve seule, pour me prouver que j'en suis capable, que je n'ai pas besoin de Jeremy dans ma vie, même si tout est plus agréable lorsque nous sommes ensemble.

— Maman, tu viens ? a crié Maxime qui était déjà au milieu du pont devant Jade et Charles.

— Oui, mon chéri. J'arrive.

Remerciements

Ce livre n'aurait pas vu le jour sans le soutien, les encouragements et les conseils de ma sœur Béatrice Prasquier Benhamou et de Joy Majdalani. Je leur en suis infiniment reconnaissante.

Je souhaiterais également remercier mes parents. Savoir qu'ils ont aimé mon livre me procure autant de fierté que de l'avoir écrit.

Je remercie Frédérique Le Romancer, pour sa patience et ses conseils avisés. Merci à Stéphanie Ricordel d'avoir cru en ce projet.

Un merci particulier à mes belles sœurs Déborah et Maya, dont les réflexions et maintes relectures m'ont aidée à cerner Lisa et à la rendre attachante, ainsi qu'à mes frères Alain, Patrick et Raphaël dont les compliments m'ont motivée à persévérer malgré mes doutes.

Je remercie également tous mes premiers lecteurs qui ont pris le temps de lire mon manuscrit et de le commenter avec énormément de bienveillance, notamment mon amie Audrey Piekarski.

Merci à mes conseillères en matière de droit de la famille et du travail : Maître Stephanie Castel, Maître Carine Cohen Solal, et Yael Cohen Solal.

Merci à…

Alain et Evelyne Ziegler, pour leur amitié,

Les pandas sans qui ma vie à la campagne serait bien ennuyeuse,

La team 66 (la meilleure), pour son soutien inconditionnel,

Georgia Hunter, pour ses encouragements,

Gregory Messina, pour ses conseils,

Jack Grapes, pour ses enseignements.

Je remercie mon mari qui m'a donné le temps et l'espace dont j'avais besoin pour mener à bout ce projet.

Reem, tu es le faisceau lumineux qui me guide le long du chemin du bonheur lorsque celui-ci est plongé dans l'obscurité.

Également dans la collection « Romans de développement personnel »

Maud Ankaoua, *Plus jamais sans moi*

Et s'il était temps pour vous de rencontrer enfin le grand amour ?

Constance, avocate brillante, a obtenu le poste qu'elle convoitait dans un cabinet d'élite. Pourtant, à l'approche de la quarantaine, elle se sent fragile et peu sûre d'elle. Très amoureuse de Lucas, elle attend que celui-ci quitte sa femme comme il le lui a promis. Alors qu'elle vient de signer son contrat, Constance découvre qu'elle doit effectuer une période d'essai d'un genre… peu conventionnel ! Soutenue par ses amis, elle accepte de s'écarter dangereusement de sa zone de confort. Une expérience qui bouleversera sa vision d'elle-même et de l'amour.

Une nouvelle fois, Maud Ankaoua nous entraîne dans un univers captivant et émouvant dont on ressort grandi.

Écrivez-moi !

Sur mon site : www.shelleygreiver.com
Sur Instagram : @shelleygreiver_auteure
Sur Facebook : Shelley Greiver Auteure

IMPRIM'VERT®

PEFC™
10-31-2541
Certifié PEFC
Ce produit est issu de forêts gérées durablement et de sources contrôlées
www.pefc-france.org

Dépôt légal : mars 2023
Achevé d'imprimer en mars 2023
en France par Normandie Roto Impression s.a.s. (2300412)
Cet ouvrage a été imprimé sur du papier Munken Print Cream 80 g